L'ÉNIGME DE LA BLANCARDE

Né à Marseille en 1939, Jean Contrucci est journaliste et romancier. Correspondant du *Monde* à Marseille durant vingt ans, il est aujourd'hui critique littéraire à *La Provence*. Outre sa série *Les Nouveaux Mystères de Marseille,* il a consacré de nombreux ouvrages à sa région.

Paru dans Le Livre de Poche :

LES DIABOLIQUES DE MALDORMÉ

DOUBLE CRIME DANS LA RUE BLEUE

LA FAUTE DE L'ABBÉ RICHAUD

LE SECRET DU DOCTEUR DANGLARS

LE SPECTRE DE LA RUE SAINT-JACQUES

JEAN CONTRUCCI

Les Nouveaux Mystères de Marseille

L'Énigme de La Blancarde

ROMAN

JC LATTÈS

ISBN : 978-2-253-11406-2 – 1re publication LGF

À Michèle,
À Jérôme.

Le mystère commence après les aveux.

Jean Cocteau.

Note de l'auteur

On trouvera parfois dans ce texte certaines expressions tirées du parler marseillais, quand la vérité du dialogue l'exige. Qu'on ne voie pas là le recours à une couleur locale facile, ou à un folklore langagier dépassé. Les Marseillais de la Belle Époque, à quelque classe sociale qu'ils appartiennent, sont bilingues (franco-provençal, ou franco-marseillais). Ils truffent leurs propos exprimés en français d'expressions venues du provençal, du patois local ou de l'italien. Cette habitude s'est prolongée bien après la Seconde Guerre mondiale. Aujourd'hui la « tchatche » a pris le relais. C'est pourquoi nous avons fourni une traduction des expressions qui pourraient poser un problème de compréhension aux Français vivant au-dessus du 45e parallèle, qui, comme chacun sait, passe par Valence.

Avertissement au lecteur

Ce livre est un roman. À ce titre, c'est une fiction. Cependant, il s'inspire d'un fait divers réel. « L'Affaire M. » a, en son temps, profondément divisé l'opinion, à la manière – et toutes choses égales par ailleurs – de l'affaire Dreyfus, dont elle est l'exacte contemporaine.

Pendant cinq ans, un homme, condamné aux travaux forcés à perpétuité pour l'assassinat crapuleux de sa mère adoptive, n'a cessé de clamer son innocence du fond de sa cellule. Sa culpabilité ne faisait pas de doute. Jusqu'au moment où, contre toute vraisemblance, quelqu'un d'autre s'est accusé à sa place.

Quatre cours d'assises n'auront pas réussi à faire la lumière sur une énigme à jamais irrésolue. Tour à tour, les principaux protagonistes seront déclarés coupables ou innocents (puis l'inverse), sans qu'aucun des jugements rendus n'apaise les passions. C'est parce que cette histoire est incroyable sur le plan judiciaire que l'auteur prévient le lecteur. Il a suivi pas à pas ceux qui ont conduit « l'Affaire M. » dans une impasse juridique. Sans rien modifier de leurs errances, car il n'aurait pas osé les imaginer. On l'eût accusé de vouloir ridiculiser la Justice.

Des affaires récentes ont prouvé que Thémis n'en a pas fini avec ses tâtonnements. C'est ce qui conserve à l'énigme de La Blancarde son intérêt et sa modernité.

On n'a jamais su ce qui s'était passé le soir du 15 décembre 1891 dans ce hameau proche de Marseille.

Pour autant, on ne reconnaît pas au romancier le droit de prendre congé de ses éventuels lecteurs sans leur proposer une hypothèse, si possible une solution. Pour y parvenir, tout ce qui, ici, n'appartenait pas au compte rendu judiciaire a été inventé : les noms propres, les noms de lieux, la plupart des personnages, les caractères, les situations... et la résolution proposée du mystère. C'est pourquoi ce livre est *avant tout* un roman.

1

Où l'on découvre une riche rentière assassinée et l'émoi qui s'ensuit parmi la population d'un hameau jusqu'alors paisible.

Le 16 décembre 1891, par une aube grise et humide qui hésitait entre la nuit et le jour, un bruit inhabituel tira de leur sommeil les habitants du hameau de La Blancarde, proche de Marseille.

Deux fourgons noirs attelés à deux chevaux venaient de s'engager à vive allure dans l'avenue des Micocouliers. Cette courte artère, malgré son nom pompeux, finissait en impasse en butant sur un champ planté d'abricotiers dépouillés par l'hiver.

Aux portes mêmes de la ville, distante de deux kilomètres cinq cents, ce terroir campagnard, partagé par la ligne du chemin de fer de Toulon, était parcouru de rues en terre battue chichement éclairées par des réverbères à gaz installés depuis peu. Il était planté de prairies, de vergers d'arbres fruitiers, de jardins potagers et de vignes, étagés sur des pentes douces jusqu'aux rives du ruisseau le Jarret. Le hameau abritait une population de rentiers, de retraités et de petits-bourgeois. Fuyant l'air de Marseille, empoisonné par les fabriques et les usines, ils avaient fait édifier des bastides cernées de jardins ombragés, sur une ancienne propriété agricole démembrée. Elle avait appartenu à Hugh Hopkinson, un Anglais originaire de Guyane britannique, fixé dans le hameau vers 1830, pour les beaux yeux d'une jolie Marseillaise, Angèle Cas. Il lui avait fait treize enfants avant de finir ses jours interné à l'asile public d'aliénés de La Timone, tout proche[1].

Les roues cerclées de fer des deux fourgons crissèrent sur les graviers de l'avenue. La percussion sourde des sabots des chevaux sur le sol mouillé, les grincements des freins serrés d'une main vigoureuse, achevèrent de tirer du lit les moins enclins à le quitter par ces temps de froidure et pluie. On entendit les grosses voix des cochers lancer des *« oooohh ! »* sonores pour apaiser leurs bêtes.

Le premier à sa fenêtre fut le chef d'escadron en retraite Charles Bonnafoux. En août 1870, il avait héroïquement chargé à Reichshoffen à la tête de ses cuirassiers. Embroché à l'épaule gauche par la lance d'un uhlan, il en avait gardé une douleur chronique qui l'avait rendu insomniaque.

— Ils s'arrêtent devant chez Coulon, dit le vieux militaire à l'intention de son épouse encore au lit.

Aux premières loges, car il habitait juste en face, Bonnafoux ouvrit la croisée, pencha sa haute carcasse par-dessus l'appui de fenêtre, afin de suivre du regard le premier fourgon noir qui avait parcouru encore quelques mètres :

1. Authentique.

— L'autre est en station devant chez la vieille...

Ainsi désignait-il Marie-Thérèse Magnan. Elle n'avait guère plus de huit ans que lui, mais à quatre-vingt-deux ans, elle était la doyenne de La Blancarde. La doyenne et la plus fortunée des habitants du hameau. Mme Magnan « avait des sous », cela se savait, bien que son train de vie habituel ne le laissât pas deviner. Veuve d'un négociant en oléagineux, qui avait fait fortune dans le commerce avec les colonies, elle était propriétaire d'une bonne quinzaine d'immeubles de rapport. Ils bordaient le boulevard tracé, vers les années 1830, par les frères Chave à travers leur propriété agricole pour y créer un quartier nouveau. Le domaine s'étendait naguère de la Plaine Saint-Michel [1] aux rives du ruisseau le Jarret. La spéculation immobilière s'était révélée bien plus lucrative que les baux accordés à des paysans toujours à prendre prétexte de calamités naturelles pour ne pas les honorer. Marie-Thérèse Magnan avait deviné tout le parti qu'elle pouvait tirer de l'esprit d'entreprise des frères Chave. Se portant acquéreuse de lots, elle avait fait bâtir, décuplant la valeur de l'héritage laissé par « son défunt ». Ainsi désignait-elle Augustin Magnan, prématurément enlevé à sa chiche affection en raison d'une consommation immodérée d'absinthe. La *fée verte* vous rongeait à coup sûr le cerveau, mais ne vous métamorphosait pas forcément en poète maudit.

Des deux fourgons noirs, des silhouettes vêtues de sombre, coiffées de chapeaux melon, avaient surgi, se

1. Aujourd'hui place Jean-Jaurès, toujours désignée comme « la Plaine » par les Marseillais.

regroupant autour de celui qui semblait les commander, un homme de haute taille et de forte corpulence. Sur un geste de celui-ci, trois d'entre eux se dirigèrent vers la grille d'entrée qui donnait sur le jardin de Louis Coulon, trente-quatre ans, fils adoptif de Mme Magnan, par ailleurs employé comptable à la distillerie Picon et Cie, sise 26-28, boulevard National, à Marseille.

« Décidément, pensa le chef d'escadron Bonnafoux, la nuit aura été bien agitée. » Il avait entendu à plusieurs reprises, entre dix heures du soir et cinq heures du matin, rouler des voitures à chevaux dans l'avenue des Micocouliers. Espérant toujours un sommeil qui tardait à venir, il n'était pas allé voir de quoi il retournait. D'autant moins qu'il tombait des cordes. Les averses violentes s'étaient succédé. L'accalmie n'était venue qu'avec l'aube.

Sous une poussée vigoureuse des arrivants, le portail métallique de la maison de Louis Coulon imita à s'y méprendre le cri du *gabian*[1].

Les quatre autres hommes en noir s'engouffrèrent dans l'allée qui menait à la villa de Mme Magnan. Le chef d'escadron Bonnafoux les perdit de vue. Habitué aux décisions rapides, il prit son manteau dans la penderie de la chambre à coucher, l'enfila sur sa longue chemise de nuit et, bonnet de coton sur la tête, dit à son épouse :

— Je descends voir ce qui se passe.

Dans l'avenue, plusieurs voisins entouraient déjà les fiacres dont les cochers étaient restés sur leurs sièges. Les riverains ensommeillés, saisis par le froid qui pin-

1. Goéland.

çait, emmitouflés dans leurs robes de chambre ou leurs manteaux hâtivement passés sur leurs vêtements de nuit, chuchotaient entre eux, se concertaient, hochaient la tête. Aucun n'osait questionner les cochers demeurés à leurs postes. En voyant arriver le vieux militaire, Mme Fouque, sa voisine, s'avança vers lui et, roulant des yeux affolés, lui confia :

— C'est la police. Je connais un de ces messieurs. C'est le commissaire de Saint-Just, M. Badetti. C'est lui qui a enregistré ma plainte quand j'ai été cambriolée l'an dernier par les romanichels.

— La police, à cette heure-ci ? Bougre ! dit en écho exclamatif le chef d'escadron Bonnafoux. Qu'est-ce qu'ils viennent foutre ici ?

Pour avoir la réponse à sa question, il se dirigea vers le cocher le plus proche et, déclinant ses titres et mérites, lui demanda d'un ton sans réplique la raison de ce déplacement en nombre.

Le cocher – un ancien sous-officier qui avait servi chez les zouaves – faillit se mettre au garde-à-vous. Il se pencha vers Bonnafoux et lui glissa :

— Il paraît qu'on a estourbi une vieille...

Sous le coup de l'émotion, la blessure du vieux militaire vint se rappeler à son souvenir. Il grimaça, massa son épaule douloureuse, et demanda de sa voix sonore :

— Mme Magnan ?

— J'ignore son nom, mon commandant, répondit le cocher. Le commissaire a simplement dit qu'une vieille dame avait été assassinée.

— Nom de Dieu, dit sobrement le chef d'escadron en retraite.

Il fit volte-face pour aller porter la nouvelle à ses

voisins. On entendit des cris de femmes étouffés par des mouchoirs, Mme Fouque tomba en pâmoison dans une flaque d'eau de pluie. Trois des voisins présents la relevèrent et, réalisant un brancard improvisé de leurs bras repliés, la ramenèrent jusque chez elle.

Bientôt, chacun rentra chez soi pour répandre l'incroyable nouvelle en famille. Bonnafoux se retrouva seul au milieu de l'avenue. Il tenta une approche de la maison de *la vieille*. Le cocher, en dépit du respect dû à la hiérarchie militaire, lui demanda de n'en rien faire. Le commissaire avait donné des ordres stricts pour ne laisser approcher personne.

L'ancien chef d'escadron se résigna à retourner chez lui, pour informer son épouse qui l'attendait, penchée à la fenêtre. Remonté au premier étage où se trouvait la chambre conjugale, Bonnafoux se saisit d'une lunette d'approche qui, jadis, lui avait tant de fois servi à repérer les mouvements de l'ennemi. Il la braqua sur la fenêtre de la chambre de Mme Magnan dont les volets étaient à présent largement ouverts. À la lueur des lampes à pétrole allumées, qui dessinaient des ombres géantes sur le mur de la pièce, le vieux militaire vit s'agiter les silhouettes sombres des policiers. Il devina un grand désordre. Très brièvement, il lui sembla apercevoir en travers du lit aux couvertures bousculées une silhouette blanche aux cheveux défaits, sur laquelle le commissaire était penché.

Un bruit de pas provenant de l'avenue se fit entendre sur la droite. Le vieux militaire braqua sa lunette sur la maison d'où les policiers ressortaient. Ils entouraient Louis Coulon. Ce dernier, grand et maigre, pâle à faire peur sous sa barbe anthracite, les cheveux en désordre, sortait de chez lui encadré par deux inspecteurs qui le tenaient fermement par les bras. Deux autres suivaient. Le quintette entra dans le jardin de *la vieille* et disparut caché par de hauts troènes au feuillage persistant.

— Sacrédieu ! s'exclama Bonnafoux à l'intention de son épouse. On dirait qu'ils embarquent Coulon !

Un silence relatif retomba sur l'avenue des Micocouliers, seulement troublé par les chevaux attelés aux fourgons, qui s'ébrouaient bruyamment. Leurs naseaux fumaient dans l'air chargé d'humidité. On voyait de temps à autre un visage s'encadrer brièvement derrière l'une ou l'autre des fenêtres des maisons riveraines.

Le jour se levait à présent, comme à regret, sous la couverture des nuages gris. On entendit haleter la locomotive de l'omnibus de Toulon. « Vent d'est », pensa Bonnafoux. Il va encore pleuvoir. La cloche du couvent de la Compassion, tout proche, sonna matines. Les cochers, recroquevillés sur leurs sièges, somnolaient.

Près d'une heure s'était écoulée, quand on vit du mouvement du côté de chez *la vieille*. D'un nouveau fiacre arrivé à l'instant, descendit un homme vêtu d'une redingote grise, coiffé d'un haut-de-forme, portant à la main une sacoche en cuir à fermoir de cuivre. Chacun l'identifia comme un médecin.

Il était à peine entré chez Mme Magnan que débarqua d'une nouvelle voiture tirée par un cheval tout près de la réforme dont on voyait les côtes, un personnage grave à la démarche d'échassier : M. le procureur de la République auprès du tribunal de grande instance de Marseille.

Une vieille jument étique amena, trois quarts d'heure

plus tard, un fourgon sur les flancs duquel on pouvait lire : *Hospice de la Conception.* Deux employés, coiffés de casquettes plates à visière de cuir et vêtus d'uniformes sombres, ouvrirent à deux battants la porte arrière du lourd véhicule et en sortirent un brancard de toile replié. Ils entrèrent chez Mme Magnan, pour en ressortir un long moment plus tard, attelés à leur brancard sur lequel se devinait la forme d'un corps humain dissimulé sous un drap. Ils l'embarquèrent dans le fourgon.

Enfin, les habitants de l'avenue des Micocouliers – beaucoup étaient de nouveau sortis de chez eux pour ne rien perdre de la scène – virent les sept policiers quitter la maison de Mme Magnan sur la porte de laquelle le commissaire apposa des scellés. Ils serraient de près Louis Coulon, toujours aussi blême. Les deux derniers encadraient la courte silhouette d'une jeune fille vêtue d'un manteau couleur beigeasse. Elle avait conservé dessous un tablier blanc qui dénonçait sa fonction.

— Ils emmènent aussi la petite bonne ! s'exclama le chef de bataillon Bonnafoux, à l'intention de son épouse. Comment l'appelles-tu, déjà ? Adèle... Adèle... ?

— Adèle Cayol.

Le vieux militaire jubilait intérieurement. Les sujets de conversation n'allaient pas manquer au cercle Saint-Michel, où il retrouvait chaque après-midi des camarades de son âge pour jouer les apéritifs à la manille ou au piquet.

L'avenue des Micocouliers retrouva enfin son calme

habituel. Mais dans les maisons, une fièvre collective enflammait ses riverains.

Vers dix heures, le pas menu de Mlle Chabaud, soixante-quinze ans, se fit entendre sur les gravillons de l'impasse. Elle habitait la dernière maison avant le champ d'abricotiers. Munie d'une pelle de jardin et d'un seau de zinc galvanisé, elle recueillit comme manne précieuse le crottin encore fumant déposé par les chevaux de la police. La vieille fille emporta sa récolte comme on porte le Saint-Sacrement, pour la répandre sur ses chers géraniums grimpants.

2

Où l'on fait connaissance du héros de cette histoire, Raoul Signoret, reporter au Petit Provençal, *venu enquêter sur place.*

Jamais on n'avait vendu autant de journaux quotidiens à La Blancarde que le numéro portant la date du 18 décembre 1891. Quarante-huit heures après la diffusion de la nouvelle qui avait mis le paisible hameau sens dessus dessous, chacun voulait connaître les détails du drame, jusqu'alors ignorés. Même de ceux qui avaient été les premiers témoins de l'événement.

Le chef d'escadron en retraite Charles Bonnafoux avait acheté un exemplaire des principaux titres paraissant à Marseille. Il passait du *Petit Marseillais* au *Sémaphore*, avant de se plonger dans *Le Petit Provençal* ou *Le Radical*, afin de vérifier si les péripéties y étaient rapportées de la même façon. Il faisait de chacun une lecture à haute voix à son épouse.

En haut de la première page du *Petit Provençal*, sur cinq colonnes s'étalait un titre dramatique, rapportant « L'atroce assassinat d'une rentière de La Blancarde ». On précisait en sous-titre : « Une octogénaire,

Mme Marie-Thérèse Magnan, a été retrouvée morte étranglée sur son lit. Son agresseur s'est acharné sur elle, lui labourant le visage de ses ongles avant d'accomplir sa sinistre besogne. »

En dessous, en caractères plus petits, figurait cette précision : « Deux personnes suspectées sont actuellement interrogées par la police. »

Leur identité n'était pas divulguée.

Le Petit Provençal avait dépêché sur place un enquêteur spécialisé, Raoul Signoret, sémillant jeune homme de vingt-deux ans, à la moustache blonde et à la chevelure de poète. Fort soigné de sa personne, il coiffait un feutre taupé et portait une lavallière noire. La veste cintrée de son costume gris clair soulignait son allure élancée et un pardessus noir à col de velours achevait de lui donner l'air d'un gentleman. Le journaliste passa une journée entière à rencontrer les riverains de l'avenue des Micocouliers, flattant particulièrement l'orgueil de Charles Bonnafoux, en le prenant comme interlocuteur privilégié.

Raoul Signoret avait été frappé par la ressemblance de l'ancien cuirassier avec le jeune chef d'escadron Lyautey[1] qui venait de se faire connaître par un retentissant article sur le rôle social de l'officier. Publié dans *La Revue des Deux-Mondes*, il avait secoué le conformisme de l'état-major. Cette similitude de traits entre les deux militaires avait surpris le journaliste au point qu'il n'avait pas pu s'empêcher, en se présentant à Bonnafoux, de lui demander s'il avait un lien de parenté avec son cadet :

— Je ne le connais ni des lèvres ni des dents, avait

1. Il sera nommé général en 1902 et maréchal de France en 1921.

plaisanté Bonnafoux, usant d'un calembour depuis longtemps éculé. Je n'ai même jamais vu sa bobine, sinon qu'il paraît que nous avons la même, à quelques fanons et rides près. Je sais au moins à quoi le lascar ressemble. Mais je ne partage pas ses idées, loin de là. Je ne sais pas ce qui lui a pris, à ce bougre. « Le rôle social de l'officier ! » Foutaises ! Un officier est fait pour conduire ses hommes au combat. Et pour reprendre l'Alsace-Lorraine aux Boches. Pas pour prêcher la bonne parole. Je laisse ça aux missionnaires et aux bonnes sœurs.

Raoul Signoret avait évité de poursuivre la conversation sur un sujet apparemment délicat. Il n'avait aucune illusion sur ses capacités à convaincre une vieille ganache, ancrée sur des certitudes d'un autre âge, que la Grande Muette elle-même pouvait évoluer.

Pour autant, quand on ne le mettait pas en situation d'exposer ses idées réactionnaires, Charles Bonnafoux était le plus cordial, le plus convivial et le plus serviable des hommes. Entre le vieux militaire et le jeune journaliste un courant de sympathie s'était rapidement établi. Spontanément, l'ex-chef d'escadron s'était offert à dire au reporter ce qu'il savait sur « le drame ».

Grâce à quoi, le vieux militaire avait découvert avant tout le monde quelques-unes des péripéties de l'affaire, qui seraient livrées au lecteur ordinaire seulement dans le journal du lendemain. Cette collaboration spontanée flattait l'ex-commandant de cuirassiers. Pour cette raison, il venait de répéter à son épouse, qui somnolait dans son fauteuil et n'éprouvait plus, à l'énième lecture des mêmes faits, la curiosité du début :

— Le compte rendu du *Petit Provençal* est le plus complet de tous. C'est un as, ce Signoret. Je ne sais pas d'où il tient tout ce qu'il sait sur l'affaire...

Bonnafoux était pourtant bien placé pour le savoir : ce qu'avait appris le reporter du *Petit Provençal*, il le tenait du chef d'escadron en retraite.

Il y avait eu échange de bons procédés. Le premier, qui tenait ses informations de première main – celles de la police –, avait confié au second les détails réclamés. L'assassinat de Marie-Thérèse Magnan avait probablement eu lieu aux alentours de neuf heures du soir. La vieille femme était au lit depuis une bonne heure. Sa petite bonne, Adèle Cayol, lui avait monté sa tisane vers huit heures. On avait retrouvé la tasse brisée sur le parquet de la chambre bouleversée. L'assassin avait surpris sa victime, sans doute dans son premier sommeil. Mais, encore vigoureuse pour son âge, Mme Magnan avait lutté avec son agresseur. En témoignaient les traces de sang relevées sur les draps du lit où l'on avait retrouvé son corps. Ses lèvres avaient éclaté, comme sous l'effet d'un coup de poing. Elle avait succombé – aucun doute là-dessus – à une strangulation, attestée par son cou violacé et gonflé. Le visage avait été labouré par des ongles acérés :

— Si un fauve avait des mains, avait dit Raoul Signoret, on aurait pu croire à l'attaque d'un animal sauvage !

Ces détails scabreux passionnaient Bonnafoux. Il était aux anges.

En échange de ces révélations, le vieux militaire avait confié au journaliste ce qu'il savait propre à nourrir de *choses vues et entendues* l'article à paraître.

— On estimait beaucoup Marie-Thérèse Magnan, à La Blancarde, avait-il assuré, bien qu'elle eût un foutu caractère. Elle faisait marcher son monde à la baguette. Il fallait l'entendre houspiller sa petite bonne, Adèle Cayol, quinze ans, une enfant trouvée, originaire des Basses-Alpes. Les sœurs de l'hospice de Toulon qui l'avaient recueillie avaient placé la petite dès l'âge de douze ans chez des paysans *gavots*[1]. On disait que la gosse, alors à peine pubère, avait été importunée (c'était un euphémisme) par le fils aîné du fermier. Ce dernier, une brute épaisse, aurait eu aussi envers cette pauvre fille une attitude indigne d'un père de famille. Alertées, les religieuses avaient demandé l'intervention de l'inspecteur en charge des Enfants-Assistés. Celui-ci avait confié Adèle à Mme Magnan, en raison de la réputation de moralité et piété de la rentière. *La vieille* s'accommodait de cette enfant soumise et sans instruction. Adèle était dure à la tâche. Mme Magnan lui fournissait un emploi à la mesure de ses faibles capacités intellectuelles et veillait sans faiblir sur sa moralité.

— Question principes, *la vieille* ne rigolait pas ! avait confirmé Bonnafoux.

On racontait dans le hameau que Marie-Thérèse Magnan avait naguère rompu toute relation avec son propre frère, au seul fait qu'il refusait – à soixante-neuf ans ! – de régulariser une très ancienne liaison !

— C'est qu'il y avait des sous à la clef ! avait dit le chef d'escadron, en clignant de l'œil.

On parlait de deux cent cinquante mille francs-or en rentes viagères. Marie-Thérèse Magnan n'entendait pas voir un patrimoine, amassé tout au long d'une vie par

1. Surnom donné aux Bas-Alpins.

de judicieux placements, tomber entre les mains d'une aventurière qui avait tourné la tête au frère et vivait avec lui dans le péché de concubinage.

Le « jeune » frère, M. Espanet, avait fini par comprendre où se trouvait son intérêt. L'an dernier, il s'était rendu aux arguments de sa sœur aînée. Il convolait en justes noces avec celle que Mme Magnan persistait – en dépit de la régularisation – à appeler « la créature ». Depuis, les relations s'étaient normalisées entre *la vieille* et Espanet.

On racontait encore que Mme Magnan avait refait son testament – dont son frère était jusqu'alors exclu – afin qu'il y retrouvât sa juste place.

— De tout l'entourage familial, avait encore confié Bonnafoux à l'enquêteur du *Petit Provençal* qui remplissait son carnet de notes, c'était à Louis Coulon, son fils adoptif, que la riche rentière semblait témoigner le plus d'intérêt, si l'on peut appeler ainsi une attitude chiche d'affection.

— Elle était aussi chaleureuse qu'un adjudant de semaine à l'heure du rapport, avait plaisanté l'ancien militaire.

— Avez-vous des informations sur les raisons de cette adoption ? avait demandé le reporter. Les Magnan et les Coulon avaient-ils des liens de parenté ?

— Je ne pense pas, avait répondu le chef d'escadron. Il faudrait demander ça à mon épouse. Je crois que les Magnan ne pouvaient pas avoir d'enfants, tout simplement. Et celui-là était tout fait. Ils avaient les moyens de l'élever.

Mme Magnan avait légalement adopté Louis Coulon à l'âge de deux ans, après que le père de l'enfant, un veuf, courtier en vins, avait été frappé d'une paralysie consécutive à une attaque cérébrale.

Bonnafoux avait eu un geste imagé. Le poing fermé placé devant son nez, en le tordant à plusieurs reprises, il signifiait au journaliste que Coulon père ne faisait pas que vendre son vin, il le goûtait d'abord longuement.

— C'était un consciencieux ! s'était esclaffé le vieux militaire. Question qualité, il ne transigeait pas et ne délivrait que de la marchandise ayant reçu son approbation personnelle !

Pour compléter ce portrait de famille, Bonnafoux avait expliqué :

— Louis Coulon avait un demi-frère, Auguste, son aîné de quinze ans, issu d'un premier lit. À l'époque, Auguste était parti travailler à Mexico, où des gens de Barcelonnette avaient édifié des empires commerciaux. Engagé comme *calicot* dans un grand magasin, il avait fait son chemin en épousant la fille d'un propriétaire terrien. Comme Auguste était au Mexique à l'époque où leur père est mort, il n'avait pas pu s'occuper du jeune Louis. C'est ainsi que les Magnan avaient adopté l'enfant. Depuis dix ans, Auguste est revenu en France et croyez-moi, « il en a aussi ! ».

Le vieux militaire avait accompagné sa réflexion du geste du pouce et de l'index qui évoque l'argent et sa possession.

À l'époque de l'adoption de Louis, M. Magnan vivait encore. Ce couple sans descendance avait élevé l'enfant selon une éducation conforme aux principes de sa mère adoptive. Sa formation intellectuelle et morale avait été confiée aux Frères des Écoles chrétiennes.

— C'est sans doute pour ça qu'il a conservé l'air d'un séminariste en civil, avait commenté le chef d'escadron.

Le jeune homme s'était marié avec une créature effacée, Agathe Crousillat, choisie par Mme Magnan. La jeune femme souffrait depuis son mariage avec Coulon de mélancolie chronique. Bonnafoux avait confié son diagnostic.

— On la comprend un peu. Elle est jeune encore. Elle ne doit pas rigoler tous les jours. Il faut reconnaître que le Louis c'est pas un comique-troupier.

Agathe, on ne la voyait presque pas dans le hameau, car elle sortait rarement de chez elle. Le couple s'était installé chez les parents de la jeune femme, qui leur avaient laissé usage de la maison. Celle-ci, comme par hasard, jouxtait la propriété de Marie-Thérèse Magnan, à sa gauche : *la vieille* les avait à l'œil.

Devenue veuve, la riche rentière avait institué Louis Coulon son légataire universel.

— Mais, avait encore expliqué Bonnafoux, avec un air entendu, pour que Coulon touche le magot, il fallait que *la vieille* meure... si vous voyez ce que je veux dire.

Raoul Signoret voyait parfaitement. Il répliqua pourtant à son informateur :

— Ça, on peut le penser, mais pas l'écrire, mon commandant. Et puis, n'est-ce pas Coulon lui-même qui a prévenu la police ?

— Certes, admit Bonnafoux, mais il ne s'est guère pressé. À ce qu'on dit, *la vieille* était morte depuis sept ou huit heures quand il s'est décidé à atteler son boghei[1] pour se rendre au commissariat de Saint-Just. La petite bonne, en chemise et jupons sous un parapluie – vous savez ce qu'il tombait, cette nuit-là –, est venue, terrorisée, tambouriner vers minuit à la porte de Coulon, lui annoncer « qu'il était arrivé quelque chose à Madame ». Lui, on ne peut pas dire qu'il se soit affolé. Pourtant, il a bien dû aller le voir, le cadavre de *la vieille*, avant d'avertir le commissariat de Saint-Just, non ? Il savait donc qu'on avait assassiné sa mère adoptive. Et il n'est allé trouver la police que vers cinq heures du matin ?

— Les enquêteurs tireront tout ça au clair, dit Raoul Signoret en prenant congé de son hôte. Je crois savoir que tout le monde a été embarqué ?

— La petite aussi, remarqua Bonnafoux. C'est ça qui m'étonne.

— Elle est interrogée comme témoin principal, dit le journaliste. Il n'y a là rien que de très normal.

Il se promit pourtant de prendre un contact téléphonique sans tarder avec Eugène Baruteau, commissaire principal, chef-adjoint de la Sûreté marseillaise, dans son bureau de *l'Évêché*[2]. Le reporter entretenait avec le policier des relations allant bien au-delà de l'intérêt professionnel. Et pour cause : ce dernier n'était autre que son oncle maternel. Situation bien pratique, lorsqu'on est un jeune journaliste ambitieux, spécialisé dans les affaires criminelles et qu'on est à la recherche d'informations sûres et exclusives, propres à damer le pion des confrères concurrents.

1. Voiture à deux roues.

2. La Sûreté (aujourd'hui le commissariat central) de Marseille logeait en grande partie dans l'ancien palais épiscopal. Le nom a été conservé.

C'est pourquoi, en dépit de l'affection réelle que Raoul témoignait à l'oncle Eugène, sa relation avec lui n'était pas toujours exempte d'intérêt professionnel.

*

En quittant l'ancien militaire, providence des reporters en mal d'information, Raoul Signoret fit un tour dans La Blancarde qu'il ne connaissait que de nom, pour humer l'atmosphère. Il laissa traîner ses oreilles dans les estaminets, écouta les ménagères partager leurs émotions en pleine rue. Il interrogea le cantonnier qui n'en savait pas plus que chacun, mais le retint tout de même plus de vingt minutes à lui confier ce qu'il connaissait déjà. Il recueillit enfin, sans l'avoir sollicitée, l'opinion sur le drame d'Étienne Jeanssoulin, surnommé *Lou Fada*, le simple d'esprit local, célèbre dans tout le hameau pour sa logique inattendue.

L'assassinat de Marie-Thérèse Magnan était devenu le sujet exclusif des conversations. La nouvelle avait même franchi les murs du monastère de la Visitation tout proche, qui abritait, outre sa communauté, l'un des pensionnats de jeunes filles les plus connus à Marseille. Par ces dernières, elle s'était répandue dans la bonne société de la ville. Les religieuses avaient passé une nuit entière en prière pour le repos de l'âme de Mme Magnan, l'une de leurs bienfaitrices. Pour gagner sa part de paradis, la rentière avait soustrait de sa considérable fortune de quoi assurer les dépenses occasionnées par la réfection de la chapelle dédiée à leur fondatrice, Anne-Magdeleine Rémusat. Celle-ci, morte en odeur de sainteté le 15 février 1730, à trente-quatre ans, avait suggéré à Monseigneur de Belsunce de consacrer Marseille et son diocèse au Sacré Cœur de Jésus. C'était, pensait-elle, le dernier recours possible pour enrayer la Grande Peste de 1720 qui sévissait depuis deux ans. L'épidémie avait déjà dévoré la moitié de la population. Le fléau s'étant apaisé de lui-même peu après l'initiative de la sainte femme, la religieuse en avait retiré dans tout Marseille une flatteuse réputation d'interlocutrice privilégiée du Très-Haut.

Depuis sa chaire, le curé de Saint-Naphre, paroisse dont dépendait le hameau, était longuement revenu, le dimanche suivant le drame, sur les vertus de Marie-Thérèse Magnan, femme de bien, dont la générosité égalait la piété. *La vieille* avait donné à l'abbé Bonsignour de quoi faire réparer un morceau du toit de la chapelle qui prenait l'eau après que la foudre l'eut transpercé.

Les bien-pensants n'étaient pas les seuls à évoquer intarissablement la défunte. Dans la salle enfumée du cercle laïque, qui accueillait à ses tables libres-penseurs et ouvriers sans Dieu, travaillant pour la plupart au dépôt du chemin de fer, derrière la gare de La Blancarde, la mort brutale de *la vieille* était devenue le morceau de bravoure des conversations. Raoul Signoret s'attarda un moment au *Bar du Monastère*, dont le nom claquait comme un défi face au couvent de la Compassion. Ce bistrot campagnard attirait tout ce que le terroir de La Blancarde comptait en matière d'anticléricaux militants et éthyliques. Depuis l'événement fâcheux qui avait troublé le calme du hameau, ceux-ci en oubliaient de gratifier les religieuses – désolées de voir ces hommes marcher si effrontément vers leur damnation – des appels de corvidés dont ils accompagnaient habituellement le passage des cornettes et des soutanes devant la terrasse du bar.

Le dimanche, à l'heure du déjeuner, les tables de *l'Auberge du Mûrier* furent toutes occupées par des familles venues de Marseille pour tenter d'apercevoir le lieu du crime et, qui sait, y découvrir quelque indice négligé par la police.

À plusieurs reprises, dans le courant de l'après-midi, le chef d'escadron Bonnafoux dut sommer, de sa voix habituée au commandement, des voyous accrochés au portail de la maison de Mme Magnan, de bien vouloir « foutre le camp », sous peine de recevoir son pied aux fesses. D'autres, qui tentaient carrément d'escalader le mur d'enceinte, furent menacés de l'appel aux sergents de ville.

Deux des plus culottés, avant d'obtempérer, prirent le temps de dévisser la plaque de cuivre qui portait le nom de la propriétaire de la *maison du crime* et de l'emporter comme une relique.

3

Où l'on rencontre le commissaire principal Eugène Baruteau, de la Sûreté, dans le cadre singulier du Grand Café turc*, rue Cannebière.*

Raoul Signoret, reporter au *Petit Provençal*, spécialisé dans les affaires criminelles, poussa la porte vitrée du *Grand Café turc*, 33, rue Cannebière[1], à six heures du soir précises. L'établissement n'était pas très éloigné de la rue Grignan où se trouvait le siège de son journal. L'arrivant reçut en plein visage l'haleine humide, chaude, enfumée et composite propre aux lieux publics. La salle, aux murs garnis de grandes glaces, donnait une impression de vastitude. Richement décorée de panneaux peints de motifs exotiques dus aux pinceaux de Loubon, Reynaud ou Bouillon-Landais, grands spécialistes d'un genre très en vogue, elle était aux trois quarts pleine d'une foule de buveurs, à cette heure apéritive. C'est là que le journaliste avait rendez-vous avec son oncle, le commissaire principal, chef adjoint de la Sûreté, Eugène Baruteau.

Raoul était en avance. Il craignait d'arriver au ren-

1. L'orthographe Canebière, conforme à l'étymologie (canèbe, chanvre, en provençal) ne fut rétablie qu'en 1927.

dez-vous en même temps que le policier et voulait être sûr de trouver une table libre à l'entresol de l'établissement. L'endroit était plus propice à la discrétion de l'entrevue que la salle du bas, toujours pleine. Là, se côtoyaient rapins, courtiers maritimes, employés de la chambre de commerce, de la mairie, des entreprises portuaires, jeunes stagiaires des cabinets d'avocats et parfois même quelques confrères qui ne manqueraient pas d'établir un rapport entre cette rencontre et la précision des informations publiées dans les colonnes du *Petit Provençal* du lendemain.

Installé sur un fauteuil de moleskine noire, Raoul Signoret prenait la salle du rez-de-chaussée en enfilade. En effet, les deux salles du *Grand Café turc* étaient en communication, grâce à une découpe circulaire, entourée d'une rambarde, pratiquée dans le plafond de celle du bas. On pouvait voir qui entrait dans l'établissement depuis la salle du haut. Au centre de cette découpe, émergeaient les cadrans d'une étonnante horloge à quatre faces, attraction du *Grand Café turc*. Elle surmontait le gros poêle en faïence, qui chauffait les deux étages et portait sur chacune de ses faces un cadran orné de chiffres romains, turcs, arabes et chinois. Ils indiquaient l'heure de leurs méridiens respectifs. Cette étonnante mécanique, montée sur un socle, était visible de tout l'établissement. Elle symbolisait l'ouverture du port de Marseille sur le monde.

Le journaliste était le seul client de l'étage.

Pour se donner contenance, il feignait de lire le numéro du jour du *Petit Provençal* à la page où figurait un article qu'il connaissait par cœur pour en être l'auteur. Ainsi pouvait-il garder un œil sur la porte à double battant.

Le commissaire Baruteau arriva avec une bonne demi-heure de retard. Il avait au bec son éternelle pipe éteinte – une *Peterson* irlandaise en bruyère flammée, baguée d'argent. Il en mâchait convulsivement le tuyau froid, depuis qu'il avait décidé d'arrêter de fumer pour guérir son emphysème. Sa haute taille, arrondie par un ventre proéminent, en s'interposant entre les becs de gaz et la table où se trouvait Raoul Signoret, plongea un bref instant le jeune homme dans la pénombre :

— Je ne t'ai pas fait trop attendre, mon neveu ? demanda le policier à Raoul, qui s'était levé.

Il l'embrassa sur les deux joues.

— Si nous étions dans un café d'Istanbul, mon cher oncle, répliqua le jeune homme, en jetant un coup d'œil au cadran turc de l'horloge, je patienterais depuis trois heures trente. Mais nous habitons sur le même méridien, Dieu merci !

— Je ne m'en sortais plus ! avoua Baruteau en ôtant son lourd manteau.

Il accrocha son chapeau à une patère. Il arborait une coupe à la bressane, les cheveux courts plantés droit sur la tête. Sa lèvre supérieure disparaissait sous une moustache noire, en croc, qui lui donnait un air sévère. Il souffla bruyamment :

— Ouf ! figure-toi que j'ai un inspecteur qui a les doigts un peu épais pour le porte-plume. Il est dégourdi comme un emplâtre et long comme un jour sans pain. Et je ne dis rien de son orthographe. Tu vois ça d'ici, avec les procès-verbaux d'enquêtes...

Il s'assit lourdement aux côtés de son neveu sur la

banquette dont le coussin, par une loi physique de compensation, exerça sur le jeune homme une poussée verticale sous les fesses.

Le journaliste eut une pensée pour le vieil Archimède, qui le fit sourire.

— De quoi ris-tu, Sycophante ? demanda Baruteau, grand connaisseur de Victor Hugo.

— De rien, mon oncle. Je viens de faire une découverte à propos d'un vieux principe. Je croyais qu'il ne s'appliquait qu'à l'élément liquide, mais il se vérifie aussi avec la moleskine des banquettes de cafés.

— Ah ? dit le commissaire intrigué. On peut savoir comment s'énonce ce principe ?

— « Tout neveu assis à côté de son oncle qui le fait deux fois, reçoit, quand ce dernier s'assoit, une poussée verticale de bas en haut, égale au poids du volume de coussins déplacé. »

Baruteau lui bourra les côtes avec le coude en riant :

— Tu devrais communiquer ta découverte à l'Académie de Marseille, classe des Sciences. J'ai un vieux copain qui en fait partie : le professeur d'Huchon-Daurisse. Il t'obtiendra un prix académique.

— Ah ? dit Raoul, taquin. Ça rapporte gros ?

— La considération distinguée de la docte institution et une cordiale poignée de main au cours d'une cérémonie très chic où les dames à chapeaux sortent leurs fourrures de la naphtaline.

L'ambiance étant à la bonne humeur, Raoul Signoret en profita pour mettre sur le tapis le sujet qui avait motivé le rendez-vous :

— Parlons peu, parlons bien. L'interrogatoire des suspects dans l'affaire Magnan, ça avance ?

— Doucement, doucement, grommela Baruteau, je ne parlerai qu'en présence d'un bock bien frais. Je veux bien que nous fassions équipe, mais je ne veux pas mourir de soif.

Un garçon, vêtu d'un costume de zouave d'opérette – bonnet rouge à gland, gilet bleu et pantalon bouffant –, s'approcha des deux hommes :

— Un *Noilly* blanc pour moi, commanda le reporter.

— Et moi, une *Velten* pression, dit le policier. Clignant de l'œil, il précisa : je ne bois plus de bière d'Alsace depuis que les Boches en contrôlent la fabrication ! Buvons français, *Troun de Dièu !*[1] et même mieux : marseillais. Cette *blonde* est brassée à quelques centaines de mètres d'ici : rue Bernard-du-Bois, proche de la gare Saint-Charles. Le savais-tu, *ignorantasse*[2] ?

Raoul qui n'était pas amateur de boissons fermentées ignorait qu'il existât des brasseries sur les bords du Lacydon.

Les consommations arrivèrent bientôt. Baruteau sans attendre son neveu saisit son bock et le leva :

— Allez ! À la tienne. On les aura !

Raoul feignit de ne pas avoir compris l'allusion à l'occupation de l'Alsace-Lorraine :

— On aura quoi, dit-il, malicieux, les aveux de Coulon ?

— Oh, ça ! répliqua Baruteau, ça sera plus facile que de foutre les Boches à la porte !

— Il a avoué ?

— Non, mais c'est tout comme. Ce garçon a la tête de l'emploi.

---

1. Tonnerre de Dieu.
2. Gros ignorant.

— C'est-à-dire ?

— Il a vraiment une allure de traître de mélodrame avec sa barbe en pointe. Un faciès chafouin, le regard fuyant – sais-tu que je n'ai pas encore réussi à croiser ses yeux ?

Baruteau essuya la mousse qui s'accrochait aux poils de sa moustache d'un revers de main :

— Quant à ses explications, elles forment une pelote de contradictions. Je suis persuadé qu'il a étranglé *la vieille*.

— Pourquoi l'aurait-il occise, objecta le journaliste, puisqu'il devait en hériter ?

— Ah, tu sais ça, toi ? bougonna le commissaire.

— Ça et bien d'autres choses, répondit Raoul, pas mécontent d'agacer son oncle.

— Sois prudent, Raoul, conseilla Baruteau. Tu sais que la loi t'interdit de faire état d'informations concernant l'enquête, tant que l'affaire n'est pas venue devant un tribunal. Les gens auraient vite fait le lien entre le journaliste et son informateur. Je risque la révocation, moi. Je sais bien qu'il y aura toujours une place de planton pour ton vieil oncle, quand tu seras le directeur du *Petit Provençal*, mais ce n'est pas une raison pour me mettre dans l'embarras. Tu es en train de me tirer les vers du nez et moi, balourd, je passe aux aveux. Allez ! je ne te dis plus rien.

— Mon cher oncle, dit Raoul, faussement suppliant, ne me laissez pas tomber au milieu du gué. J'ai besoin de vous pour faire enrager mes confrères et concurrents. Je serai prudent. Je n'écrirai qu'au conditionnel et je n'userai que de la litote. Vous ne serez pas soupçonné. D'ailleurs, je n'avouerai jamais.

Baruteau sourit en grognant :

— Monsieur mon neveu, tu es un coquin patenté.

— Monsieur mon oncle, répliqua Raoul, vous êtes le phénix de la police. Le prince des enquêteurs. S'il vous plaît, fournissez-moi de quoi obtenir la promotion que mon talent mérite dans ce monde implacable de la presse. Vous savez bien que je vous considère comme mon père. Que ne ferait un père pour aider son fils ?

Baruteau, mi-attendri, mi-offusqué, se pencha vers son neveu :

— Tu es un forban, Raoul. Tu m'embobines, je le sais.

Il reprit l'air rogue qui lui servait à masquer ses émotions :

— Bon ! je ne t'en dirai pas plus qu'il ne faut. J'ai conscience que tu abuses de ma faiblesse et de l'affection que je te porte. Tu ne m'as même pas donné de nouvelles de ma chère sœur aînée, petit saligaud !

— Maman va très bien, indiqua Raoul. Elle est en ce moment chez tante Estelle à Bandol, comme chaque hiver.

Sans transition, il revint à la charge :

— Alors, notre Coulon ? Où en est-on ?

Vaincu, le commissaire ne chercha plus de faux-fuyants.

— Notre Coulon, comme tu dis, est dans de sales draps. La petite Cayol, la bonne de la vieille, nous a dit que lorsqu'elle est allée chercher « Monsieur Louis », le fils n'est resté guère plus de cinq minutes en compagnie du corps de sa mère. Il s'est contenté de dire, sans grande émotion, « il n'y a plus rien à faire pour elle ». Sur ce, il est retourné chez lui. Il prétend avoir passé le reste de la nuit en compagnie de sa femme, à boire du tilleul pour se remettre de ses émotions. Ce n'est qu'un peu avant cinq heures du matin, après être retourné auprès du cadavre, qu'il s'est enfin décidé à prévenir un voisin, le seul de La Blancarde à être équipé d'un appareil téléphonique. Il a appelé le docteur Bastide, un des rares médecins de Marseille à être abonnés. Celui-ci a refusé de signer le permis d'inhumer. Coulon s'est enfin décidé à venir nous trouver.

— Bizarre, en effet, dit Raoul.

— Sais-tu ce qu'il répond, quand on lui demande de justifier le peu de sollicitude témoignée après la découverte de sa mère adoptive assassinée ? Je te le donne en mille : « J'ai peur des morts, je n'ai pas osé m'approcher d'elle. » Il se moque du monde...

— Il est possible que sous le coup de l'émotion il ait perdu le sens du devoir, remarqua le journaliste.

— Il l'avait tellement perdu, objecta Baruteau, qu'avant de laisser la morte passer la nuit sur le lit où on l'avait étranglée, il a eu la présence d'esprit d'ouvrir le coffre-fort de la vieille, dont il avait un double de clef. Il y a pris les titres de rentes qui s'y trouvaient. On les a récupérés chez lui. Coulon prétend avoir voulu les mettre à l'abri. Où étaient-ils mieux en sûreté que dans le coffre ? Quant à la lettre cachetée contenant le testament, que la petite bonne assure avoir vu Mme Magnan placer dans son coffre, personne ne sait où elle se trouve.

Raoul Signoret était perplexe. Il répéta à voix haute ce qu'il disait la veille au chef d'escadron Bonnafoux :

— Pourquoi Coulon aurait-il fait ça puisqu'il se savait légataire universel ?

— Va savoir, répliqua le commissaire, adepte de l'humour à froid. Un moment d'impatience mal réprimée, peut-être. *La vieille* avait une santé de fer, à ce qu'on dit. Son fiston en avait assez d'espérer sans rien voir venir. En tout cas, c'est de ce côté que l'enquête doit s'orienter. Trouver des motivations à un geste qui, pour l'instant, ne s'explique pas. Et si la mère Magnan avait modifié ce fameux testament qui s'est, comme par hasard, envolé ? Et si Coulon l'avait pris au tragique ?

Raoul Signoret pensa à ce que lui avait confié la veille le vieux militaire de La Blancarde à ce sujet, mais, se promettant de retourner dans le hameau, il se garda pour l'instant d'en parler avec son oncle.

Ce dernier acheva sa bière. Il dit avec un clin d'œil à son neveu, en se levant pour partir, jetant un regard sur le cadran turc de l'horloge :

— *Capoun di Boun Dièu !* [1] à Istanbul, il est déjà onze heures du soir ! Il est temps de rentrer se coucher après avoir lampé la soupe de Mme Baruteau. À mon exigence, elle y met une saucisse de Toulouse, ça fait passer sur le goût des poireaux !

Il rit tout seul de son astuce et toussa longuement, maudissant son emphysème.

— Tu feras une note de frais, hein ? dit-il en clignant de l'œil. C'est plus facile dans un journal qu'à l'Évêché.

En remettant son chapeau sur la tête, il dit, un doigt sur la bouche :

---

1. Sacré N. de D. !

— Je ne t'ai rien dit et je ne te connais pas.

Puis, sans rien ajouter, il planta là Raoul, avec un gros rire qui secoua ses bronches encombrées, lui laissant le soin de régler les consommations.

4

Où l'on retourne à La Blancarde pour compléter, en compagnie d'Adélaïde Fouque, le portrait du suspect numéro un.

Le lendemain après-midi, Raoul Signoret revint à La Blancarde. Il prit soin de ne pas se montrer au chef d'escadron Bonnafoux. Il lui ferait une petite visite en fin d'après-midi, afin que le vieux militaire ne s'offusquât point s'il venait à apprendre sa présence, mais il désirait d'abord interroger une autre des « figures » du hameau, Adélaïde Fouque. Elle était présentée par les habitués du *Bar du Monastère* comme « une *bazarette* [1] de gros calibre ».

La vieille dame au profil aigu, éternellement coiffée d'un bonnet de dentelle à la marseillaise, se fit un peu prier pour ouvrir sa porte au journaliste. Mais elle avait un tel besoin de s'épancher après toutes ces émotions qu'elle finit par céder. Raoul lui fit comprendre combien son témoignage serait précieux aux lecteurs du *Petit Provençal* dont elle était une fidèle abonnée, à cause de la lisibilité de sa rubrique nécrologique et

1. Femme très bavarde.

de la qualité de ses pages faits-divers. Veuve de longue date d'un chef de bureau des postes, sans famille proche, Adélaïde Fouque ne pouvait meubler sa vie qu'avec l'existence (ou la disparition) des autres.

Elle fit entrer le reporter dans son salon aux fauteuils de velours cramoisi protégés par des housses qu'elle n'ôtait jamais et lui proposa un petit verre de vin cuit de Palette. « Sa seule folie », assurait-elle.

Le jeune homme, malgré son peu de goût pour ce breuvage sucré dépourvu de ce minimum indispensable en teneur alcoolique pour réjouir le cœur et le palais de l'homme, se perdit en compliments sur son parfum et sa longueur en bouche. Il acheva la conquête d'Adélaïde.

La première gorgée mit un peu de rose aux joues creuses de la *bazarette*. Elle prit une attitude plus détendue, signifiant qu'elle s'apprêtait à subir l'interrogatoire avec un maximum d'esprit de collaboration.

— J'aimerais savoir, attaqua Raoul, quels étaient les rapports entre Mme Magnan et son fils adoptif ?

Les yeux de la vieille dame brillèrent d'un éclat soudain. Elle tenait son heure. Son témoignage allait éclairer l'enquête d'un jour nouveau. Car « elle savait des choses ». Par exemple, que les affaires n'étaient guère brillantes chez les Coulon, sur le plan des finances. Le beau-père, M. Crousillat, avait connu des revers de fortune à la suite de placements hasardeux. Sa fille, la femme de Coulon donc, en dépit de sa santé préoccupante, avait dû trouver des travaux de couture à domicile pour arrondir les ressources du ménage. On disait que lui, il jouait aux courses et aux cartes. Il fréquentait des tripots et perdait tout ce qu'il voulait. Il avait dû, l'an dernier, s'humilier à demander une avance sur héritage à sa mère adoptive. Adélaïde Fouque s'était faussement indignée :

— Mme Magnan avait exigé un reçu ! Vous croyez pas que non ?

Coulon, à ce qu'elle affirmait, avait été incapable de rembourser intégralement sa dette. Sa mère adoptive lui réclamait plusieurs mois d'intérêts !

— Son frère aîné, Auguste, que l'on dit fort à l'aise, n'a pas aidé son petit frère à se sortir de là ? demanda le reporter.

— Vous savez, répondit la vieille dame. Les gens, plus ils en ont, moins ils en donnent et plus ils en mettent de côté. D'après ce que m'avait raconté Mme Magnan, Auguste Coulon avait dit qu'aider son jeune frère à rembourser ses dettes de jeu, c'était pas lui rendre service, si on voulait le débarrasser de son vice. C'est comme ça qu'il disait, Auguste : son vice.

Adélaïde Fouque était une mine d'informations de premier choix. L'attention que lui portait l'enquêteur du *Petit Provençal* atteignit son comble quand il l'entendit lui confier, en baissant la voix :

— Au début de la semaine, j'ai entendu le bruit d'une dispute. Ça venait de chez Mme Magnan. J'ai vu son fils sortir de chez elle rouge de colère, en criant : « Crève, le plus vite possible ! »

— Vous l'avez dit à la police ? questionna Raoul.

— Non, j'ai pas osé. Ça me regarde pas, après tout. C'est des choses, ça, qui doivent rester en famille.

Raoul demeura persuadé que toute La Blancarde était déjà informée par les soins de la *bazarette*.

Le journaliste se garda d'insister. Cette nouvelle passionnerait son oncle. Raoul l'informerait au plus tôt. Une manière de remercier le policier de sa collaboration.

Le jeune homme fit ensuite dévier l'entretien avec son informatrice en la questionnant à propos de la petite bonne, Adèle Cayol. Comment étaient ses relations avec la redoutable Mme Magnan ?

— Oh, *peucherette* [1] ! s'apitoya Mme Fouque, elle filait doux ! Une enfant de quinze ans, c'est pas difficile à terroriser. Vous savez que c'était une enfant abandonnée ?

Raoul fit signe que oui.

— Mme Magnan, reprit la vieille femme, en agitant ses mains noueuses sous le nez de son vis-à-vis, sous prétexte d'avoir recueilli la petite après les histoires pas propres qu'elle avait eues dans les Basses-Alpes, avec les fermiers chez qui elle était placée, la faisait travailler comme un bourricot. À peine un après-midi de sortie par mois, le dimanche, et encore... Quatorze heures par jour de travail, elle faisait tout : ménage, lessive, repassage, commissions, cuisine, même le jardin. *Vaï* [2] *!* Heureusement, elle est robuste, la petite ! Et tout ça pour quatre sous que sa patronne lui donnait même pas. « Pour qu'elle se prenne pas des habitudes de dépensière », elle disait. Elle plaçait les sous d'Adèle sur un livret de la Caisse d'Épargne au nom de la petite. Six cents francs par an qu'elle lui donnait. « C'est pour quand elle voudra se marier, plus tard », elle disait, Mme Magnan. « Comme ça, elle aura un

1. La pauvrette.
2. Allez !

petit pécule. » *Peuchère*[1] ! Avec ce qu'elle lui donnait, on la marierait pas avant quatre-vingts ans, l'Adèle !

Ainsi le portrait de la *bonne* Mme Magnan, femme toute de vertu et de charité, prenait-il sous les coups de patte d'Adélaïde Fouque une tout autre allure.

En écoutant la vieille femme faire éclater le corset des apparences, Raoul Signoret poursuivait une idée qui lui était venue :

— La petite bonne était bien dans la maison au moment où on a étranglé sa patronne ?

— Bien sûr, répondit Mme Fouque. Déjà qu'elle sortait pas beaucoup le jour, risquait pas qu'elle lui donne la permission de minuit ! Adèle couchait dans la chambre au rez-de-chaussée, en dessous de sa patronne. Un plancher les séparait.

— Bon, dit Raoul, dans ce cas, il est étonnant, voire impossible qu'elle n'ait rien entendu. On dit qu'elle ne serait venue alerter Coulon que vers minuit. Vous ne trouvez pas ça bizarre, vous ?

Adélaïde Fouque se gratta le front et demeura un moment silencieuse. Le journaliste devina qu'elle était sur le bord d'une confidence qu'elle retint. Il décida de l'appâter :

— Vous ne pensez pas qu'Adèle ait pu connaître celui qui a assassiné sa patronne ?

Avec bon sens la vieille femme répliqua :

— Si c'est Coulon qui a fait le coup, bien sûr qu'elle le connaissait !

— Ce n'est pas ce que je voulais dire, se reprit le journaliste. Si Coulon est l'assassin, pourquoi Adèle serait-elle venue l'avertir à minuit « qu'il était arrivé

1. La pauvre.

quelque chose à Madame », puisqu'il ne pouvait pas l'ignorer depuis neuf heures du soir ?

Adélaïde Fouque resta sans voix. Ce qui ne lui était pas arrivé depuis des années. Elle se racla la gorge, signe d'embarras et demeura un instant tête baissée à fixer les motifs du tapis de style oriental qui couvrait le parquet du salon. Puis elle leva les yeux vers Raoul :

— Est-ce que vous seriez pas en train de me dire que Coulon a fait le coup, que la petite est sa complice et que tout le reste, c'est une histoire qu'ils ont combinée ensemble pour la raconter à la police ?

Le journaliste esquiva la réponse directe :

— Dieu m'en garde ! Je ne suis ni policier, ni juge. J'essaye simplement d'y voir clair dans une affaire complexe, où les acteurs du drame ne sont pas tout à fait ce que l'on croit. La bonne et, vertueuse Marie-Thérèse Magnan était un dragon au cœur sec. Son benêt de fils adoptif, si soumis en apparence, gaspillait son argent aux courses, dans les tripots et, pour remercier sa bienfaitrice, il souhaitait « qu'elle crève le plus tôt possible ». Ce faux placide était un colérique. Qui sait si, ayant fait une grosse bêtise, il n'aura pas terrorisé la petite bonne ? Il a pu l'obliger à se prêter à la comédie mise au point par lui. Elle sera venue en pleine nuit avertir *Monsieur Louis*, non pas pour lui apprendre une nouvelle affreuse qu'il connaissait, mais au cas où quelqu'un aurait entendu ou vu quelque chose. Ainsi, un éventuel témoin pourrait dire : « Oui, la bonne est venue le prévenir qu'on avait assassiné sa mère adoptive. » Ce serait une mise en scène, si vous voulez. Tout ça expliquerait le retard pris pour avertir la police. Qu'en pensez-vous ?

Adélaïde Fouque ne répondit rien d'autre que : « Ça, alors... »

Au fur et à mesure que Raoul révélait son hypothèse, le visage de la vieille dame avait reflété une agitation intérieure qu'elle ne cherchait pas à masquer. Sa réputation non usurpée de première *bazarette* de La Blancarde allait encore franchir un échelon. Elle allait en avoir « des choses » à raconter aux dames de l'ouvroir des sœurs ! Avec elles, Adélaïde partageait ses après-midi trois fois par semaine. C'était pendant trois heures un échange serré d'allusions vipérines sur les mœurs et habitudes des amies, voisins et connaissances. Les langues, encore plus agiles que les doigts sur les aiguilles, servaient prioritairement à passer en revue les vices cachés et les fausses vertus publiques de tout le hameau !

5

Où une journée de détente à la Madrague-de-Montredon fait considérablement avancer notre connaissance de l'enquête policière.

À huit jours de Noël, il faisait à Marseille une de ces journées exceptionnelles qui vous laissent croire, au cœur de l'hiver, que le printemps est revenu. La lumière était craquante, le ciel d'un bleu qui exagérait et un léger mistral en fin de course avait chassé le moindre nuage. C'était un dimanche matin. Le commissaire principal Eugène Baruteau, chef adjoint de la Sûreté de Marseille, était assis béat, face à la mer, sur la terrasse de son petit cabanon de la Madrague-de-Montredon. Il ne se lassait pas d'admirer un paysage qu'il connaissait pourtant par cœur, puisque, fils de pêcheur, c'était celui sur lequel il avait ouvert les yeux voilà cinquante-quatre ans. Il avait revêtu sa tenue de *pescadou*[1], caban bleu marine, pantalon de velours et s'était coiffé de la casquette plate à visière de cuir noir qui avait été celle de son père. Mme Baruteau – *Thérèsou*, pour son époux – préparait dans la minuscule cui-

1. Pêcheur.

sine au plafond bas des raviolis, qu'en bonne Italienne d'origine elle confectionnait elle-même, en les farcissant d'un restant de daube. Le coulis fait de tomates conservées en bocaux par ses soins, dont elle comptait les napper, mijotait dans une casserole mise à feu doux sur la cuisinière à bois. Le parmesan avait été râpé à l'avance et placé à l'abri dans un récipient couvert, à l'ombre, sur un appui de fenêtre. Le cabanon embaumait. Les parfums de cuisine venaient agréablement chatouiller le nez du commissaire et la forte moustache qu'il surplombait en frémissait. Les talents culinaires de l'excellente Thérèse servaient aux Baruteau à attirer en ces lieux rustiques – pour la plus grande joie de ce couple sans descendance – leur neveu, Raoul Signoret. Ce dernier, encore célibataire, et momentanément privé de l'affection vigilante de sa mère, en villégiature hivernale chez sa sœur à Bandol, sautait sur l'invite sans se faire prier. D'autant plus volontiers qu'il espérait, ce dimanche-là, entre deux bouchées de raviolis, *cuisiner* à sa manière son cher oncle Eugène à propos de l'enquête sur *« Le drame de La Blancarde »* dont il faisait suivre l'avancée aux lecteurs du *Petit Provençal*.

Les omnibus hippomobiles ne desservaient pas le petit port de la Madrague-de-Montredon, bien trop loin de Marseille pour les pauvres bidets qui les tractaient. Raoul avait choisi de rejoindre ses oncle et tante à bicyclette. L'itinéraire, depuis son domicile, place de Lenche, au cœur du quartier du Panier, ne présentait aucune difficulté pour un jeune homme vigoureux, si l'on empruntait la promenade de la Corniche. Ceci, en dépit des pavés inégaux et de la traîtrise des rails sur lesquels passait l'omnibus surnommé le « circulaire », qui piégeaient plus d'un vélocipédiste, s'il n'était pas assez vigilant.

Raoul n'était pas peu fier de son coursier de métal dont il venait de faire équiper les roues à rayons de fil de fer – conçues par le Marseillais Rousseau – de la récente invention d'un vétérinaire écossais, John Boyd Dunlop : des bandages pneumatiques qui amortissaient les secousses. Pour ce périple, qui joignait l'utile à l'agréable, la randonnée s'effectuant face à l'un des plus beaux paysages de Méditerranée, Raoul avait revêtu la tenue du *sportsman* : tricot de marin bleu foncé, knickerbockers et chaussettes beiges montantes. Il avait sur la tête une casquette à carreaux portée crânement penchée sur l'oreille droite.

Le jeune journaliste était un sportif accompli, qui pratiquait volontiers, outre la bicyclette et la course à pied, la boxe française auprès d'un ancien champion de France. Jules Bessède avait ouvert une salle d'entraînement rue Tapis-Vert, que Raoul fréquentait assidûment. Il n'ignorait rien des subtilités du *chassé frontal*, du *fouetté jambe arrière*, du *revers de face* et autre *coup tournant*.

Ivre de soleil, d'iode et de grand air, l'appétit aiguisé par sa randonnée, les joues rougies par l'air vif, il arriva vers onze heures et demie au cabanon des Baruteau. Il embrassa comme du bon pain sa tante Thérèse et, pour le taquiner, obtura de ses deux mains les jumelles que son oncle braquait sur la carène noire d'un paquebot en partance. Le commissaire semblait tenir à surveiller personnellement la bonne marche du trafic du port de Marseille.

— C'est le *Polynésien* des Messageries Maritimes,

annonça-t-il à son neveu. Sais-tu que ce paquebot français a battu de deux heures l'*Ophir* des Anglais de l'Orient-Line, sur le parcours Londres-Adélaïde, en Australie ? Tu te rends compte ?

Baruteau était aussi fier de l'exploit que s'il avait été le commandant du *Polynésien*. Le paquebot faisait régulièrement escale à Marseille et le policier ne manquait jamais d'aller lui faire une petite visite à son poste de la Joliette, comme s'il s'était agi d'un personnage de marque.

— Vous devriez vous aligner avec votre *pointu* la prochaine fois, dit Raoul, taquin.

Le neveu savait qu'après Thérèsou, sa barque de pêche traditionnelle, baptisée *La Galinette*, était ce à quoi son oncle tenait le plus au monde. Elle se balançait sous ses yeux, amarrée à son anneau dans le minuscule bassin du port de la Madrague. Le policier avait hâte d'être à la retraite pour en profiter pleinement. « C'est la seule avec qui j'ai envie de tromper ta tante Thérèse », disait-il à Raoul.

— C'est ça, s'exclama Baruteau, répondant à la pique du jeune homme, fiche-toi de ton vieil oncle ! Je ne gagnerais sûrement pas la course Londres-Adélaïde. N'empêche que le commandant du *Polynésien*, je le prends quand il veut à la pêche au *roucaou*. On verra qui en ramène le plus en une matinée !

Le commissaire jeta un dernier regard au paquebot noir qui doublait le phare de Planier et s'assit dans un fauteuil d'osier près de la table où trônaient les bouteilles d'apéritif. Il invita Raoul à le rejoindre en lui proposant :

— Vin de noix fabrication maison, vin d'orange *à*

la Thérèsou, carthagène ou une petite *verte* qui échappe aux contributions indirectes et que je dois à un douanier de mes amis ? Il ajouta avec un clin d'œil : on en trouve quelquefois, sur les quais, tombées d'un charreton.

Pour être agréable à sa tante, qui avait repris ses va-et-vient entre la table enfarinée – où s'étalait une plaque imposante de raviolis découpés à l'aide d'une petite roue de bois crantée – et la cuisinière où mijotait le coulis, le neveu opta pour son vin de noix, épais et sombre comme l'ébène.

Baruteau servit son neveu, puis, avec des gestes d'officiant à la messe, il dosa son absinthe. Il plaça un sucre sur la minuscule passoire métallique, dont il coiffa son verre de forme mazagran. Il fit couler avec précaution un filet d'eau fraîche qui fit fondre le sucre et vint troubler le liquide vert. Le commissaire jugea de sa teinte et porta le verre à ses lèvres, pour une première gorgée. Il la dégusta en fermant les yeux. Les deux hommes, côte à côte, éblouis par la lumière venant de la mer, savouraient ce moment de paix et se taisaient en contemplant les rochers blancs du Frioul, comme posés sur l'eau que la caresse du mistral léger faisait frissonner.

— On est bien, *qué* ? dit Baruteau sans attendre de réponse, tant la constatation était évidente.

— Mieux qu'en galère et c'est pas si loin, répliqua le neveu, reprenant à son compte une vieille plaisanterie marseillaise.

— Tu vois, Raoul, expliqua le commissaire, voici deux ans on m'a proposé de l'avancement. Patron de la Sûreté à Saint-Lô, dans la Manche. C'était une fin en beauté. Mon bâton de maréchal. Et note bien que je n'ai rien contre les Normands, quoiqu'il pleuve un peu trop souvent à mon goût sur leur pays. Mais je ne me sentais pas de quitter tout ça.

D'un geste large, il embrassa le paysage. De la Côte Bleue à Marseilleveyre, en passant par le massif de l'Étoile, la vallée de l'Huveaune et les Calanques avec leurs pinèdes tachées de blanc, sans oublier la colline sacrée au sommet de laquelle la Bonne Mère brillait de tous ses ors et les trois îles qui barraient la rade.

— Je suis né ici, c'est ici que je mourrai, face à la mer.

Le journaliste s'était juré de ne pas troubler le repos dominical de son oncle avec les questions qui le tarabustaient depuis qu'il avait commencé sa propre enquête. Mais ce fut plus fort que lui. Il aborda le sujet par un détour qui ne trompa pas le commissaire, habitué à sonder le cœur et les reins des hommes.

— Mon oncle, avant que j'oublie, et pour ne pas avoir à importuner tante Thérèse avec ces histoires, il faut que je vous dise quelque chose que vous ignorez peut-être et qui pourrait être précieux pour l'enquête sur l'assassinat de Marie-Thérèse Magnan. Après, on n'en parle plus, promis. Voilà : en écoutant l'un ou l'autre, à La Blancarde, l'autre jour, j'ai appris par une indiscrétion que Coulon et sa mère adoptive s'étaient violemment disputés au début de la semaine. Le fils a hurlé « crève, le plus vite possible ! », suffisamment fort pour qu'on l'entende alentour.

— Toi, dit Baruteau, je te vois venir. Tu *broumèges*[1], comme disent les pêcheurs. Tu me lances un petit

1. Jeter un appât à la mer pour attirer le poisson.

appât pour que je morde à l'hameçon. Donnant-donnant : tu me dis un peu de ce que tu sais, afin d'apprendre beaucoup de ce que je te cache. Eh bien, te voilà démasqué ! D'abord, je savais que la vieille et son fils s'étaient *attrapés*[1] sévèrement. Ensuite, l'affaire Magnan est bouclée. Ou plutôt l'affaire Coulon.

Raoul allait devoir jouer fin, à présent. L'oncle-commissaire était sur la voie des confidences. Il ne devait pas lui donner l'impression d'être intéressé. Baruteau, trop malin pour ce jeune singe, se fermerait comme une huître. Le jeune homme se contenta de dire, l'air indifférent :

— J'en suis heureux pour vous, mon oncle.

Puis il se tut, se replongeant dans la contemplation du paysage marin. Baruteau, qui s'attendait à un assaut, se sentit comme frustré. C'est lui qui revint sur le sujet :

— Tu ne me demandes pas comment ça finit ?

— Je ne voudrais pas paraître indiscret, répliqua Raoul, faux-jeton.

— Oh, le Tartuffe ! s'exclama Baruteau faussement offusqué. Il se tourna vers le cabanon : Thérèsou, nous avons le neveu le plus *marrias*[2] des Bouches-du-Rhône et départements voisins. Il prétend ne rien vouloir savoir de l'enquête sur l'affaire de La Blancarde, alors qu'il n'est venu que pour ça. Accessoirement pour tes raviolis.

Raoul protesta pour la forme. Il savait que l'oncle Eugène mourait d'envie de se confier. Il lui suffisait d'être patient. Cela ne tarda guère, après une nouvelle gorgée d'absinthe. Avec une mauvaise foi dont il

1. Disputés.
2. Brigand.

n'était lui-même pas dupe, Baruteau, se calant dans son fauteuil, les mains croisées sur son imposante bedaine, feignant de fixer le large, dit à son neveu :

— Puisque tu me le demandes, je vais te dire où nous en sommes.

Raoul jubilait intérieurement. Désormais silencieux, il n'en perdit pas une miette.

— Si nous avons pu boucler l'enquête aussi vite, annonça le commissaire, c'est parce que quelqu'un nous y a bien aidés.

À l'interrogation muette du neveu, l'oncle livra l'identité de ce précieux auxiliaire : « Adèle Cayol, la petite bonne. Elle a chargé *Monsieur Louis* comme un tombereau de voirie. »

L'étonnement de Raoul Signoret alla croissant au fur et à mesure que le commissaire lui détaillait ce qu'il avait appris.

Il n'avait fallu qu'un froncement de sourcils et un frémissement des crocs d'une moustache d'inspecteur, face à une enfant terrorisée d'être là, pour qu'Adèle mange le morceau et se livre à de surprenantes révélations. Elle ne pouvait plus garder un silence qui l'étouffait, assurait-elle en se tordant les mains. Elle était la complice de l'assassin ! Oui, Louis Coulon l'avait pervertie en lui promettant trois mille francs-or – une fortune ! – pour participer à l'assassinat de sa maîtresse et se taire ensuite. Oui, elle avait bien aidé *Monsieur Louis*, l'étrangleur, à s'introduire à la nuit dans la maison de Mme Magnan. Depuis cette soirée abominable, elle ne dormait plus, ne mangeait plus.

Devant le policier effaré, Adèle Cayol avait été la proie d'une crise d'hystérie qui l'avait jetée au sol de sa chaise, la bouche écumante. Quand elle était revenue à elle, la bonne avait donné tous les détails sans qu'on l'y force :

« Dans la soirée du 16 décembre, Monsieur Louis est venu chez Madame. Ça m'a étonnée, car il était déjà venu la visiter le matin, comme tous les matins et il ne repassait jamais. Mais ce soir-là, il ne venait pas voir sa mère. C'est à moi qu'il voulait causer. Il m'a attirée dans le cellier de la maison, au fond de la cuisine. J'ai cru à des avances malhonnêtes. Je me trompais. Monsieur Louis avait l'air très nerveux. Il m'a brusquement dit, en me serrant le bras : "Le moment est venu d'en finir avec la vieille." Il tremblait beaucoup. Il avait de la salive séchée aux coins des lèvres. Il a ajouté : "Tu dois m'aider." J'ai dit : "Non, je ne peux pas faire ça !" Alors, il m'a promis : "Je te garderai à mon service toute ma vie. Pour moi, tu fais partie de la famille. Après tout, comme moi, tu as été recueillie par Mme Magnan." Je lui ai répondu : "C'est pour lui dire merci, que vous voudriez que je vous aide à la tuer ?" Mais, lui, il s'est fait encore plus menaçant. "Fais attention, Adèle, après ce que je viens de te dire, je ne peux pas reculer. Si tu ne veux pas être ma complice, c'est de toi que je vais me débarrasser. Tu as le choix. Ou tu m'aides à la tuer, ou c'est toi que je tue."

« J'ai accepté par peur, avait poursuivi la bonne. J'ai caché Monsieur Louis dans ma chambre jusque vers neuf heures. Ensuite, nous sommes montés dans la chambre de Madame. Monsieur Louis a ouvert la porte sans bruit et d'un bond, il s'est jeté sur le lit. Il a serré, serré, la gorge de Madame des deux mains en disant "crève, vieille s...", enfin un mot que je ne peux pas répéter. Madame s'est débattue avec unc force étonnante pour son âge. Elle a même réussi à repousser Monsieur Louis. Elle lui a crié : "Misérable, tu veux me tuer ?" Monsieur Louis n'a rien répondu et s'est de nouveau jeté sur elle. Il m'a demandé de déplacer une table de nuit qui le gênait et il s'est allongé de tout son long sur ma maîtresse, empêtrée dans les draps et couvertures, pour l'immobiliser. Il l'a reprise à la gorge. Madame se débattait toujours en criant. J'étais contre le mur, morte de peur. Tout ça aura duré dix bonnes minutes. Quand Monsieur Louis s'est relevé, j'ai vu la figure de Mme Magnan qui saignait de partout. Monsieur Louis l'avait toute *grafignée*[1] pendant qu'ils se battaient. Il avait du sang sous les ongles.

« Quand enfin, il a été sûr qu'elle ne bougeait plus, Monsieur Louis est descendu se laver les mains. Avant de retourner chez lui, il m'a dit : "Vers minuit, viens chez moi, faire semblant de me prévenir qu'il est arrivé quelque chose. C'est à cause de ma femme, elle ne doit rien savoir." »

Sur ces mots, Eugène Baruteau, qui regardait toujours vers le large, arrêta son récit et un lourd silence s'établit entre les deux hommes attablés face à la mer.

Une voix sonore vint le briser :

— Oou ! L'oncle et le neveu ! Si vous n'en voulez pas de mes raviolis, dites-le. Ils sont prêts. Allez, *zou* ! Venez manger. Si toutefois vous avez encore faim après ce que je viens d'entendre. On n'a pas idée de parler de ces choses dégoûtantes un dimanche, par un beau temps pareil !

---

1. Égratignée.

6

Où l'assassin présumé évite de justesse la lucarne patibulaire de la guillotine face à la cour d'assises d'Aix qui gracie sa complice.

Le procès de Louis Coulon et d'Adèle Cayol s'ouvrit devant la cour d'assises des Bouches-du-Rhône à Aix-en-Provence le 16 mai 1892. Il dura deux semaines.

Chaque jour, de nombreux habitants du hameau de La Blancarde s'astreignirent à un aller-retour de cinq heures en train, entre Marseille et Aix, pour ne pas manquer une audience. À leur tête, on remarquait la haute silhouette du chef d'escadron en retraite Charles Bonnafoux et celle, toute ratatinée, d'Adélaïde Fouque, cités parmi les témoins. Personne ne regretta le voyage, ni la fatigue. La curiosité passionnée des voisins de *la maison du crime* effaçait tout.

Au banc de la presse, Raoul Signoret, le jeune reporter du *Petit Provençal* – que ses confrères des journaux marseillais concurrents avaient cruellement surnommé *Tonton-m'a-dit* – avait été mis en quarantaine. Les vieux chevaux de retour habitués des prétoires, jaloux de son talent, ne lui pardonnaient pas de les avoir ridiculisés dans la chasse aux informations inédites, grâce à l'aide précieuse du commissaire Baruteau, son oncle.

Les témoignages à charge contre le principal accusé, Louis Coulon, furent si accablants et si précisément circonstanciés qu'à aucun moment le doute ne s'insinua dans l'esprit des juges, des jurés et du public qui s'entassait dans une salle exiguë, impropre à accueillir tous les curieux. L'opinion publique, alimentée par les journaux, était unanimement remontée contre « le monstre de La Blancarde » et réclamait sur tous les tons qu'il payât de sa tête son crime abominable.

Côte à côte dans le box des accusés, entourés de gendarmes, Adèle Cayol et Louis Coulon tinrent des discours souvent discordants, mais, à chaque interrogatoire, la petite bonne renouvela sans faiblir ses accusations accablantes. De son côté, *Monsieur Louis* ne cessa de clamer son innocence. Mais il le fit si maladroitement, avec un tel embarras dans le discours, des justifications si peu crédibles, que l'accusation eut beau jeu de souligner à l'intention de MM. les jurés le caractère dissimulateur et la fausseté de l'accusé.

Le physique même de Louis Coulon plaidait contre lui, ainsi que le commissaire Baruteau l'avait signalé à son neveu, quand il lui avait fait le portrait du suspect. Dans le numéro du *Petit Provençal* suivant la troisième audience, Raoul Signoret le décrivait ainsi :

« Grand, maigre et voûté, le teint blême sous une barbe ferrugineuse et inégale dans sa pousse, qui accentue encore sa pâleur, un début de calvitie prononcée sur les tempes qui forme le dessin d'une sorte de trident sombre posé à plat sur son crâne, Louis Coulon parle la tête baissée, sur un ton ordinairement plaintif qui semble exaspérer le président. Pas une fois durant tous les débats où son sort se joue, où sa tête s'approche dangereusement de la lucarne fatale, il ne regarde ceux qui l'interrogent. »

Faire le portrait-charge de ce « monstre froid » ainsi que le qualifia l'avocat de la partie civile, représentée par M. Espanet, frère de la victime, fut un jeu d'enfant pour Me Lucleroux.

— On dirait que vous vous êtes ingénié à accumuler tous les griefs possibles à votre charge, avait perfidement lancé à Coulon l'avocat de M. Espanet et d'Auguste Coulon, demi-frère de Louis.

Par le témoignage du commissaire et de plusieurs des inspecteurs qui avaient conduit une enquête exemplaire, on apprit de nouveaux détails que les journaux n'avaient pas livrés à leurs lecteurs. Face au tribunal, ils furent complaisamment détaillés et utilisés par l'accusation.

— Mes inspecteurs, expliqua un commissaire de la Sûreté, M. Fourtoul, ont relevé, au bas du mur mitoyen séparant la propriété de Mme Magnan de celle de son fils adoptif, des traces fraîches de talons de bottines correspondant au modèle et à la pointure de celles que portait habituellement Coulon. Du lierre avait été arraché du mur et pendait, encore vert, ce qui signifiait qu'il avait été fraîchement détaché du crépi sur lequel il s'accrochait. Une tuile faîtière du mur avait été déplacée. Quelqu'un était passé par là récemment pour se rendre d'un jardin à l'autre.

La partie civile n'eut aucun mal à exploiter ce témoignage :

— La vérité, messieurs les jurés, s'exclama Me Lucleroux dans un grand envol de manches qui impressionna les trois cultivateurs faisant partie du jury, est que l'assassin craignait d'être aperçu par un des riverains de l'avenue des Micocouliers à une heure inhabituelle. C'est pourquoi, délaissant le portail pour pénétrer chez sa mère adoptive, il avait choisi cette voie plus discrète pour aller commettre son atroce forfait. On a retrouvé, dans une remise du jardin de Coulon, une échelle de bois dont les pieds conservaient des traces fraîches de terre. Son empattement correspondait exactement aux empreintes elles aussi laissées au pied du mur d'enceinte. Il était très aisé à un homme encore jeune et vigoureux comme l'est l'accusé, de se hisser sur le faîte du mur mitoyen, une fois installé à califourchon, de haler l'échelle jusqu'à lui, de la faire basculer dans le jardin de Mme Magnan et d'y descendre par ce moyen.

Le président Recordon, qui conduisait les débats d'une main ferme, s'adressa à l'accusé :

— Qu'avez-vous à répondre à cela ?

Coulon commença par nier l'évidence.

— L'empreinte de chaussure n'était pas la mienne. J'ai une pointure banale pour un homme : je fais du 42. Le modèle de ma bottine est en vente dans nombre de magasins de chaussures à Marseille.

Puis, harcelé par le président, il changea de tactique. Il se leva, et les yeux dans le vague, la tête obstinément baissée, comme s'il se parlait à lui-même, il déclara d'une voix sourde :

— Je reconnais que l'empreinte relevée au bas du mur est bien celle de ma bottine.

— Reconnaissez-vous avoir utilisé l'échelle pour franchir le mur ?

— Oui, monsieur le Président.

Me Gropierres, son défenseur, se retourna brusquement vers son client comme si on l'avait aiguillonné dans le dos. Il secoua la tête en signifiant ainsi qu'il se décourageait à l'avance de voir un fragile système de défense détruit par cet aveu intempestif. Coulon ne regardait pas son avocat plus que les autres personnes présentes :

— Oui, poursuivit-il, j'ai utilisé l'échelle pour passer d'un jardin à l'autre, ce soir-là. Mais ce n'est pas un motif suffisant pour faire de moi l'assassin de ma mère adoptive. J'avais une autre raison de faire ce que j'ai fait. Ce n'est pas à Mme Magnan que j'ai rendu visite la nuit où elle est morte.

— À qui d'autre alors ? s'exclama le président Recordon stupéfait.

— C'est une affaire privée, qui ne regarde pas le tribunal, répondit maladroitement l'accusé. Je n'ai pas à répondre.

— Ce n'est pas l'avis de la cour ! fulmina le président Recordon.

Alors, dans le silence d'un auditoire suspendu aux lèvres de l'accusé, à ce moment qu'il jugeait capital, on entendit Coulon d'une voix altérée, le menton agité d'un tremblement, lâcher à regret :

— J'allais visiter Adèle Cayol...

Celle-ci, assise à sa droite, se leva d'un bond, les yeux exorbités, avec une sorte de feulement. Elle cria à trois reprises : « il ment ! », avant de s'écrouler sur son banc, en proie à une crise de larmes.

— Pourquoi dites-vous que l'accusé ment, Adèle Cayol ? insista le président Recordon. Expliquez-nous en quoi consiste son mensonge.

La jeune fille releva la tête et fixa le président du tribunal. Depuis le banc de la presse, Raoul Signoret observait ce profil têtu, ce front étroit et bombé, ces yeux sombres rapprochés, cette mâchoire un peu trop forte qui donnait à l'enfant des Basses-Alpes un air passif de bovin. Elle resta un moment silencieuse, puis pencha la tête et vint l'appuyer sur ses bras croisés sur le rebord du box. Le journaliste nota qu'elle avait les ongles rongés jusqu'au sang :

— Demandez-le-lui à lui, dit-elle en désignant Coulon.

À l'aide de son maillet le président Recordon fit cesser le brouhaha qui venait des travées du public et exigea à nouveau de la petite bonne qu'elle s'explique. Il n'obtint d'Adèle Cayol que de nouveaux cris inarticulés. Quand ils se calmèrent, c'est, à l'étonnement de tous, Coulon qui prit la parole, toujours tête baissée :

— Je reconnais, avoua-t-il, tandis que Me Gropierres se prenait la tête à deux mains, que j'ai utilisé l'échelle de bois pour rejoindre la bonne de ma mère adoptive qui, à ma demande, me prodiguait quelque faveur une fois par semaine.

Stupeur des habitants de La Blancarde présents aux débats, et indignation du tribunal !

Le procureur Verminck, qui vit se rapprocher un peu plus la lunette patibulaire de la guillotine du cou de l'accusé, ne crut pas nécessaire d'intervenir. Coulon lui mâchait la besogne. Il connaissait la nature humaine. Lui-même ne détestait pas avoir recours au savoir-faire des filles publiques. Face aux carences conjugales de Mme Verminck, son épouse, il lui fallait bien « apaiser la bête », comme il disait volontiers. La faute de Coulon, si c'en était une, était de celles qu'il aurait le plus volontiers absoutes si, par profession, le procureur ne s'était cru obligé de les châtier toutes.

Devant la bonne volonté de Coulon à monter de lui-même les marches de l'échafaud, M. Verminck avait pris la tête paisible d'un homme à qui on facilite la tâche.

Le président Recordon, en revanche, fervent catholique, ne comptait pas en rester là. Il avait pris les choses au tragique :

— Honte sur vous, Coulon ! s'écria-t-il dans un éclat d'indignation. Vous êtes décidément capable de tout !

L'accusé aggrava son cas en expliquant que son épouse, malade depuis des années, ne remplissait plus son devoir conjugal et qu'il lui fallait trouver des « accommodements avec la nature » qui ne l'obligent pas à entretenir une maîtresse, chose bien au-dessus de ses modestes revenus. « Adèle Cayol me rendait ce service », ajouta-t-il, déclenchant des sourires égrillards sur le banc réservé à la presse et des ricanements gênés parmi les dames du public.

L'avocat de la partie civile, Me Lucleroux, ne laissa pas passer l'occasion de souligner « l'absence de morale, la perversité foncière de l'accusé ». Rouge d'indignation, il lança à Coulon :

— Avouez que votre conduite est abominable ! Ainsi, tandis que le corps refroidi de votre mère adoptive gisait sur le lit aux draps bousculés où vous veniez de l'étrangler, sans remords, vous forniquiez comme un animal à l'étage en dessous !

Coulon se contenta de nier par un mouvement de tête, mais ne répondit pas.

En revanche, Adèle Cayol à qui personne ne demandait rien se leva rouge comme une crête de coq et lâcha à mi-voix :

— Non, ce soir-là on l'a pas fait. J'avais mes époques [1]...

Un brouhaha où se mêlaient des protestations offusquées et des ricanements gênés monta des travées où se pressait le public.

Pour éviter de lancer les débats sur un terrain glissant, le président s'abstint de faire préciser à l'accusée par quel moyen elle rendait service à *Monsieur Louis*, lorsque sa nature de femme la rendait indisponible pour assumer sa fonction apaisante par des voies ordinaires.

S'adressant à la bonne qui s'était aussitôt assise après son intempestive intervention, le président Recordon prit le ton rassurant du grand-père compréhensif admonestant une petite-fille espiègle :

— Adèle Cayol, confirmez-vous ou non la déclaration de Louis Coulon ?

La jeune femme releva la tête et se contenta de dire :

— C'est Monsieur Louis qui voulait. Il me donnait deux francs chaque fois.

Un *oooooh !* d'horreur monta vers le plafond de la salle du tribunal.

On en resta là sur ce point important pour l'accusation. La partie civile arborait la mine satisfaite de qui ne doute plus de la victoire.

1. Mes règles.

« On passa alors, écrivit Raoul Signoret dans son compte rendu d'audience pour *Le Petit Provençal*, à l'examen de l'attitude de l'accusé avant, pendant et après la nuit du meurtre. On revint longuement sur ces titres de rentes appartenant à sa mère adoptive qu'il avait dissimulés chez lui après les avoir soustraits du coffre personnel de Mme Magnan, scellé dans le mur de la chambre où elle venait d'être assassinée. On évoqua les quelque mille cinq cents francs-or que Louis Coulon avait empruntés à sa mère adoptive pour une raison qu'il n'expliquait pas au tribunal et dont il avait péniblement restitué moins de la moitié. »

Un petit homme replet, au ton précieux et aux mains potelées, vêtu d'une redingote un peu grande pour sa taille, qui le faisait ressembler à un manchot de Terre Adélie, fut appelé à la barre. C'était Me Tivollier, le notaire de Marie-Thérèse Magnan. Il détailla les dispositions nouvelles prises par la riche rentière quelques semaines avant son assassinat. Son étude en avait naturellement conservé un double. L'homme de loi fit apparaître que les dernières volontés de la défunte réintégraient M. Espanet, son frère ci-devant indigne, dans la succession et que la part dévolue à Coulon n'était plus que d'un tiers de l'héritage alors qu'il avait été longtemps l'héritier de la totalité.

— Le notaire, disait l'homme de loi, avec dans sa voix et son attitude une visible satisfaction de soi, est le conseiller privilégié des familles. J'oserais dire parfois qu'il est leur confesseur, sans vouloir me substituer aux hommes d'Église.

Il prit un air faussement navré :

— Mme Magnan m'avait plusieurs fois confié son

chagrin de voir son fils adoptif si peu soucieux du patrimoine familial, céder aussi fréquemment au démon du jeu, côtoyer de ce fait des gens peu recommandables, alors qu'elle lui avait fait donner une éducation morale de premier ordre, chez les frères. C'est cette triste constatation qui l'a amenée à modifier son testament. « Louis est d'un caractère faible, me disait-elle, j'ai peur qu'il ne soit pas capable de résister à la tentation quand il aura l'argent et que je ne serai plus là pour l'empêcher de faire des bêtises. » Cette idée minait Mme Magnan.

Pour l'accusation cette précision fut capitale. Elle en fit la pièce maîtresse de son réquisitoire. La modification importante du testament de la rentière fournissait au fils adoptif les raisons d'une violente rancune envers sa mère et donnait à son geste un mobile irréfutable.

Pourtant, Coulon nia. Il dit avec force son ignorance des nouvelles dispositions testamentaires de celle qui le privait en fait de cent quatre-vingt mille francs-or. Dit encore n'avoir pas vu l'enveloppe scellée contenant l'original du testament quand il avait mis les titres de rente « à l'abri » chez lui. Dans l'esprit du tribunal, cette invraisemblance ne contribua qu'à enfoncer un peu plus l'accusé, tant les raisons de son geste meurtrier étaient claires.

La partie civile ne se priva pas de rappeler que le fils adoptif avait souhaité à haute et intelligible voix la disparition de sa mère « le plus vite possible ».

Adélaïde Fouque ne s'était pas uniquement confiée à Raoul Signoret.

— Pouvez-vous expliquer à la cour, demanda Me Lucleroux, la raison de la violente dispute qui vous a opposé à votre mère adoptive quelques jours avant son assassinat ?

Coulon, visiblement gêné, se racla la gorge, hésita, puis lâcha comme à regret :

— J'avais retiré de l'argent sur son compte...

— Dont vous aviez procuration, précisa Me Lucleroux.

— Dont j'avais procuration, reconnut Coulon.

— Et pourquoi ce retrait ?

Coulon dit dans un souffle :

— Pour rembourser une dette...

Me Lucleroux arbora un air de triomphe et se tournant vers la cour, il lança :

— Messieurs les jurés apprécieront !

*

L'audience suivante fut tout entière consacrée au récit détaillé de l'assassinat lui-même. Les colonnes du *Petit Provençal* en portent témoignage :

« On reprit le récit qu'Adèle Cayol avait renouvelé devant le juge d'instruction, écrit le reporter. On insista sur l'insensibilité du meurtrier, s'y reprenant à deux fois à cause de la farouche résistance de la victime, et demandant à la bonne terrifiée de tenir un des bras de Mme Magnan, tandis qu'elle se débattait en râlant, alors qu'il achevait de l'étrangler.

« Jusqu'aux ongles de l'accusé qui furent retenus à sa charge. Il les portait bizarrement taillés en biseau. Ils le désignaient clairement comme l'étrangleur. »

« C'est la signature de l'assassin », vint dire un médecin expert à la barre – celui que les voisins avaient vu arriver en calèche dans la matinée suivant la découverte du meurtre. Il avait pratiqué l'autopsie. Il détailla les traces profondes de griffures que la victime portait au visage.

Dans le public, on tendait le cou pour apercevoir les ongles redoutables. Peine perdue. Depuis son arrestation, Coulon les portait très courts.

Raoul Signoret poursuivait en ces termes :

« On produisit à l'audience les pièces à conviction : des linges ensanglantés. Un drap et une chemise de nuit portant des traces brunâtres de sang qu'on avait précipitamment tenté de laver durant la nuit et qui avaient été retrouvés encore humides par les enquêteurs. Et puis, preuve accablante, cette chemise d'homme appartenant à Coulon sur laquelle on avait relevé des taches de sang à hauteur du plastron, comme tracées par des ongles acérés. N'étaient-ce pas ces mêmes ongles qui avaient labouré le visage de la victime ? »

On rappela avoir trouvé, aussi bien chez Coulon que dans la chambre de la petite bonne, des vêtements trempés. Les accusés justifièrent leur état en rappelant l'orage de cette nuit-là et l'oubli, dans l'affolement du moment, de se protéger lors des allées et venues entre les deux maisons.

On ne manqua pas de souligner que le matin du drame Louis Coulon portait sous l'œil droit, là où sa barbe fuligineuse laissait apparaître la peau, une griffure oblique qui laissait penser que sa victime s'était défendue avec l'énergie du désespoir.

— Je m'étais égratigné la veille en taillant les

rosiers de ma mère, se contenta d'expliquer l'accusé, provoquant une réaction violente du procureur.

— Vous pourriez faire un effort, s'écria, sarcastique, M. Verminck, et trouver des raisons plus plausibles à cette égratignure. Personne ici ne peut croire un instant à si piètre justification !

Coulon n'en avait pas démordu.

Chacun des témoins cités par la défense vint poser le pied sur la tête de l'accusé. Le chef d'escadron Bonnafoux dit « son écœurement à la pensée que le cadavre de Mme Magnan avait été abandonné pendant toute une nuit dans *la chambre du crime* » par celui qui venait de la tuer et était « retourné tranquillement se coucher » ; Adélaïde Fouque déplora « que personne ne soit venu veiller la malheureuse et prier pour le repos de son âme » ; une autre voisine, enfin, Mme Samat, qui, quelques jours après le drame, était venue présenter ses condoléances à Mme Coulon, l'avait trouvée « bien paisible pour la femme d'un assassin ».

L'accusé persista dans un système de défense qui désespérait son avocat, Me Gropierres. Il continua obstinément à nier :

— Oui, ce soir-là je suis bien allé retrouver Adèle Cayol par hygiène, en passant par-dessus le mur mitoyen de la propriété de ma mère adoptive. Je m'en suis retourné aussitôt après au domicile conjugal, puisqu'elle m'avait repoussé, assura-t-il. Je me suis couché à neuf heures du soir, à l'heure où on étranglait Mme Magnan. Je ne me suis relevé qu'à minuit, au moment où Adèle Cayol a frappé à ma porte pour m'apprendre que sa maîtresse avait un malaise et que dans une semi-conscience, elle criait « on m'étouffe ! ». Alors, en sa compagnie, je suis allé chez ma mère adoptive pour la découvrir morte et ensanglantée sur son lit. Il était plus de minuit, j'en suis sûr. Trop impressionné, je n'ai pas eu la force de demeurer auprès de la morte et je suis retourné chez moi. Ce n'est que beaucoup plus tard, vers cinq heures du matin que, comprenant la gravité de la situation, j'ai trouvé le courage d'atteler pour me rendre au commissariat de Saint-Just. Entre-temps, l'émotion m'avait tellement saisi qu'en annonçant la terrible nouvelle à mon épouse, j'avais perdu connaissance. Agathe a passé le restant de la nuit à me réconforter, ainsi qu'elle l'a confirmé aux enquêteurs.

Personne n'en crut mot, bien entendu. Coulon n'avait fait aucune allusion à l'appel d'un premier médecin, qu'il était allé réveiller vers quatre heures du matin. Le praticien avait, bien sûr, refusé de signer le permis d'inhumer. L'accusation eut beau jeu de faire remarquer à l'accusé qu'il ne s'était résolu à avertir la police que lorsqu'il n'avait pu faire autrement.

*

Dans le témoignage d'Adèle Cayol, Me Gropierres souligna de nombreuses incohérences :

— Les différentes déclarations à la police et au juge d'instruction, M. Descours, ne concordent pas, fit remarquer l'avocat de Coulon. Mlle Cayol a varié sur le déroulement des faits, sur l'heure du crime, sur la présence de Coulon dans la maison après l'acte qu'on lui imputait.

Le tribunal ne tint pas compte de ces réserves et mit ces confusions sur le jeune âge du témoin, sur son émotion face à l'impressionnant décorum de la Justice, sur ses faibles capacités intellectuelles. Adèle, l'air hagard, le regard fixe, parla comme un automate. À aucun moment elle ne tourna la tête vers *Monsieur Louis*, comme si elle ignorait que chacune de ses phrases constituait une pièce supplémentaire indispensable pour dresser, par un matin blême, devant la prison d'Aix la guillotine qui attendrait le fils adoptif de sa maîtresse.

— L'esprit faible d'Adèle Cayol a été manipulé, par le machiavélique Coulon, affirma le procureur général Verminck. Nous en avons eu maintes preuves. La dernière est qu'il a conduit la malheureuse, en la pervertissant par de l'argent, à lui offrir presque pour rien les services que l'on attend ordinairement d'une fille publique ! Que pèsent les minimes variations dans le témoignage de cette pauvre enfant face à l'éclatant faisceau de preuves qui accablent l'assassin ? Je demande pour cette malheureuse, seconde victime de Louis Coulon, après Marie-Thérèse Magnan, qu'elle soit relevée du chef de complicité d'assassinat et je réclame un acquittement pur et simple.

Puis M. Verminck, désignant l'accusé d'un doigt vengeur, conclut par ces mots qui firent frissonner l'assistance :

— Quant à Louis Coulon, la peine de mort me paraît être le juste châtiment nécessaire à l'expiation de son impardonnable faute. C'est à Dieu de l'absoudre un jour, dans un autre monde, s'Il le juge digne de Sa clémence. En attendant, les hommes ont l'impérieux devoir de le châtier ici-bas.

Fier d'une péroraison qui lui avait maintes fois servi, le procureur général Verminck s'était rassis dans un silence palpable.

*

Le 30 mai 1892 les jurés de la cour d'assises des Bouches-du-Rhône, infléchissant le courroux du procureur, condamnaient Louis Coulon aux travaux forcés à perpétuité.

La cour de cassation, devant qui il s'était pourvu, car son procès était entaché d'un vice de procédure, renvoya l'affaire devant la cour d'assises de Montpellier. Celle-ci confirma le verdict des jurés d'Aix, le 22 avril 1893. Cela signifiait la déportation prochaine de Louis Coulon en Guyane ou en Nouvelle-Calédonie. En attendant, le condamné serait placé dans le centre de détention de Tarascon.

Du fond de sa cellule, il persistait contre toute vraisemblance à se proclamer innocent.

Adèle Cayol, acquittée, seule au monde et sans ressources, devait être placée dans un établissement religieux tenu par des sœurs de Notre-Dame-de-la-Charité-du-Bon-Secours, propre à assumer son relèvement moral.

*

— Eh bien, mon cher Raoul, dit le commissaire Baruteau à son neveu, en sortant du palais de justice d'Aix-en-Provence, voilà une affaire terminée. Elle fut sordide, mais sans mystère. La page est tournée...

Dehors, le soleil de mai inondait les toits de tuiles rousses du Vieil-Aix.

Les deux hommes se dirigèrent vers la *Brasserie du Palais* qui leur tendait ses fauteuils d'osier, pour se remettre, devant un rafraîchissement, de plusieurs heures passées dans la touffeur de la salle d'audience bondée des assises.

À cet instant, comment l'oncle et le neveu, qui croyaient en connaître les rouages les plus secrets, auraient-ils pu se douter que, loin d'être achevée, *l'Affaire Coulon* n'en était qu'à son tout début et allait connaître un extraordinaire rebondissement ?

7

Où notre héros se voit remettre par l'avocat du condamné une étrange lettre anonyme qu'il ne se résout pas à déchirer.

Le 27 novembre 1893 Raoul Signoret reçut au siège du *Petit Provençal* une lettre dont l'enveloppe portait l'adresse de Me Hervé Gropierres, avocat au barreau de Marseille et ci-devant défenseur malheureux de Louis Coulon aux assises. L'avocat demandait au journaliste de bien vouloir passer à son cabinet à sa convenance, sans en préciser le motif.

Le siège du journal se situant rue Grignan, à un jet de pierre de la rue Montgrand où Me Gropierres partageait son cabinet avec un confrère, Me Samson, Raoul décida de s'y rendre sans délai. En passant par la rue Breteuil, en cette fin de matinée ensoleillée d'une arrière-saison très douce, il ne lui fallut que deux minutes pour franchir le porche de l'immeuble où travaillait l'avocat, au moment où ce dernier, le chapeau de travers, le manteau déboutonné, sa robe noire roulée en boule sous le bras, un paquet de dossiers sous l'autre, s'apprêtait à en sortir.

— Ah ! cher ami, merci d'être venu si vite, glapit

Me Gropierres, qui semblait être en permanence en train de plaider et parlait d'une voix forte et bien timbrée. Accompagnez-moi, je vais au palais.

Il baissa subitement le ton et prit un air mystérieux en se penchant vers le journaliste qui marchait à sa droite :

— J'ai du courrier pour vous. *On* m'a chargé de vous faire passer ceci.

L'avocat sortit de sa poche de veste une enveloppe exempte de nom de destinataire et la glissa dans la main de Raoul.

Les deux hommes étaient arrivés à l'angle de la rue Montgrand et de la rue Breteuil. Me Gropierres traversa aussitôt malgré un fiacre qui arrivait à vive allure et lançant un sonore « À vous revoir, cher ami ! » planta là Raoul.

Le jeune homme, sa lettre à la main, resta un instant stupéfait sur le bord du trottoir. Il grogna : « En voilà des manières ! » Renonçant à courir derrière l'avocat qui avait plusieurs dizaines de mètres d'avance sur lui et filait vers le palais de justice, Raoul Signoret traversa à son tour et, gagnant la place Monthyon, s'assit sur un banc au soleil pour ouvrir son courrier. L'enveloppe contenait deux feuillets d'un papier à petits carreaux, couverts d'une écriture chaotique.

La lettre ne portait aucun nom d'expéditeur, aucun lieu d'expédition. Me Gropierres l'avait sans doute reçue avec mission de la transmettre.

Certains passages étaient soulignés. L'expression était maladroite, le style un peu emphatique, l'exposé embrouillé et répétitif, mais c'était bel et bien une sorte d'appel au secours.

À propos de la condamnation de Louis Coulon

Monsieur le journaliste,

Nous ne vous connaissons pas, mais sommes persuadés que vous êtes un honnête homme et que l'injustice vous révolte. Vous êtes le seul, parmi vos pairs, à avoir rédigé des comptes rendus d'audience avec mesure, impartialité, voire compassion. Les autres confrères jugeaient Louis Coulon coupable à l'avance en étalant dans leurs comptes rendus ses vices supposés, à l'attention morbide de leurs lecteurs.

Depuis sa condamnation, en dépit d'un état de santé altéré, on laisse le malheureux gésir dans une cellule infecte d'un établissement pénitentiaire digne du Moyen Âge et personne ne veut écouter ses protestations d'innocence. On a voulu détruire cet homme, on est en train d'y parvenir.

La première à l'avoir poussé vers l'abîme est Adèle Cayol, dont le témoignage a été capital pour les juges et a motivé la sévérité de leur sentence.

Louis Coulon n'est pas exempt de reproches. Mais il n'est pas un assassin. Il a eu ses faiblesses. Avec Adèle Cayol, poussé par le Démon, il s'est livré à des relations adultères coupables. Il les a spontanément confessées devant ses juges. Cet aveu, au lieu d'atténuer la sévérité de la cour d'assises, n'a fait que la renforcer. Plutôt que de porter ces fautes au crédit des faiblesses humaines, on les a ajoutées à son débit. On a fait de Louis Coulon le portrait d'un monstre sans morale ni conscience.

Parce qu'il a pensé avant tout à les mettre à l'abri, on lui a reproché de s'être emparé de titres qui ne lui appartenaient pas. C'est faux. Nous vous le redisons,

Monsieur le journaliste, Louis Coulon n'est pas un voleur, ni l'assassin de sa mère adoptive. Nous le connaissons : s'il avait commis cet acte abominable, il se serait de lui-même dénoncé. C'est un chrétien exemplaire. En dépit de l'épreuve douloureuse qu'il traverse, s'il n'a pas mis fin à ses jours, c'est parce qu'il est croyant, qu'il demeure confiant dans la miséricorde divine et qu'il espère encore pouvoir faire la preuve de son innocence.

Mais pour cela il a besoin de votre aide.

Du fond de sa prison, en attendant sa déportation, reportée à cause de son état de santé, il demande justice.

Il a écrit maintes fois au procureur de la République pour lui dire ce que vous lisez. Ce dernier n'en a tenu aucun compte.

Restés en contact avec lui grâce à son avocat et malgré les difficultés de communication, nous savons par sa bouche ce qui s'est réellement passé ce soir du 16 décembre 1891. Le soir où Mme Magnan a été assassinée, Louis Coulon est allé chez elle, mais ce n'était pas pour la tuer. C'était à cause de la tentation que lui faisait subir Adèle Cayol. Ce malheureux, cédant aux sollicitations démoniaques de cette fille, ne parvenait pas à se défaire de son péché. Pour sa ruine et sa punition, il y succomba une fois de plus le soir où une main criminelle vint s'acharner sur l'infortunée Marie-Thérèse Magnan. Adèle Cayol ne le reçut pas, vous le savez, cela a été dit au procès.

Nous allons vous confier une chose qui n'a jamais été dite à personne. Au cours du procès, le sens de ses responsabilités dicta à Louis Coulon de ne pas s'étendre sur la question de son péché avec Adèle Cayol. Son épouse, malade des nerfs, était dans la salle et elle avait déjà suffisamment souffert. Louis Coulon n'a donc pas voulu révéler devant elle, que ce soir-là, il était resté un long moment dans le jardin de Mme Magnan, devant les fenêtres du rez-de-chaussée. Tenaillé par le démon, il voulait retourner vers sa tentatrice. Vous êtes un homme, vous saurez le comprendre et l'absoudre. Quand il est allé pour frapper aux volets de bois, il a entendu des bruits de voix à l'intérieur de la maison. Adèle Cayol parlait en chuchotant avec quelqu'un qui n'était pas Mme Magnan. C'était une voix d'homme qui lui répondait. Cet homme est celui qui a tué la mère adoptive de Louis Coulon. Le malheureux paye aujourd'hui pour un autre.

Aidez-le. Il n'a plus confiance dans la justice de son pays. Vous, journaliste, vous pouvez beaucoup en rencontrant des gens qui restent sourds à ses appels. Nous vous en conjurons : retrouvez cet homme à cause de qui un innocent a été condamné.

Raoul Signoret replia les deux feuillets et demeura sur son banc, abasourdi. Que signifiait cet appel au secours ? Qui se dissimulait derrière ce « nous » ? Le grand frère de Coulon, Auguste ? Un autre membre de la famille ? Ce pluriel désignait-il un groupe de personnes ou masquait-il le nous de majesté d'un corbeau unique ? Pourquoi s'adressait-on à lui, Raoul Signoret, en particulier[1] ? Que croire de ces prétendues *révéla-*

1. En fait, le journaliste du *Petit Provençal* devait apprendre ultérieurement que chacun des confrères chargés des comptes rendus d'audience avait reçu une lettre semblable.

tions jamais confiées à personne ? Que croire venant de la part d'un homme qui avait si souvent menti au cours de l'enquête et du procès ? Ses mobiles étaient si évidents ! Il avait accumulé tant de fausses déclarations et, surtout, avait été si clairement confondu !

Certes, il avait nié à chacune des audiences. Avec autant d'entêtement que d'invraisemblance. Pourtant, au moment du verdict, on ne l'avait pas vu se révolter comme souvent le font les véritables innocents. Il avait écouté la sentence sans broncher, tête basse à son habitude. Comme s'il acceptait à l'avance sa punition. C'était pourtant le moment de parler de cette *voix d'homme entendue auprès d'Adèle Cayol depuis le jardin*, le soir du meurtre !... Alors que sa tête était en jeu, Coulon ne l'aurait pas dit à ses juges ? Pour ne pas chagriner son épouse ? Allons donc ! Au point où il en était... Ce scrupule n'appartenait pas à la nature profonde de l'employé modèle de la distillerie Picon et Cie.

Raoul Signoret demeurait persuadé que s'il avait été possible, sinon d'établir, au moins de soupçonner la présence d'un « deuxième homme » dans la maison de Marie-Thérèse Magnan, son avocat l'aurait exploité. Coulon n'avait à aucun moment tenté de semer le doute dans l'esprit de ceux qui avaient reçu mission de le châtier.

Quand le président lui avait demandé s'il avait quelque chose à ajouter, le condamné n'avait pas ouvert la bouche, ni regardé quiconque. Pas même celle qui venait par son témoignage de l'envoyer aux galères...

Sa tête de troisième couteau de mélodrame, son

regard fuyant avaient donné aux jurés l'image quasi caricaturale d'un probable assassin de vieille dame. Ah, ce physique ! De quoi apporter de l'eau au moulin au docteur Lombroso, ce criminologue italien, théoricien des causes physiologiques de la criminalité. Raoul avait lu ses thèses dans *L'Homme criminel*, paru en traduction française six ans auparavant. Coulon aurait pu lui servir de modèle.

Le journaliste relut plusieurs passages de la lettre anonyme. Il était intrigué par les allusions insistantes à la tentation, aux sollicitations démoniaques qui auraient poussé Coulon à la faute. Au péché. Au rôle de succube que le (ou les) rédacteur(s) anonyme(s) attribuai(en)t à Adèle Cayol, pour alléger d'autant la responsabilité de Coulon. Ce « croyant exemplaire » avait donc été induit en tentation par une petite vicieuse inspirée par Satan... Un peu simpliste, non ?

Raoul se demanda si la lettre n'émanait pas d'un prêtre, d'une communauté religieuse, d'un paroissien zélé. Voire d'une punaise de sacristie qui satisfaisait un besoin morbide de salir la petite bonne, tout en feignant par charité chrétienne de voler au secours d'un innocent injustement puni.

Le reporter se persuada que cette *révélation*, aussi surprenante que tardive, était une ultime manœuvre du condamné et de sa famille. Cet élément nouveau ne tenait pas plus debout que les autres piètres justifications avancées par l'accusé devant les juges.

À supposer qu'un journaliste s'intéresse à son cas, que pouvait en attendre Louis Coulon ? Provoquer, par des articles dénonçant une erreur judiciaire, l'ouverture d'un nouveau procès ? Thémis ferait la sourde oreille.

Le procès d'assises avait établi la culpabilité sans que le moindre doute subsiste. Les dénégations de l'accusé n'avaient à aucun moment entamé l'intime conviction des jurés. Coulon pouvait s'estimer heureux d'avoir échappé à la guillotine.

L'affaire était close. Il n'y avait pas à y revenir. Si quelqu'un devait s'en préoccuper, ce serait Me Gropierres. Certainement pas Raoul Signoret.

Pourquoi donc, en se levant et en s'ébrouant comme on se débarrasse au réveil des restes d'un mauvais rêve, le jeune homme, avant de prendre le chemin du journal, au lieu de jeter les deux feuillets à petits carreaux couverts d'une écriture heurtée dans la première corbeille à papier rencontrée, les plaça-t-il soigneusement repliés dans la poche intérieure de son veston ?

8

Où notre héros, empruntant par hasard les ruelles du quartier réservé, y fait malgré lui une stupéfiante rencontre.

Début juin 1894, l'été s'était abattu sur Marseille en trois journées, comme il arrive souvent dans ce pays. Après un printemps diluvien, le soleil avait fait une éclatante réapparition. Dans le tube du thermomètre trônant dans la vitrine de la boutique *À La Grande Ourse, optique, astronomie, lunettes de marine*, 3, rue Caisserie, le mercure avait fait un bond spectaculaire. Lundi dernier encore, un petit gilet de flanelle n'était pas de trop sous la veste des hommes. Les poissonnières ou partisanes, installées sur les marchés en plein air, conservaient sur leurs corsages les fichus de grosse laine croisés sur la poitrine, réservés à la mauvaise saison. Le beau temps rétabli, les mêmes qui, hier encore, maudissaient la pluie et le mistral, se plaignaient aujourd'hui des excès de chaleur arrivés sans crier gare. Les « *fa caou, sas !* [1] » avaient remplacé les « *qu'esse qui tombe !* », quand on n'avait rien d'autre

1. Il fait chaud, tu sais ?

que cette évidence à partager. Depuis la nuit des temps, la météorologie demeure le médium privilégié des gens qui n'ont rien à se dire. On signale « il pleut » ou « il fait beau », à qui l'on croise, comme si l'autre n'avait pas les moyens de s'en rendre compte par soi-même. Il en va sans doute de la pérennité des relations sociales.

Mme Mostacchi, la repasseuse du coin de la place de Lenche, avait ce jour-là une raison supplémentaire de transpirer. Elle ne manqua pas de faire remarquer à Raoul Signoret, qui rentrait chez lui, combien la chaleur était accablante. Pour souscrire aux rites sociaux, le jeune homme dut en convenir. Le trajet à pied rue de la Darse-place de Lenche, lieu de son domicile, l'avait mis en nage. Il lui fallait se changer de pied en cap. Le reporter du *Petit Provençal* avait un rendez-vous. Un rendez-vous d'amour, puisqu'il était convenu avec la femme qu'il aimait. Cécile Jacquemet, vingt et un ans, était la fille aînée d'un riche négociant en denrées coloniales (arachide, coprah) qui avait ses bureaux place de la Bourse.

Raoul avait fait la connaissance de la jeune fille grâce à un ami commun, Adrien Calavon, fils de magistrat et frère d'une amie d'enfance de Cécile. La rencontre s'était faite salle Prat, où avaient lieu les concerts de musique classique, les seuls dont les bourgeois de la rue Paradis autorisaient la fréquentation à leur progéniture, mâle ou femelle. Le coup de foudre avait été mutuel.

Le père de Cécile voyait d'un œil très défavorable un *journaleux* tourner autour de sa fille bien-aimée et de sa dot. Son choix personnel se serait plutôt porté sur Sébastien Julliand, fils unique d'un industriel-huilier, vice-président du tribunal de commerce, plus conforme au rang social auquel le père de Cécile prétendait. Cécile et Raoul devaient attendre l'occasion d'un voyage d'affaires de M. Jacquemet pour se rencontrer, avec la complicité passive de Mme Jacquemet. Celle-ci se souvenait avec nostalgie du temps où son futur époux – il avait alors un peu plus de cheveux et un peu moins de ventre – lui offrait des camélias. Elle avait conservé de l'amour une vision romantique, et Raoul la ramenait vingt-cinq ans en arrière. Le parfum des bouquets qu'il offrait à Cécile mettait dans la tête de cette femme mûre des idées qui n'étaient plus de son âge. Elle avouait parfois – passant sur la différence sociale – un faible pour « ce charmant jeune homme » qui faisait une cour discrète à sa fille. En revanche, elle s'inquiétait des réactions de rejet de son époux, se sachant impuissante à les vaincre. Sans doute, en secret, souhaitait-elle que l'amour triomphe, mais son rang lui interdisait de le reconnaître publiquement.

Ce soir, les deux jeunes gens s'étaient donné rendez-vous *Chez Brégaillon*, le mareyeur du quai de Rive-Neuve, dont les coquillages étaient célèbres dans tout Marseille. Raoul avait commandé à l'avance – afin qu'il fût prêt pour l'heure convenue du rendez-vous – un *panaché* composé d'huîtres, de moules, de clovisses et d'oursins que les deux jeunes gens dégusteraient en terrasse en regardant se coucher le soleil derrière le fort Saint-Jean. Ils lui donneraient pour compagnon un petit blanc de Cassis dont Raoul avait à l'avance le parfum de pierre à fusil sur la langue. Cécile y tremperait les lèvres pour montrer qu'elle était une jeune fille moderne.

Après s'être abondamment aspergé le torse avec un broc d'eau tiède, le journaliste avait passé une chemise blanche à col cassé, noué une cravate noire, choisi dans la penderie de l'armoire à glace un costume d'alpaga beurre frais, chaussé des bottines de toile, coiffé son abondante chevelure blonde d'un panama léger en latanier d'Amérique, au ruban noir tranchant sur la tresse claire de la paille. Il avait soigneusement lissé sa fine moustache et s'était vaporisé d'un nuage d'*English Lavender* avant de sortir.

Il quitta son domicile, situé dans un petit immeuble de deux étages et trois fenêtres, classique de l'architecture marseillaise, dont il était l'un des deux locataires avec un pêcheur de Saint-Jean. Marius Bonnenfant occupait l'étage supérieur, le journaliste logeant au premier.

Raoul Signoret était en retard, pour avoir été retenu au journal plus qu'il n'avait prévu par une de ces réunions de rédaction impromptues dont il ne sort la plupart du temps rien, mais qui donnent aux patrons de presse l'illusion qu'ils décident de tout. Quittant sa maison d'un pas vif, il ne se crut pas tenu de répondre quand le coiffeur, M. Spagnuolo, constata à son intention qu'il faisait décidément une chaleur accablante. Le jeune homme décida de rejoindre directement le quai du Port. Il espérait arriver à temps pour sauter dans une barque et demander à un batelier de le déposer sur la Rive-Neuve du Lacydon où *Bregaillon* offrait sa terrasse. Le ferry-boat avait interrompu ses allers-retours à six heures du soir tapantes.

Pour aller au plus court, au lieu de prendre par la rue Caisserie, son itinéraire habituel, Raoul coupa à travers le quartier réservé, en direction du quai du Port, en descendant par la rue Radeau. Arrivé à l'angle de la trop fameuse rue Bouterie, tournant à gauche il la prit, espérant ainsi gagner encore quelques minutes sur son trajet.

En délimitant un quartier réservé, l'autorité sanitaire avait, depuis quinze ans, prétendu créer un abcès de fixation. Le règlement général du service des Mœurs, en son article 12, stipulait « *qu'aucune maison publique ne pourrait être tolérée ailleurs que dans le périmètre proche de l'hôtel de ville, compris entre la rue Caisserie, la rue de la Reynarde, la rue Radeau, la rue de la Loge et la rue Lancerie* ». On n'avait fait qu'officialiser, en l'aggravant, un état de fait. Sans doute le quartier en bordure du Vieux-Port était-il, depuis la fondation de Marseille, voué à la prostitution publique. Dix ans avant l'établissement de ce cordon sanitaire, on y dénombrait déjà quatre-vingt-sept maisons de tolérance. La création du quartier réservé n'avait pas fait cesser pour autant l'exercice du métier dans les rues chaudes autour du Grand Théâtre, mais le Vieux-Marseille en avait fait sa vitrine. C'était une ville dans la ville, une enclave livrée tout entière au plus vieux métier du monde. On parlait des bordels des rues Ventomagy ou de la Reynarde à l'autre bout de la terre, à travers les récits enjolivés des marins du monde entier. Chaque maison, chaque ancien hôtel particulier, bâtis jadis par les patriciens marseillais qui avaient fait de ce coin un îlot aristocratique, abritait côte à côte les bordels luxueux – signalés par des *gros numéros* éclairés au gaz – et les clapiers à cagoles[1] installés dans des masures sordides. On surnommait ces derniers *les magasins* par opposition aux maisons ayant pignon sur rue. Ils étaient loués aux filles publiques cinq francs par jour. Dans ces tanières, les filles à soldats se vendaient pour quelques francs au premier venu, dans une avilissante promiscuité. Sur ce cloaque régnaient sans partage nervis et barbeaux.

C'était le cœur de ce que les hypocrites bourgeois de Marseille désignaient comme « le périmètre du vice ». Dans les hôtels particuliers de la rue Paradis ou de la Préfecture, quand on recevait des gens de son monde, des gens *comme il faut*, on déplorait l'existence de ce chancre honteux sur le visage ensoleillé de Marseille.

Mais dès qu'on se retrouvait entre hommes, au fumoir, au moment des cigares et des liqueurs, le ton changeait. On évoquait alors avec des clins d'œil égrillards les parties fines auxquelles on s'était livré dans sa jeunesse. Ou les *spécialités* de telle ou telle de ces filles effrontées, célèbre pour la qualité de ses prestations, auxquelles on s'adonnait encore pour rompre la monotonie conjugale.

Aux beaux jours, redevenu pour trois mois célibataire, femmes et enfants expédiés à la campagne au prétexte de fuir la touffeur de la ville, aggravée par l'odeur omniprésente de soude recuite en provenance des savonneries, le bourgeois marseillais s'en allait, cœur léger et sans remords superflus, profiter des ser-

1. En argot marseillais, prostituée de bas étage.

vices offerts par un quartier tout entier voué à la prostitution publique avec la bénédiction des autorités.

Raoul Signoret parcourut à vive allure cette rue Bouterie, étroite et sombre, aux pavés glissants qui ne voyaient jamais le soleil. Il prenait soin de ne pas mettre ses bottines dans l'eau fangeuse des ruisseaux qui la bordaient des deux côtés en charriant des choses innommables. Leurs cours étaient encombrés de paquets d'ordures jetés par les fenêtres depuis les étages selon un usage immémorial. Le journaliste ne put éviter de marcher dans la boue collante qui stagnait sur les pavés en permanence sur une épaisseur de plusieurs centimètres. Quelques pas suffirent pour que ses semelles en soient maculées. Raoul se promit de faire appel à un petit décrotteur de chaussures avant d'arriver à son rendez-vous. Une odeur puissante, poisseuse, humide et chaude emplit ses narines, mélange d'ordures en décomposition, d'huiles de friture, de sueur humaine et de parfums bon marché.

Des hommes, seuls ou en groupes, échantillon de toutes les classes sociales de la ville, arpentaient l'étroite artère en une incessante noria, répondant aux appels, discutant les tarifs. Bourgeois bien nourris aux joues écarlates, venus se mêler à la crapule pour oublier un instant les convenances, pauvres hères étiques et pâles à la recherche d'un ersatz de tendresse, ouvriers en blouse de travail, casquette vissée sur le crâne, employés de commerce en goguette, le canotier penché sur la nuque, touristes curieux attirés par la réputation sulfureuse du lieu, marins éméchés circulant en bandes, soldats des troupes coloniales aux chéchias rouges ou aux culottes bouffantes, gouapes à casquettes plates, un foulard noué autour du cou en signe distinctif, cette foule composite se croisait sans se voir, se bousculant au passage dans une cacophonie de bruits, de cris, de protestations, dominés par les appels des filles.

Une double haie de cariatides de chairs blanches, disposées comme à la parade le long des trottoirs étroits accueillit le nouveau venu avec des cris divers, des quolibets grossiers, des obscénités lancées à voix forte. Le journaliste savait que c'était là le tribut à payer pour emprunter son « raccourci ». L'été, les filles, le buste couvert d'une simple camisole sans manches ouverte sur des seins fatigués exhibés sans vergogne, le visage sauvagement fardé, une cigarette à la bouche et le geste de la main sans équivoque, racolaient à demi nues sur le pas de leurs portes ou à la fenêtre en rez-de-chaussée qui laissait voir le lit, le broc et la cuvette. Certaines à califourchon sur une chaise, ne portaient en place de jupe longue qu'une culotte fendue donnant l'impression qu'elles avaient enfilé le bas d'un habit à la française. Toutes étaient offertes comme les dindes déplumées et enrubannées dans les vitrines de Noël.

— Oou ! Mon garri [1], tu es bien pressé, toi ! lança l'une d'elles à Raoul qui passait le regard rivé au sol.

La fille était particulièrement vulgaire avec ses formes débordantes.

— Viens un peu ici, tu as le temps. Tu vas voir comme je suis bonne !

---

1. Littéralement : « mon rat ». S'emploie affectueusement pour s'adresser à un jeune garçon.

Raoul sourit malgré lui, bien que le triste état dans lequel était confiné ce pitoyable troupeau humain l'ait toujours rempli d'une infinie tristesse.

D'autres filles prirent le relais et commencèrent à injurier ce client qui dédaignait l'offre de service :

— Oh, jeune ! Tu serais pas un peu chichinette, toi ?

— Vé-le, lui, il est pas beau ? Y se prend pour le fils de Rodocanachi [1] ! On est pas assez *damotes* [2], pour lui.

— Laisse-le, *vaï* ! Tu vois pas que c'est un *empapaouté* [3] ? Il est juste venu pour nous *espincher* [4]. Té ! Tu veux la voir ma *pachole* [5] ?

La fille écarta les cuisses, se passa une main entre les jambes et fit quelques pas en suivant Raoul dans cette posture obscène.

Sous l'averse ordurière, le reporter pressait le pas. Il ne vit pas derrière lui la fille qui s'approchait silencieusement, et qui, d'un geste habile, s'empara de son chapeau avant de partir en courant vers sa tanière, située en rez-de-chaussée. Sur plusieurs dizaines de mètres de la rue Bouterie ce ne fut plus qu'une cascade de rires vulgaires et gras, entrecoupés d'encouragements lancés à la chapardeuse et de quolibets à son client.

— Bravo, *Anita* ! Allez, va le récupérer, maintenant ton *capéou* [6] !

Une bouffée de colère fit rougir les joues du jeune homme, risée de toute la rue. Il aurait dû se méfier. Il

---

1. Célèbre famille de riches négociants marseillais. Équivalent de « il se prend pour Rothschild ».
2. Femme habillée chic, un peu pincée.
3. Inverti.
4. Regarder à la dérobée, en se cachant.
5. Sexe féminin en argot marseillais.
6. Chapeau.

connaissait *le coup du chapeau*. À présent, il ne lui restait plus qu'à aller le récupérer, mais il faudrait régler pour ça le montant de la course.

Il aurait pu continuer tête nue, et laisser son panama où il était, mais l'idée de se présenter ainsi devant Cécile le retint. Sans plus réfléchir, il se lança derrière la silhouette claire à peine entrevue, qui venait de s'engouffrer dans un couloir obscur, tandis que les rires et les cris redoublaient. Un simple rideau de coton faisait office de porte à une chambre minuscule où le lit tenait la plus grande place. Le journaliste y déboula en trombe. La fille était déjà allongée sur le dos, les genoux haut relevés sous son jupon. Sa nuque reposait sur un traversin d'un blanc douteux. Le panama de Raoul était posé de guingois sur ses cheveux roux remontés en chignon. Ils entouraient la tête comme une sombre auréole. Elle souriait niaisement mais ne disait mot. Elle tendait ses bras nus vers le client dans une attitude d'invite. Autour du cou, elle portait un crucifix doré suspendu à une chaînette. Raoul ne put s'empêcher de trouver cette promiscuité incongrue.

Sur le seuil de la pièce le journaliste demeurait figé. Il regardait fixement la fille comme quelqu'un qui ne croit pas ce que ses yeux voient. Son regard glissa du front étroit et bombé aux yeux sombres et rapprochés. Puis de là, à la mâchoire épaisse qui lui donnait son air buté. Elle était très jeune encore, mais déjà dépourvue de grâce. Gênée par cette inspection imprévue, elle lança :

— Eh bé ? qu'esse tu as à faire ces yeux de *gobi*[1] ? Je te fais peur ?

---

1. Poisson immangeable, à l'air particulièrement stupide.

Raoul ne répondit pas. Elle se fit provocante.

— Tu le veux, ton chapeau ? C'est trois francs. Je te rends le chapeau mais avant, je te *caligne* comme tu veux.

Mettant la main à la poche de son pantalon, Raoul Signoret y prit un petit porte-monnaie, tendit la somme demandée et dit simplement :

— Le chapeau me suffira.

Il jeta les pièces sur le lit.

La fille blêmit, vexée :

— Ooh ! Pour qui tu te prends, dis ?

— Je me prends pour qui je suis, répliqua Raoul. Mais toi, tu te prendrais pas pour une autre, par hasard ?

— Qu'esse ça veut dire, ça ? demanda la fille dont l'air buté s'accentua.

Le journaliste s'approcha du lit :

— Je me comprends, mademoiselle Adèle Cayol ! C'est chez les sœurs de Notre-Dame-de-la-Charité qu'on apprend à faire ce métier ?

La fille s'assit d'un bond sur le lit, la bouche ouverte, pâle à faire peur :

— Tu es un *condé*[1] ?

Malgré lui, Raoul sourit :

— Rassure-toi, je ne suis pas de la police. Heureusement, parce que si je me souviens bien, tu es mineure. Mineure, donc clandestine, dans un coin pareil. Si les Mœurs te pincent, ça pourrait te coûter cher, ce que tu fais là, Adèle Cayol !

La fille acheva de se lever et se fit agressive :

— Qui tu es, alors ? Comment tu me connais ?

---

1. Policier.

— C'est tout simple. Il suffisait d'être présent aux assises d'Aix quand tu t'y trouvais en compagnie de ton ami *Monsieur Louis*, dans le box des accusés. J'y étais comme journaliste du *Petit Provençal*. J'ai eu tout le temps de te regarder pendant des jours. C'est pas si vieux que ça. Tu as un peu forci, mais je t'ai reconnue presque tout de suite.

Adèle Cayol écoutait, le cœur encore battant de l'émotion éprouvée quand elle avait cru avoir affaire à un inspecteur du service des Mœurs. Elle ne savait plus où elle en était :

— Et qu'est-ce que tu cherches ? demanda-t-elle sans réfléchir.

— Moi ! ?

Raoul éclata de rire :

— Je cherche à récupérer mon chapeau !

Adèle Cayol ne riait pas. Elle baissa la tête. Elle prit le panama, qui avait glissé sur le lit et le tendit à Raoul en éclatant en sanglots :

— Excuse-moi.

— Pourquoi tu pleures ? questionna Raoul.

— Je sais pas. Peut-être parce que je voulais plus y penser à tout ça. Tu me parles du procès. Ça m'a fait... C'était trop...

Elle n'acheva pas.

— Trop dur ?

Elle fit oui de la tête.

Le journaliste demanda, involontairement cruel :

— Et maintenant, c'est mieux ?

Il regretta aussitôt cette question blessante. Adèle Cayol secoua la tête et se remit à pleurer de plus belle. Raoul la prit aux épaules :

— À mon tour de m'excuser. Je suppose que tu n'as guère eu le choix dans ta vie. Comment en es-tu arrivée là ?

— Je veux pas en parler.

— Tu as raison, dit Raoul. Ça ne me regarde pas. Mais dis-moi, pourquoi es-tu partie de chez les sœurs ? Tu n'y étais pas bien ?

— C'était pas les mêmes.

— Comment ça ?

— Les sœurs de la Charité, elles m'ont pas gardée. On m'a mise au Refuge.

— Pourquoi ? demanda Raoul.

Adèle hésita, puis lâcha :

— J'avais eu une histoire avec le jardinier du couvent.

Le journaliste eut pitié de cette pauvre fille, prédestinée depuis l'enfance à jouer les paillasses, victime du désir des hommes. Elle continuait, comme pour elle-même :

— La supérieure m'a dit que j'étais une mauvaise fille. On m'a mise au Refuge, avec les repenties.

Raoul savait ce que cela signifiait. C'était, sans le dire, une véritable maison de correction pour filles de mauvaise vie. Les religieuses s'y conduisaient en gardiennes plus qu'en éducatrices. Quant aux *repenties*, elles n'en avaient que le nom. Dès leur libération, elles reprenaient leur ancienne occupation. Les barbeaux les attendaient à la sortie.

— C'est là que tu as lié des connaissances, je suppose ? demanda le journaliste en devinant la réponse avant qu'elle arrive.

— C'est Martha qui m'a aidée, dit-elle, comme si

Raoul connaissait la fille personnellement. Elle m'a dit comment on pouvait sortir du couvent. Je savais où les retrouver, elle et Momond.

Raoul l'interrompit :

— Momond, c'est l'ami de Martha, je suppose ?

Adèle fit oui de la tête. Ses pleurs reprirent.

— Et c'est lui qui t'a mise au trottoir, insista le journaliste.

— Je savais pas où aller.

— Elle est dans le coin, Martha ?

Adèle eut un geste :

— En face.

— Elle te surveille, pour que tu ne quittes pas le quartier ?

Raoul savait qu'on ne sortait pas d'ici sans autorisation. Le barbeau châtiait tout manquement à la règle non écrite. Adèle Cayol acquiesça de nouveau muettement.

— Tu veux partir ? demanda Raoul.

— Ils me retrouveraient et ils me tueraient, dit-elle. Laisse-moi, allez va-t'en, maintenant. Tiens, reprends-les, tes sous.

Elle alla prendre les trois francs sur un tabouret où elles les avait mis.

— Tu peux les garder, dit Raoul. Sinon, à la *comptée*, tu prendrais une rouste. Je suis sûr que Martha sait le nombre de tes clients et le dit à votre barbeau. Allez ! J'y vais, mais je reviendrai te voir. On parlera.

— Non, venez pas, dit Adèle Cayol qui était repassée au voussoiement. Je veux plus parler de tout ça.

Raoul insista :

— On verra quand tu seras plus calme. Il faut que

je te donne des nouvelles de Monsieur Louis, j'en ai reçu récemment.

— Monsieur Louis ? interrogea Adèle. Où il est ?

— Toujours en prison et pour un bon moment. Mais il n'a pas été déporté, parce qu'il est malade. J'ai reçu une lettre à son sujet. Tu sais ce qu'on me dit dans cette lettre ? Que ce n'est pas lui qui a tué Mme Magnan. Qui ce serait, alors d'après toi ?

— Je sais pas et je m'en fous, cria Adèle qui redevenait *Anita*. Va-t'en !

Raoul sortit, jeta un œil mauvais sur celle qu'il supposait être Martha, toujours en faction devant sa porte. Elle avait fait, « par amitié », d'une ancienne bonniche une fille publique. Il cracha aux pieds de la fille, récoltant une bordée d'injures qui l'accompagna, par le coin de Reboul, jusqu'au débouché de la rue de la Guirlande sur le port.

Jetant par réflexe un coup d'œil à sa montre-gousset son cœur fit un bond : Cécile l'attendait chez *Brégaillon* depuis vingt bonnes minutes ! L'incident avec Adèle lui avait fait perdre la notion de l'heure et des bienséances.

Le quai du Port était encombré de marchandises à même le sol, débarquées des voiliers. Leurs mâts de beaupré, rangés côte à côte, faisaient penser à de grands sabres alignés à la parade. Pas le moindre passeur dans sa barque n'attendait le chaland. Raoul en aperçut un qui abordait quai de Rive-Neuve. Il espéra un instant son retour. Mais l'homme amarra sa barque, hala les avirons et les rangea dans l'esquif. Puis il s'en alla à pied vers la rue Fortia. Le journaliste pesta et, mi-marchant, mi-courant, se résigna à faire à pied le tour du Lacydon. Il en avait bien pour un quart d'heure. Ce qui ne manquerait pas d'ajouter à son retard, à sa confusion et à sa transpiration. Plus question de perdre du temps à faire décrotter ses bottines. Cécile comprendrait. Le beau costume clair commençait à gondoler d'humidité et la cravate lui sciait le cou. Les effets de la toilette étaient depuis longtemps dissipés. Raoul arpenta le quai de la Fraternité en accélérant encore sa cadence. Tout en avançant, il réfléchissait à l'excuse qu'il allait invoquer auprès de Cécile pour justifier son retard. Pas question de lui dire d'où il sortait. Il arracha plus qu'il ne prit des mains d'une petite *caraque*[1] une des roses rouges qu'elle proposait aux dîneurs et aux passants. Il lui glissa une pièce sans attendre la monnaie et aperçut enfin la terrasse du *Brégaillon*, noire de monde. Le jeune homme cherchait du regard la longue silhouette de Cécile, prêt à se jeter à ses pieds en offrant sa rose et se confondant en excuses, quand Francis, l'un des garçons qui le connaissait bien, s'approcha de lui et glissa à voix basse :

— Monsieur Raoul, Mlle Jacquemet nous a envoyé un coursier, tantôt, pour vous dire de ne pas l'attendre. Monsieur son père est rentré de voyage plus tôt que prévu. Elle ne viendra pas et s'en excuse.

Raoul Signoret, en dépit de la déception, s'en trouva presque soulagé. Se présenter à Cécile dans l'état où il se trouvait eût frisé la muflerie. Elle – il la voyait comme si elle était assise en face de lui – serait arrivée pour l'occasion dans une de ces robes longues qui convenaient si bien à sa fine silhouette et la rendaient si élégante. Elle aurai coiffé un de ces petits chapeaux

1. Gitane.

délicieux qui soulignaient le charme de son visage. Le jeune homme évoqua un instant la grâce naturelle de Cécile, sa beauté sans fard, la pureté de son regard, son sourire si franc et cette taille souple qui se moquait du corset. Il ne put s'empêcher de les comparer au triste tableau de déchéance humaine qu'il venait de côtoyer et se dit qu'il avait bien de la chance.

— À tout hasard, monsieur Raoul, dit le bon Francis, je vous ai gardé une petite table, si des fois...

— Vous avez bien fait, Francis, répondit Raoul en s'y affalant. Et vous me servirez pour moi tout seul les deux *panachés* commandés. J'ai besoin de me remettre de mes émotions, moi...

9

Où une soirée d'opéra au Grand Théâtre – on y chante « Aïda » – s'achève par un couac très inquiétant pour notre héros.

« Ô terre, adieu !... Adieu, vallée de larmes
Songe de joie qui finit en douleur...
Le ciel vers nous s'entrouvre et nos âmes errantes
S'envolent au soleil du jour d'éternité. »

Enlacés dans la crypte obscure qui allait devenir leur tombe, Aïda et Radamès attendaient la mort. Elle devait pourtant patienter jusqu'à l'accord final de l'orchestre. Verdi l'avait voulu ainsi. Les deux amants chantaient passionnément (et en français) leur amour réciproque. Aïda, c'était Félia Litvinne. La cantatrice avait délaissé pour quelques représentations les brumes du Walhalla [1] et rejoint les bords du Nil en passant par le Grand Théâtre de Marseille, au bonheur affiché des amateurs d'art lyrique. La saison 1894-1895 s'achevait en beauté. Autant dire qu'il n'y avait plus un strapontin de libre. De l'orchestre au pinacle, l'ambiance de la

1. Le séjour des dieux de la *Tétralogie* de Richard Wagner.

salle d'opéra rappelait, au moment de l'ouverture, celle des arènes où se tiennent les corridas.

Raoul Signoret avait été entraîné en ces lieux de ferveur populaire moins par goût personnel que par amitié pour le critique musical du *Petit Provençal*. Antoine Espitalier l'avait fait profiter d'un billet de faveur accordé au journal par la mairie. « Tu ne peux pas rater une femme dont l'étendue de la voix lui permet de chanter aussi bien La Gioconda que Brünnhilde », lui avait affirmé le critique. « Du sol grave au contre-ré. Tu te rends compte d'un phénomène ? » Raoul ne se rendait pas bien compte, non. Espitalier jubilait à l'avance : « Et tu vas entendre la puissance ! Cossira, le ténor, n'a qu'à bien se tenir ! »

Pour dire vrai, ce n'était pas l'intérêt d'entendre un soprano obèse riboulant des yeux pour simuler des élans passionnés – fût-elle dotée d'une *« voix de flamme »*, comme on l'avait écrit – qui avait poussé le jeune journaliste vers les fauteuils de velours de l'orchestre du Grand Théâtre. Côtoyer trois heures durant les grandes toilettes et les parfums redoutables dont s'inondait la bonne société marseillaise, elle-même en représentation, ne l'enchantait guère. Mais il caressait l'espoir de rencontrer à l'un des entractes Cécile et sa mère, friandes d'opéra, sans risquer de tomber sur M. Jacquemet. Celui-ci revendiquait comme un talent de société son inculture musicale. « Je n'éprouve aucun plaisir à aller m'enfermer dans une salle où l'on étouffe, habillé comme pour un mariage, pour entendre chanter un éléphant qui a avalé un rossignol. » Fier de sa trouvaille, il la répétait en toute occasion, justifiant ainsi son horreur de l'opéra et de ses monumentales divas. Cécile et Mme Jacquemet avaient pris l'habitude d'y aller sans lui.

Mais ce soir-là, seule Mme Jacquemet, accompagnée d'une vieille amie qui avait sorti tous ses bijoux, occupait la baignoire que le négociant louait à l'année pour son épouse et sa fille.

Raoul n'avait pas revu Cécile depuis leur rendez-vous manqué *Chez Brégaillon* la semaine précédente. Il n'avait pas osé téléphoner, ni écrire, de peur d'alerter un père qui lui avait signifié clairement que sa fille n'était pas pour « un petit reporter sans avenir ». Raoul espérait donc la rencontrer ce soir, « par hasard ». Peine perdue. Aussi, attendit-il Mme Jacquemet à la sortie, sous le péristyle. Il était seul. Espitalier avait filé en courant, avant l'accord final, vers le journal. Le critique devait écrire quelques lignes *à chaud*, afin que les abonnés aient de quoi lire le lendemain matin. Il reviendrait plus longuement sur « la soirée exceptionnelle » dans le numéro suivant du *Petit Provençal*.

Dès qu'elle aperçut Raoul, à demi caché derrière l'une des six colonnes monumentales ornant la façade du Grand Théâtre, le sourire de Mme Jacquemet se figea. Son regard fuyait. Trop tard, le journaliste était devant elle, cherchant sa main droite gantée de fine dentelle pour y déposer un baiser. La mère de Cécile s'était raidie et se contenta d'un « bonsoir monsieur Signoret » pincé, en reculant légèrement le buste. Décontenancé par ce brusque changement d'attitude chez une femme qui lui avait jusqu'ici manifesté une discrète sympathie, le jeune homme ne sut quoi lui dire. Il n'osait pas demander des nouvelles de Cécile. Elle-même avait l'air plus gênée que réellement contrariée. Ils n'allaient tout de même pas rester ainsi, muets et immobiles face à face, tandis que la foule qui s'écoulait vers la place et les rues environnantes les heurtait pour rejoindre les nombreux fiacres stationnant à proximité. C'est Mme Jacquemet qui mit fin à ces interminables secondes :

— Je vous prie de m'excuser, monsieur Signoret, dit-elle tout à coup, comme si elle se souvenait de quelque chose, je dois raccompagner mon amie Mme Castelbon qui profite de mon fiacre. (Elle ajouta rapidement, un ton plus bas :) J'aimerais vous parler seule à seul prochainement. Si cela vous est possible, que diriez-vous de mercredi après-midi à l'heure du thé ?

— Euh, oui... naturellement, s'il vous plaît ainsi, madame, bafouilla Raoul qui cherchait à se reprendre. Il demanda précipitamment : Cécile sera là ?

Mme Jacquemet feignit de ne pas avoir entendu :

— Alors, à mercredi, je compte sur vous...

Elle rompit brusquement, sans avoir dit au revoir et tourna le dos à Raoul.

Il n'avait pas su, ni osé la retenir. Mme Castelbon se serait posé des questions. Peut-être était-elle en train de le faire. Appuyée au bras de son amie, la vieille dame parlait, penchée sur la mère de Cécile, tout en marchant vers le fiacre aux portières ornées des initiales du négociant.

Le journaliste demeura un long moment immobile et perplexe sur les marches du Grand Théâtre, comme figé par cette scène incompréhensible. Il avait l'impression d'avoir reçu un coup sur la tête. La nuit était à peine entamée. Onze heures du soir. La température était devenue supportable, après la canicule de la journée. Tandis qu'il marchait vers le Vieux-Port par la rue Beauvau, il tenta de trouver une explication à l'attitude de Mme Jacquemet. Il n'y parvint pas.

Machinalement, il prit le chemin de son domicile, insensible au décor nocturne du Vieux-Port. Les grands voiliers aux toiles affalées se balançaient mollement sous une brise nocturne qui apportait un peu de fraîcheur. Les lampadaires à gaz se reflétaient dans les eaux noires comme des guirlandes de fête, doublant la féerie du spectacle. On en oubliait le remugle puissant qui montait du bassin où, depuis la fondation de la ville, tous les marins du monde avaient balancé pardessus bord ce qui les encombrait. Raoul Signoret, songeur, tête baissée, passait au long du quai du Port en évitant les cordages, les filets mis à sécher, zigzaguant entre les marchandises en vrac, le charbon en tas, les tonneaux en piles, les pyramides d'oranges arrivées d'Espagne, les monceaux de caisses en bois, les accumulations de sacs de ciment, les alignements de troncs d'arbres venus d'Afrique, qui composaient un décor hétéroclite, à la limite du fantastique, sous la pâle clarté de la lune.

Des cafés encore ouverts, dont les salles illuminées projetaient leur clarté jusqu'au bord de l'eau, provenaient des éclats de voix ou de rires, des relents d'accordéon, de pianos mécaniques ou des refrains d'opérettes repris en chœur. Marseille vivait nuit et jour dans une ambiance bruyante oublieuse du repos nécessaire aux travailleurs du port. On entendait çà et là les éclats des disputes entre riverains excédés réclamant le silence auquel ils avaient droit et fêtards bien décidés à continuer de s'amuser. Cela finissait parfois par de violentes bagarres auxquelles les sergents de ville arrivés à bicyclette mettaient fin en menaçant les uns et les autres de finir la nuit au *violon*.

Raoul Signoret était arrivé à proximité de l'hôtel de ville. Il monta vers l'Hôtel-Dieu par la place Bargemon et prit la rue Caisserie pour rejoindre la place de Lenche. À la hauteur du quartier réservé dont la rue Caisserie constituait la frontière nord, il ne put s'empêcher d'évoquer Adèle Cayol et sa triste condition. Certes, la pauvrette était partie dans la vie avec un sérieux handicap. Sous prétexte de charité chrétienne, Marie-Thérèse Magnan en avait fait son esclave domestique. Coulon, son esclave sexuelle. Mais de là à pourrir ce qui lui restait de jeunesse au fond de ce cloaque, aux mains d'un maquereau de deuxième choix dans un quartier dont on ne sortait jamais, réduite à satisfaire les caprices des amateurs de chair encore fraîche, il y avait un abîme au fond duquel la malheureuse finirait fatalement par s'écraser, après des années d'humiliations.

Chez Raoul Signoret, subsistait la morale d'un chevalier médiéval égaré dans les temps modernes. Ses origines, sans doute, n'y étaient pas pour rien. Fils d'ouvrier dans une savonnerie, il avait entendu dès l'enfance sa mère plaindre la condition faite à ces hommes sur qui régnait un patron tout-puissant. « Écoute bien le maître, travaille ! lui disait sa mère. Ne fais pas comme ceux qui préfèrent tailler l'école et aller jouer avec les *maufatans*[1] de Saint-Jean ou de

1. Vauriens. Littéralement : « malfaisants ».

Saint-Mauront. Plus tard, tu t'en trouveras bien. C'est pas une vie, celle qu'a connue ton papa. » Paul Signoret était mort prématurément, les yeux brûlés par la soude et les poumons attaqués par les émanations qui provenaient des *cuites*. Dans d'énormes chaudrons de cuivre mijotait pendant des jours la pâte qui deviendrait, découpée et séchée longuement, ces fameux cubes de savon d'un kilo à 72 % d'huile, qui portaient le renom du savoir-faire marseillais à l'autre bout de la terre. Paul Signoret était trop longtemps resté penché sur ces marmites du diable. Elles lui avaient mangé la vie.

L'injustice révoltait Raoul, la misère sociale le bouleversait. Séduit par les idées socialistes et grand lecteur d'Émile Zola, il partageait les engagements du père des Rougon-Macquart. Ses études supérieures achevées sur une licence ès Lettres qui avait adouci le chagrin sans fin de Mme Signoret, la remplissant de fierté, il était devenu journaliste pour défendre plume en main ses idées progressistes. Tout jeune, il avait lu les comptes rendus, conservés par son père, du *Congrès ouvrier socialiste de France*, organisé à Marseille en octobre 1879, par Jean Lombard, Benoît Malon, Antide Boyer et le poète-journaliste Clovis Hugues. C'est à cette occasion qu'avait été adoptée la doctrine collectiviste chère à Jules Guesde.

L'attitude générale du patronat marseillais, arc-bouté sur ses antiques prérogatives, peu soucieux de questions sociales, révulsait le jeune journaliste. Des mouvements de révolte naissaient sur les quais et dans les fabriques, fomentés par les ouvriers italiens. Naguère, les patrons leur avaient fait jouer les briseurs de grèves, quand les ouvriers français, travaillés par les idées de Guesde, commençaient à réclamer un traitement plus humain et des salaires décents. Et voilà qu'aujourd'hui, on allait chercher dans les montagnes des Aurès, en Algérie, les premiers Kabyles pour les mettre au travail sur les quais de la Joliette à la place des *Babis*[1].

En croisant la rue Ganderie, Raoul jeta machinalement un coup d'œil. Elle était en pleine activité. Des groupes d'hommes éméchés circulaient en titubant, *chaspant*[2] les filles au passage. Elles les repoussaient avec des bordées d'injures. La rue Bouterie était tout au bout. Il pensa à l'ex-petite bonne de Mme Magnan devenue *trimardeuse*[3]. Sans doute était-elle « en main », à cette heure. Il chassa les images qui lui étaient venues malgré lui.

« J'irai la revoir demain, se promit-il. Avec la lettre donnée par l'avocat de Coulon. »

Il trouva difficilement le sommeil. La nuit était chaude, mais n'était pour rien dans son insomnie. Il lui tardait de retrouver Mme Jacquemet. Qu'avait-elle de si important à lui dire pour déroger aux habitudes de son rang et convier un jeune homme, qui eût pu être son fils, pour lui parler « seule à seul » ?

---

1. Nom (péjoratif) donné aux Italiens à Marseille jusqu'au milieu du XXe siècle. Du provençal « crapaud ».
2. Tripotant.
3. Prostituée de quartier pauvre racolant dans la rue.

10

Où notre héros, volontairement retourné dans le quartier réservé, y sauve sa vie grâce à une pratique assidue de la boxe française.

Raoul Signoret reprit le chemin du quartier réservé le lendemain, en fin d'après-midi. Il savait que c'était l'heure creuse d'une activité permanente. Elle connaissait son « coup de feu » à la sortie des bureaux et des ateliers et surtout à partir de huit heures du soir. Il descendit par la rue Figuier de Cassis, afin de déboucher dans la rue Bouterie plus loin que l'endroit où il savait qu'Adèle Cayol racolait. Il espérait l'apercevoir à l'avance, afin de la surprendre sans qu'elle l'ait repéré. Il avançait en se dissimulant derrière un groupe de soldats de la coloniale qui effectuaient une reconnaissance avant de se décider.

Dès qu'elle reconnut la silhouette du journaliste qui arrivait dans sa direction, Adèle Cayol se précipita dans sa tanière. Trop tard, il était sur ses talons. Il courut derrière elle. La pièce étant dépourvue de porte – seul un rideau de coton la séparait du couloir de l'immeuble, ouvert en permanence sur la rue – il n'eut aucun mal à la suivre.

Elle fit volte-face et l'air affolé cria :

— Va-t'en ! Je t'avais dit de pas revenir !

Elle s'était plaquée au mur. Son air habituellement buté était aggravé par la colère et la peur.

Raoul demeurait immobile près de l'entrée, pour ne pas l'effrayer davantage. Il parla le plus calmement possible, presque à mi-voix en la voussoyant, afin de lui signifier qu'il ne prenait pas en compte sa nouvelle condition :

— Calmez-vous, Adèle. Je ne vous veux aucun mal. Juste parler un moment.

Elle secoua la tête :

— J'ai rien à dire, je te dis. Et je m'appelle *Anita*.

Raoul sortit son portefeuille et posa sur une chaise, qui faisait office de table de nuit, l'équivalent de trois « prestations », au tarif en cours, arrondi au nombre supérieur.

— Voilà dix francs. C'est pour que vous n'ayez pas l'impression de perdre votre temps avec moi. Ce sera comme si vous aviez fait trois clients.

À la vue des pièces, Adèle Cayol se calma un peu. Mais elle ne changea pas d'avis :

— Je veux pas parler de ma vie d'avant. C'est fini, tout ça. Moi, je suis là pour faire plaisir au client. Pas pour *barjaquer*[1].

Le journaliste sentit une présence dans son dos. En se retournant, il aperçut, regardant à travers la croisée des volets de bois, le visage d'une femme. Il crut reconnaître Martha. La fille avait sans doute reconnu le client de la veille. Elle venait aux nouvelles, ayant entendu les protestations de son amie. Quand le regard

1. Bavarder continuellement.

de Raoul croisa celui de l'espionne, elle se retira précipitamment.

— Écoutez, Adèle, dit Raoul, tout ce que je vous demande c'est de lire la lettre que j'ai apportée.

Il sortit de sa poche de veston les feuillets quadrillés de la lettre anonyme et les lui tendit.

Elle baissa la tête :

— Je sais pas lire...

Il s'y attendait :

— Ça ne fait rien, je vais la lire, moi. On y parle de Monsieur Louis.

Adèle Cayol se remit à crier :

— Je veux plus en entendre parler de Monsieur Louis !

Sans tenir compte de l'objection, Raoul commença sa lecture en prenant soin de bien articuler. Il jetait des coups d'œil sur la jeune femme, toujours plaquée à son mur. Quand il rencontrait un mot pouvant lui poser une difficulté de compréhension, il en changeait pour un plus facile. Il devint particulièrement attentif aux réactions d'Adèle Cayol quand – en les modifiant légèrement – il aborda les lignes où le correspondant anonyme évoquait la présence d'un homme auprès d'elle, le soir du drame : « *Au moment où il se décidait à frapper aux volets de bois, Louis Coulon a entendu des bruits de voix à l'intérieur de la maison. Adèle Cayol parlait en chuchotant avec quelqu'un qui n'était pas Mme Magnan. C'était une voix d'homme qui lui répondait (...) Il y avait un homme avec elle. C'est lui qui a tué Mme Magnan.* »

Dès le début du passage, les yeux de l'ex-petite bonne s'étaient affolés. Sa respiration s'était accélérée.

Elle ne savait plus où poser son regard et surtout évitait celui du journaliste qui, ayant appris le passage par cœur, faisait semblant de lire et l'observait en permanence. Qu'elle fût troublée, on n'en doutait guère. Mais à ce point... De la sueur perlait à son front. Elle venait d'être saisie d'une sorte de tremblement. Raoul craignit un malaise. Il laissa peser un long moment de silence après les derniers mots de la lettre. Puis, il demanda, toujours d'une voix égale et douce :

— Alors ?

Adèle le regarda enfin :

— Alors, quoi ?

— C'est vrai, ce qui est dit dans cette lettre ?

Elle rougit violemment mais ne répondit pas. Elle regardait du côté du rideau qui masquait l'entrée de la pièce avec un air effaré.

— Qu'esse ça peut te foutre ce qu'on dit dans cette lettre ?

La remarque ne venait pas d'Anita-Adèle, mais d'un petit homme à l'air mauvais qui venait d'entrer dans le dos de Raoul en claudiquant légèrement. Il était vêtu d'un bleu de Shanghaï frais repassé, sur une chemise blanche. Il avait chaussé des espadrilles et coiffé une casquette blanche penchée sur l'œil. Il arborait une fine moustache noire. Ses hanches étaient ceintes d'une taillole également bleue. Un foulard de soie était noué autour de son cou, le désignant à l'œil le moins connaisseur comme un nervi. C'était une de ces petites terreurs de quartiers qui vivent des femmes dont ils ont fait leurs esclaves en prétendant assurer leur protection. Les présentations étaient inutiles : celui-là devait être le fameux Momond, averti par les soins de Martha de la présence de cet étrange client.

Les petits yeux du barbeau luisaient sur sa face de rongeur. Il avait une voix haut perchée un peu ridicule, éraillée par les excès d'alcool et de tabac et un accent corse prononcé. On n'aurait pas été tenté de s'en moquer. C'était un méchant, ça se voyait au premier coup d'œil.

— Qu'esse vous faites, là, tous les deux ? Ici, c'est une maison de passe, pas un salon de lecture.

— Monsieur, dit Raoul, prenant un ton glacial, j'ai réglé largement le montant demandé. Mademoiselle ne vole pas votre argent en m'écoutant.

— Elle a pas à t'écouter. Elle est pas là pour parler aux *flanelles* [1]. Si tu avais quèque chose à lui dire, c'est moi qu'il fallait venir trouver. Où tu te crois, dis ? D'abord, qu'esse c'est, cette histoire ?

— C'est une chose, répondit Raoul, qui se rapporte à une période de sa vie où vous ne connaissiez pas encore Adèl... je veux dire *Anita*.

— Et en quoi ça te regarde, toi cette chose ? dit le barbeau plus menaçant, en faisant un pas vers Raoul.

Le jeune homme sentait monter en lui la colère qu'il contenait de plus en plus difficilement. Il fit face au souteneur qu'il dominait d'une bonne tête :

— Ça, ce sont mes affaires, si vous le voulez bien...

— Eh bè, tu vas aller les faire ailleurs, tes affaires. Et pas avec ma femme.

Raoul ne se retint plus :

— Votre femme ! Tu parles ! Comment osez-vous employer ce mot, misérable !

---

1. Client d'une prostituée qui ne parvient pas à consommer.

— Oou ! Tu vas la fermer, toi. Allez, zou ! Casse-toi d'ici, passque si tu veux, je t'arrange.

Raoul défia le barbeau :

— Ah, oui ? Qui ? Toi, tu m'arranges ? Tu t'es vu ?

L'autre ricana :

— Avec ça, je crains *dégun*[1].

Il sortit de sa poche un *stiletto*, cette dague corse à lame longue et fine, de section triangulaire, arme redoutable que les insulaires surnomment *porta rispettu*[2]. Il le fit jaillir de sa gaine de cuir et le brandit sous le nez du journaliste.

Raoul eut un mouvement de recul qui fit réapparaître un sourire mauvais sur la face de rongeur du nervi :

— Tu fais moins le mariolle, *qué* ? On t'a jamais arrangé ta jolie gueule avec ça ?

— Jamais, répondit calmement Raoul.

— Eh bè, je vais te faire voir.

Adèle Cayol avait commencé à crier. Une sorte de feulement de terreur.

— Ferme-la, toi ! hurla le barbeau.

Elle se mit à pleurer convulsivement.

Le stylet s'approcha du visage du journaliste.

— Tu vas savoir qui c'est Raymond Graziani.

Avant que le voyou ait pu porter le moindre coup, Raoul Signoret, adepte de la boxe française, avait reculé d'un pas, pivoté sur lui-même et décoché un *revers jambe arrière*. Sa semelle atteignit Momond en pleine face. Déséquilibré, le nervi alla cogner de la nuque le mur proche de la fenêtre. Le choc lui fit lâcher sa dague qui, passant par la fenêtre, tomba sur le pavé

1. Personne.
2. Porte respect.

de la rue Bouterie avec un bruit métallique. Un tirailleur sénégalais qui passait la ramassa et sans plus de façon la glissa dans son ceinturon. Sous le choc, Momond avait perdu sa casquette, dévoilant une chevelure aile de corbeau, plaquée au crâne par un cosmétique qui la rendait luisante.

La savate de Raoul, en raison du manque d'espace, n'avait pu être ajustée pour avoir toute sa puissance. Le voyou, tout choqué qu'il fût, n'avait pas perdu conscience. Habitué au combat de rue, où tous les coups sont permis, il fonça tête la première sur le journaliste qu'il percuta violemment. Raoul plia sous le choc et tomba à la renverse. À peine à terre, il reçut en pleine poitrine les genoux osseux de Momond qui lui coupèrent la respiration. Il sentit aussitôt les mains du barbeau enserrer sa gorge et s'y cramponner de toute sa hargne. Ses ongles, que l'agresseur portait assez longs à la manière des nervis, s'enfoncèrent dans la chair tendre du cou.

Adèle Cayol, affolée, avait ouvert les volets en grand et criait vers la rue :

— Les *condés* ! Allez chercher les *condés* ! Ils se tuent !

Un attroupement se formait, mais personne n'osait entrer.

Momond, accroché à sa proie, serrait toujours à s'en briser les jointures. Aucune force au monde n'aurait pu le décramponner. Une lavandière battait un drap rouge devant les yeux de Raoul Signoret et deux forgerons tapaient à coups redoublés sur les enclumes de ses tempes. Il tenta de se mettre en pont, mais il ne parvint pas à décrocher Momond. Le barbeau pesait d'autant plus sur lui que ses propres forces commençaient à décroître. Au-dessus de son visage, il voyait grimacer la face aiguë et luisante du nervi.

À l'instant où il allait sombrer, rassemblant au fond de lui-même un restant d'énergie, il réussit à dresser son bras et, en un ultime réflexe, parvint à planter son pouce tendu dans le coin de l'œil droit de son agresseur. L'ongle agit comme une lame. Il s'enfonça dans le muscle adducteur du globe oculaire. Dans un ultime effort, Raoul fit levier. L'œil jaillit de l'orbite comme la partie jaune des *violets*, ces mollusques au goût fortement iodé que l'on vidait ainsi de leur substance, quand, enfant, il allait les pêcher avec l'oncle Eugène. Momond Graziani poussa un hurlement de bête blessée, en lâchant prise. Le brusque retour de l'air incendia les poumons du journaliste. Sa tête tourna, tandis qu'il se relevait péniblement. Momond, à genoux, geignait, les deux mains cachant son visage.

Raoul détourna le regard. À Adèle Cayol, tétanisée, il demanda : « Allez chercher un docteur. Vous en connaissez un ? » Parler lui fit mal. Adèle fit oui de la tête et sortit comme si elle s'enfuyait.

Pendant ce temps, un groupe de minots tout excités arrivaient dans la rue Bouterie en scandant :

— *Méfi*, les *condés* ! *Méfi* les *condés* [1] !

Les policiers les suivaient à peu de distance.

Quand l'inspecteur Jules Deville, de la brigade des Mœurs, entra dans la chambre, il se trouva face à un spectacle peu habituel dans une maison de passe : pas de fille à demi nue, mais deux hommes habillés de pied en cap, quoiqu'un peu chiffonnés. L'un, debout, tenait

1. Équivalent marseillais de « 22 ! v'là les flics ! ».

à deux mains sa gorge visiblement douloureuse. Il happait l'air comme un poisson crevant sur une pierre d'évier. L'autre, à genoux sur le carrelage, psalmodiait « Oooh, putain, mon œil ! Oooh, putain mon œil ! », tout en laissant voir sur sa joue droite sanguinolente un globe oculaire énucléé qui pendait au bout du nerf optique comme un yo-yo au bout de son fil.

Adèle Cayol revenait, suivie d'un médecin. Elle expliqua aux policiers ce qui venait de se passer. Raoul n'était pas en état de parler, Momond avait d'autres soucis que de répondre à un interrogatoire.

L'inspecteur donna ses ordres. Désignant le barbeau sur lequel le médecin était penché, il demanda qu'on le fît transporter à l'Hôtel-Dieu tout proche.

— Et embarquez-moi ces deux-là, ajouta-t-il, désignant Raoul et Adèle Cayol.

Le petit groupe fit une sortie au milieu des badauds agglutinés, auxquels se mêlaient les filles, leurs clients et plus discrètement « ces messieurs ». Ils n'avaient pas jugé bon de se mêler de l'affaire, qui, pourtant, touchait un confrère.

Un panier à salade [1] attendait à l'angle de la rue Lanternerie, à la frontière nord du quartier. Il les conduisit à l'Évêché où se trouvait le service des Mœurs.

L'inspecteur Deville prit un air sévère pour demander à Raoul qui avait commencé.

— C'est lui, chuchota le journaliste à qui la strangulation avait ôté une bonne partie de la voix.

Il prit une feuille de papier sur le bureau du policier et écrivit : « *Il me menaçait avec un poignard.* »

1. Fourgon hippomobile équipé de quatre cellules individuelles, utilisé pour le transport des prisonniers.

— Pourquoi ? demanda Deville.

Raoul déglutit avec difficulté :

— Parce que je parlais avec sa protégée.

— C'est vrai, ça ? demanda l'inspecteur à Adèle Cayol.

Elle confirma.

Raoul reprit la feuille, la retourna et écrivit : *« Pouvez-vous faire prévenir le commissaire principal Baruteau de la Sûreté ? Je suis son neveu. »*

Deville fronça le sourcil. Il n'aimait pas voir un suspect faire état de relations dans la police. De relations familiales, en plus !

— Vous savez, je peux conduire mon enquête moi-même, dit-il vexé.

Raoul fit un signe pour lui faire comprendre qu'il en convenait, mais que ce n'était pas le moment de jouer les susceptibles.

Pour se couvrir – on ne sait jamais – l'inspecteur composa, de mauvais gré, le numéro du commissaire. Avec l'adjoint du chef de la Sûreté, on ne pouvait pas savoir jusqu'où ça pouvait aller, si le jeune homme avait des appuis.

— Ici Deville, des Mœurs, mes respects, monsieur le commissaire principal. J'ai là dans mon bureau un certain Signoret Raoul qui se prétend votre neveu.

— Il ne se prétend pas, il l'est ! s'esclaffa l'oncle Eugène. Que lui arrive-t-il ?

— On vient de le ramasser dans une maison de la rue Bouterie après une bagarre.

On entendit une exclamation et un rire puissant au bout du fil :

— Raoul, dans un bordel ? Moi qui l'ai si bien

élevé. Elle est forte, celle-là ! Et il s'est battu pour une pute ?

— Je l'ignore, monsieur le principal, son audition commence à peine.

— Passez-le-moi, dit Baruteau. Allô ! Raoul ? On m'en raconte de bonnes. Quand ta tante et ma sœur sauront ça !...

En entendant son neveu chuchoter, l'oncle Eugène demanda :

— Où es-tu ? Dans un confessionnal ? On m'a dit pourtant que tu sortais du bordel. Tu dis ton acte de contrition ?

Raoul souffrait de ne pouvoir s'expliquer clairement. Deville eut pitié de lui. Il reprit le combiné :

— Allô, monsieur le principal ? Il ne peut guère parler. On a voulu l'étrangler.

— Bougre ! le coupa Baruteau, je descends.

Il fut là en deux minutes et lança à Raoul :

— Sacré lascar ! Tu en fais de belles !

Entre les explications de l'inspecteur, les quelques réponses arrachées à Adèle Cayol et les précisions obtenues de son neveu, par écrit et à mi-voix, le commissaire eut bientôt une vue assez claire de ce qui s'était passé.

— Eh bien ! dis donc, tu aurais pu y rester, dit-il ému. Comment j'aurais fait, moi, pour mes prochaines enquêtes ? Mais qu'est-ce que tu allais fiche dans ce coin ?

Au fur et à mesure des éclaircissements apportés par Raoul, le visage du commissaire Baruteau reflétait un étonnement grandissant. Il atteignit son comble quand il apprit que la prostituée en cause dans la bagarre n'était autre qu'Adèle Cayol, la bonne de Mme Magnan.

Raoul lui fit lire la lettre anonyme reçue à propos de Louis Coulon et justifia son envie d'interroger Adèle, devenue *Anita*, à son sujet.

Baruteau demeura un moment pensif. Puis, il demanda à l'inspecteur Deville :

— Qu'est-ce qu'on a fait du barbeau ?

— Il est à l'Hôtel-Dieu.

— Bon, j'irai lui faire une petite visite. Tentative d'homicide aggravée. Aggravée par moi, parce qu'il s'agit de mon neveu. Je vais m'en occuper personnellement. Il ne va plus jouer les terreurs pendant quelque temps, celui-là. Il était fiché ?

L'inspecteur Deville ouvrit un classeur et lut :

— « Graziani, Raymond, vingt-quatre ans, domicilié *Riche Bar*, 3, rue Bouterie, à Marseille. La patronne lui loue un garni. Né à Calenzana, département de la Corse, le 30 avril 1871. C'est un nouveau venu. Il n'est pas là depuis plus d'un an. Il protège une certaine Colombani Juliette, dite *Martha*. » Apparemment, il a doublé le nombre de ses *marmites*[1], remarqua-t-il en désignant Adèle. On ferme les yeux pour l'instant, car ce barbillon joue volontiers les indics. « A bénéficié d'un non-lieu dans une affaire d'homicide non élucidée. Occasionnellement agent électoral et colleur d'affiches. »

— Bon, dit Baruteau, c'est pas encore François le Fou[2]. Mais il faut bien commencer petit, si on veut

1. Prostituée qui fait vivre son souteneur.
2. Célèbre chef de bande du quartier de Saint-Jean.

grandir dans le Mitan[1]. Comme indic, il va vous manquer pendant quelque temps, je le crains, mon vieux Deville. Et quand il reprendra du service, avec un seul œil, son rendement va faiblir.

Puis s'adressant à son neveu :

— Dans ta déposition, insiste bien sur la légitime défense. Et passe une visite médicale dès demain pour le constat.

Raoul opina du chef pour économiser sa voix.

Le commissaire se tourna de nouveau vers Deville, désignant Adèle Cayol :

— Et celle-là ?

— Inconnue au bataillon.

— Ah, ah, dit Baruteau. Elle est pas en carte ? Voilà qui va aggraver le cas de notre ami Momond. Quel âge as-tu ? demanda-t-il à l'ex-petite bonne.

Celle-ci prit un air en dessous pour affirmer :

— Je suis majeure.

Baruteau lui jeta un bref coup d'œil.

— M'étonnerait. Tu m'as l'air d'un *faux-poids*[2].

Raoul tira son oncle par la manche. Il lui tendit un morceau de papier sur lequel il avait écrit :

« *Au moment du procès elle était âgée de quinze ans. C'était il y a deux ans.* »

— C'est exact ! s'exclama le commissaire. Eh bien, te voilà fraîche, ma belle ! Clandestine et mineure. Tu n'as pas fini. L'inspecteur Deville va te faire les gros yeux.

— En attendant, dit Deville, je vais lui payer un

1. Milieu marseillais.
2. Mineure qui se prostitue.

séjour à Sainte-Madeleine. Pour voir si elle n'est pas vérolée, en plus.

Devant l'air interrogatif de son neveu, Baruteau précisa :

— Sainte-Madeleine, c'est un service de l'hôpital de la Conception où on place les prostituées vénériennes et celles qui ne se sont pas soumises à la visite médicale hebdomadaire obligatoire. Un nom bien choisi, je trouve, puisque, si mes souvenirs sont bons, avant de suivre le Christ la future sainte avait bien connu le métier.

Adèle Cayol éclata en sanglots.

— Bon ! dit Baruteau en se levant. Je retourne dans mon bureau. Passe me prendre quand tu en auras terminé avec le procès-verbal, demanda-t-il à Raoul. Nous rentrerons ensemble. Ta tante l'ignore encore mais elle t'invite à souper. Je vais tout lui dire sur son *pistachié* [1] de neveu.

Avant de franchir la porte du bureau de l'inspecteur, il prit Raoul contre sa vaste bedaine et lui claqua deux baisers sur les joues, plus ému qu'il ne voulait le laisser paraître, à l'idée du danger que son neveu unique et préféré avait couru :

— Bravo pour ton redoutable coup de savate, dit-il, mais, quand même ! Tu es un beau cachottier. Tu voulais me doubler, hein ? Refaire l'enquête en douce. Te voilà pincé. Bien fait. C'est le Petit Jésus qui te punit. Ça t'apprendra à fréquenter les femmes de mauvaise vie.

---

1. Coureur de jupons.

11

Où, au terme d'une entrevue dans un hôtel particulier de la rue Paradis, notre héros croit avoir perdu l'amour de sa bien-aimée.

L'hôtel particulier de la famille Jacquemet se situait dans la partie la plus récente de la rue Paradis, en allant vers Saint-Giniez, après la place Ernest-Delibes. C'était une superbe bâtisse de deux étages sur entresol, de style art nouveau, avec une entrée charretière en arcade, fermée par une porte de noyer massif finement sculptée.

Cinq minutes avant l'heure fixée pour son rendez-vous « seule à seul » avec Mme Jacquemet, Raoul Signoret saisit la poignée de cuivre qui actionnait la sonnette. Il avait revêtu un complet gris clair en coton très discret, élégant mais point trop guindé et coiffé un canotier. Un domestique vint lui ouvrir, tout droit sorti d'une pièce de Georges Feydeau avec son gilet rayé, son pantalon noir et ses cheveux plaqués au crâne séparés par une raie médiane.

Raoul lui tendit sa carte. Le bonhomme y jeta un air important et récita laborieusement :

— Madame m'a prié de vous introduire au salon du premier étage. Si Monsieur veut bien me suivre ?

Il avait un accent marseillais à couper au couteau, mais s'exprimait comme les domestiques dans les mélodrames de M. de Porto-Riche. Raoul pénétra dans une vaste pièce plongée dans la pénombre car on avait croisé les volets pour lutter contre la chaleur de saison. Le domestique alluma les lustres à gaz dont certains étaient tendus à bras levés par des statues de femmes en bronze drapées à l'antique. Le journaliste parcourut des yeux une décoration surchargée jusqu'à l'oppression, à base de lourdes tentures, de tapisseries à ramages et de toiles de plus ou moins belle facture, représentant des scènes de chasse ou des paysages marins. Elles reflétaient un goût incertain en matière d'art, procédant plus de l'accumulation que du choix esthétique. Sur une table basse, cernée de lourds fauteuils de velours cramoisi à hauts dossiers, des tasses chinoises attendaient le visiteur et le thé promis. Une porte s'ouvrit face à celle par laquelle Raoul Signoret avait pénétré dans le salon. Mme Jacquemet fit une entrée un peu solennelle dans une longue robe de soie grège qui lui donnait belle allure. Cette attitude distante était voulue et avait la prétention d'être perçue. Elle interdisait qu'on l'abordât avec cordialité. Décidément, il y avait quelque chose à régler. Quoi ? Le journaliste n'en avait pas idée. Ce changement d'attitude était récent et brutal. La grande bourgeoise, jusqu'alors, lui avait témoigné assez de sympathie pour aller contre les volontés de son époux en favorisant – au moins par sa neutralité – les amours naissantes de Raoul avec sa fille Cécile.

Mme Jacquemet tendit sa main au visiteur tout en reculant imperceptiblement le buste comme si elle voulait maintenir une distance minimum entre Raoul et elle. Ce dernier, cassé en deux, se pencha pour un baise-main dans les règles, en évitant le contact de ses lèvres avec la peau de son hôtesse. Celle-ci alla s'asseoir immédiatement et pria d'un geste le jeune homme de prendre place de l'autre côté de la table basse.

Raoul était à peine installé que Mme Jacquemet prit la parole. On la sentait tendue. C'est pour cette raison qu'elle n'avait pas voulu laisser s'installer un silence qui eût pu devenir gênant :

— Monsieur Signoret, commença-t-elle (le temps de « Mon cher Raoul » était révolu), si j'ai demandé à vous voir, c'est parce que je crois de mon devoir de m'entretenir avec vous d'un sujet qui, croyez-le bien, m'est particulièrement pénible à aborder. À ce propos, si vous n'étiez, du moins je le pensais jusqu'ici (aïe ! un imparfait...), un homme bien élevé, vous pourriez me répliquer qu'il ne regarde que vous.

Elle fit une pause imperceptible. Raoul, les sourcils froncés, cherchait à comprendre où cette femme voulait le conduire.

Elle reprit, un ton plus haut :

— Mais il s'agit de ma fille Cécile, et la mère que je suis ne peut que dis-je ? – ne doit pas – tergiverser quand il s'agit de la vie, de l'honneur, peut-être du bonheur futur de son enfant.

La tête du journaliste était pleine de points d'interrogation. Mme Jacquemet parlait depuis près d'une minute sans que rien dans ce discours emberlificoté et pontifiant, qui avait – à l'évidence – été soigneusement répété, ne laisse deviner de quoi il retournait.

Elle commença à y venir :

— Je crois sincèrement que Cécile s'attachait à vous (encore un imparfait !) et moi-même, je voyais (un de plus !) d'un œil favorable l'idylle qui s'ébauchait (et de quatre !). Car je suis une femme à l'esprit ouvert (et mon œil ?). En dépit de la distance sociale qui sépare notre monde du vôtre (va donc, eh, métèque !) et des difficultés qui n'auraient pas manqué de surgir du côté de mon époux, bien plus que moi attaché à des principes et des rites sociaux auxquels il ne déroge pas, j'étais prête à me faire votre alliée.

Elle dégaina brusquement sa dague empoisonnée, à l'instant où on ne s'y attendait plus :

— Vous savez que par sa profession de négociant, mon époux est amené à côtoyer des gens de toutes conditions, de toutes mentalités. Je dirai même de toutes moralités. Parmi ses relations, figure quelqu'un dont vous me permettrez de taire le nom. Nous devons fréquenter cette personne par obligation, car il est en affaires avec M. Jacquemet. Personnellement, je le méprise, pour sa conduite en général et ses mœurs en particulier. C'est un être grossier, jouisseur, sans morale. Pourquoi vous en parlé-je donc ? Eh bien, monsieur Signoret, parce que cet homme vous connaît bien, en tant que journaliste, car il est membre de la chambre de commerce auprès de laquelle vous prenez souvent vos informations. Or, cet individu est un habitué de certain quartier proche de l'hôtel de ville qui est la honte de notre cité et fait horreur aux gens comme il faut. Lui, s'y vautre comme un porc, c'est de notoriété publique. Il s'en fait une gloire auprès de ses relations. Il y est connu comme un client régulier des filles perdues, parquées dans cette bauge humaine par les voyous qui vivent des trafics honteux pratiqués dans ces lieux immondes.

Elle jeta un bref coup d'œil à Raoul et enchaîna :

— Mais vous, monsieur Signoret ! Comment pouvez-vous, à votre âge, avec le métier que vous faites et les ambitions qui sont les vôtres, aller vous débaucher avec des filles publiques et prétendre ensuite à l'amour et peut-être à la main de Cécile ?

Raoul, abasourdi, le rouge au front, allait ouvrir la bouche, elle l'en empêcha :

— Ah, ne dites pas non, je vous en prie ! Cet homme, précisément, vous a vu dans ces lieux infâmes, entrant en compagnie d'une prostituée du plus bas étage dans une de ces tanières répugnantes. Il a eu tout le temps de vous reconnaître. Pour une bonne raison : il était lui-même installé à proximité, dans le salon d'une de ces maisons de débauche dont les portes sont ouvertes sur la rue. Il y bafoue publiquement les lois sacrées de la famille. Il vous a donc vu en ces lieux. Qu'a-t-il fait aussitôt ? Il est venu tout droit, avec des commentaires appropriés, s'ouvrir à M. Jacquemet de sa « découverte », comme il lui a dit. Mon époux, le soir même, était trop content de me faire savoir que mon « protégé » n'était qu'un débauché. Que lui vivant, jamais Cécile n'épouserait un jeune homme ayant de si déplorables habitudes. Que c'était là une raison supplémentaire de conforter à votre égard une inimitié qui n'avait été jusqu'alors qu'intuitive.

Raoul laissait passer l'orage en fixant son interlocutrice dans les yeux, afin de ne pas avoir l'air d'un coupable. Malgré l'agacement que le jeune homme éprouvait en écoutant cette leçon de morale administrée sur le ton d'une maîtresse d'école, il ne pouvait pas s'empêcher d'avoir pitié d'une femme que son époux envoyait « au front », à sa place. Mme Jacquemet poursuivait son monologue en fuyant le regard de Raoul qui la gênait :

— M. Jacquemet n'a pas laissé passer l'occasion d'informer sans délai Cécile de son « infortune ». Il lui faisait bientôt part de son intention d'entreprendre tout ce qui était en son pouvoir pour favoriser un rapprochement familial avec les Julliand. Leur fils, Sébastien, est amoureux de notre fille. Il a demandé dernièrement l'autorisation de lui faire sa cour. Cécile s'était alors si farouchement opposée à cette idée que son père avait provisoirement mis l'éteignoir sur ses projets. Il est évident qu'après ce qu'elle vient d'apprendre sur votre compte, notre fille ne refusera pas de réexaminer ces propositions. Sans doute, acceptera-t-elle de se soumettre à la volonté paternelle. Elle est très malheureuse, je ne vous le cache pas. Mais c'est aussi une jeune fille raisonnable, qui sait où est son devoir.

Mme Jacquemet poussa un long soupir.

— Voilà, monsieur Signoret. Je suis extrêmement déçue. Nous ne nous verrons plus. Je n'ai pas voulu, en souvenir de ma sympathie défunte, vous mettre devant le fait accompli sans vous parler franchement. C'est fait. Je vous demande à présent de ne plus rien tenter pour revoir Cécile et de renoncer à toute prétention à son égard.

Elle se tut brusquement, brisée par la tension et

abaissa le regard vers le sol. Elle attendait la réaction de Raoul. Celui-ci était abasourdi. Il réfléchissait à la manière d'aborder sa réponse. Ne pas avoir l'air d'un coupable, et pour cause, mais ne pas non plus donner l'impression qu'on invente une version de circonstance pour se tirer d'un mauvais pas. Il décida d'être ferme, sans insolence :

— Madame, commença-t-il, je reconnais que les apparences sont contre moi. Je suis à la fois victime d'un malheureux concours de circonstances et de la malfaisance d'un être dont, en dépit de votre discrétion, j'ai deviné l'identité. Au passage, vous me permettrez de noter que si M. Jacquemet est en affaires avec un tel partenaire, c'est peut-être parce que ses principes ne sont pas aussi fermes qu'il le prétend. À moins que les lois du profit permettent de tels accommodements avec la morale. Je l'ignore, ce n'est pas ma partie.

Raoul s'attendait à une réaction de Mme Jacquemet. Elle ne vint pas. Sans doute parce qu'au fond d'elle-même, la grande bourgeoise partageait l'opinion du journaliste. Ce silence fut pris par le jeune homme comme une incitation à poursuivre :

— Pourquoi mon accusateur a-t-il agi ainsi ? Sans doute parce que sa nature est foncièrement mauvaise. Il n'a aucun compte à régler avec moi, mais il est ainsi fait qu'il lui faut nuire à autrui pour se sentir lui-même. Cela dit, ce qu'il a rapporté est exact. Je me trouvais bien dans le quartier que vous dites, en compagnie d'une fille publique qui venait de me dérober mon chapeau. Je tentais de le récupérer sans pour autant me soumettre aux conditions fixées par les usages dans ce monde singulier. Libre à vous de ne pas me croire. Je passais par là, parce que, venant de chez moi – vous savez que j'habite à proximité – je prenais un raccourci afin d'être le moins possible en retard à mon rendez-vous avec Cécile. Vous voyez à cette piètre justification combien j'ai mal préparé ma défense. Si je ne l'assure pas mieux, c'est parce que je ne me sens pas coupable. Je suis seulement le jouet de la malignité d'un être méprisable.

Mme Jacquemet, le regard au sol, écoutait en silence, signifiant qu'elle laisserait l'explication aller à son terme sans intervenir. Raoul poursuivit :

— L'informateur de monsieur votre époux ne lui a peut-être pas encore confié que, depuis, je suis, volontairement cette fois, retourné en ces lieux mal famés. Je vous en informe personnellement, au cas où ce monsieur m'aurait de nouveau aperçu dans ce quartier qu'il connaît mieux que moi, semble-t-il.

L'ironie de la remarque laissa Mme Jacquemet de marbre.

— Je vous disais donc, reprit Raoul, que j'étais retourné rue Bouterie pour y tenter d'y revoir la même fille publique qu'un hasard malicieux avait replacée sur ma route la veille. Je l'avais, naguère, sinon connue, du moins longuement côtoyée lors d'un procès d'assises dont je rendais compte dans mon journal. Elle avait été domestique chez une riche rentière assassinée et son témoignage avait accablé le fils adoptif de la victime, condamné depuis à la détention perpétuelle. Or, entre-temps, des personnes se préoccupant du sort de cet homme m'ont fait contacter. Ils renouvellent les protestations d'innocence du condamné et accusent à leur tour ladite bonne d'avoir comploté avec une tierce personne, pour faire porter au seul fils adoptif la responsabilité du crime. Sur un faux témoignage, un homme est peut-être condamné à finir ses jours au bagne. Cela valait la peine d'aller poser quelques questions à cette ex-domestique, devenue fille publique, quand le pur hasard me la fit reconnaître et retrouver.

Le visage de Mme Jacquemet s'était fermé. À l'évidence elle ne croyait pas à la malignité du hasard. S'en étant rendu compte, Raoul décida de couper court aux justifications :

— Madame, j'ai tout dit, parce que je n'ai rien d'autre à dire. Je ne me déshonorerai pas à inventer des explications qui puissent vous séduire ou vous tromper. Elles ne refléteraient pas la vérité qui est toute bête. Je me contenterai de vous jurer que je n'ai pas failli à l'honneur, ni bafoué l'amour que je porte et continuerai à porter à Cécile.

Mme Jacquemet eut un haut-le-corps, mais garda le silence. Raoul conclut :

— Avant de me retirer, j'aurais simplement une requête à formuler, ce sera la dernière. Au cas où Cécile serait présente dans cette maison, maintenant, pourrais-je, en votre présence, bien entendu, lui faire mes adieux ?

Mme Jacquemet releva la tête. Elle hésitait. Son regard croisa un bref instant celui de Raoul braqué sur elle, s'y déroba. Elle répondit enfin :

— Monsieur, je ne m'y oppose pas. C'est Cécile qui décidera. C'est une jeune fille moderne, nous l'avons élevée selon des principes libéraux, nous respectons ses décisions.

Cela était évident...

Mme Jacquemet se leva et murmura « je vais consulter ma fille ».

Celle-ci ne devait pas être bien loin car, la mère, suivie de Cécile, revint moins d'une minute après être sortie de la pièce.

La jeune fille était vêtue d'une simple robe longue blanche, sobrement ornée de dentelles. Elle avait ramené ses noirs cheveux en couronne, ce qui accentuait la pâleur de son teint. On aurait dit une malade convalescente. Ses yeux sombres avaient perdu leur éclat, ses traits étaient tirés. Elle avait visiblement beaucoup pleuré. Elle demeurait debout, immobile, son regard intense disait à Raoul des choses qu'il ne pouvait entendre de ses lèvres. Le jeune homme était bouleversé par l'apparition. Sa voix tremblait légèrement quand il s'adressa à elle :

— Cécile, nous ne devons plus nous revoir, ainsi en ont décidé vos parents. Vous en savez la raison. Je me plierai à leur volonté. Mais avant de vous dire adieu, je voudrais vous jurer deux choses. La première est que je vous aime et vous aimerai quoi qu'il advienne.

Mme Jacquemet avait pris un air pincé comme si elle venait d'entendre une incongruité. Raoul poursuivait :

— La seconde est que je suis innocent de ce qu'on me reproche. Je sais que vous me croyez. Adieu, Cécile.

Que faire à présent ? La prendre dans ses bras ? Impossible. Prendre congé sans délai ? Incorrect. Raoul tergiversait. Cécile lui vint en aide. Elle s'approcha, toujours silencieuse et lui tendit la main ! Le jeune homme eut un haut-le-corps. C'était trop cruel ! Mais en croisant le regard de sa bien-aimée, il crut y lire une invite muette qui lui disait de prendre cette main tendue. Cécile insistait, approchait ses doigts. Raoul les prit et aussitôt sentit le contact d'un petit papier plié et replié sur lui-même que la jeune fille lui glissait dans la paume avec adresse, en serrant plus fort. Son cœur fit un bond dans sa poitrine.

— Adieu, Raoul, dit sobrement Cécile en se détournant.

Elle quitta la pièce, suivie des yeux par sa mère. Raoul en profita pour glisser le billet dans sa poche. Une chaleur subite l'inondait. Il eût voulu crier une joie d'autant plus intense qu'elle était comprimée. Qu'importe le contenu du billet. Il était clair que Cécile n'avait pas l'intention d'en rester là. Sa décision seule importait. Il subsisterait des obstacles à franchir, mais à deux, rien n'était impossible. Elle l'aimait, sinon pourquoi aurait-elle accepté de le voir aujourd'hui et profité de l'occasion pour lui faire comprendre que le lien n'était pas rompu ? Il aurait presque sauté au cou de Mme Jacquemet, toujours raide et debout.

— Je vais faire servir le thé, dit-elle.

Raoul faillit refuser. À présent que la question principale semblait réglée, on lui donnait son pourboire, comme à un larbin. Le thé faisait partie de la cérémonie des adieux. En réfléchissant, le journaliste se dit qu'il ne perdait rien à se montrer généreux. La leçon devrait-elle rester perdue pour cette bourgeoise étriquée, il se montrerait élégant jusqu'au bout.

Une domestique répondit au coup de sonnette, en arrivant, vêtue de demi-deuil, coiffe blanche et tablier blanc sur robe noire, chargée d'un plateau où fumait une théière ventrue. Mme Jacquemet rompit le silence par une banalité :

— C'est du lapsang souchong, précisa-t-elle, comme on vante une denrée rare acquise à prix d'or. Nous le faisons venir directement de Chine.

Ouf ! La corvée s'achevait. Le jeune homme n'avait pas fait d'esclandre. Alléluia ! Le scandale avait été évité. Le personnel en aurait fait des gorges chaudes et se serait répandu auprès des fournisseurs. Vous connaissez les façons de ces gens-là. Allons ! M. Jacquemet serait satisfait des talents diplomatiques de son épouse. Il lui avait promis en récompense un dîner *Chez Roubion*, sur la Corniche.

Le thé était infect. Complètement éventé. En dépit de ses louis d'or, l'économe bourgeoise ne le renouvelait pas suffisamment, mais l'utilisait malgré ce jusqu'à la dernière feuille.

Ah ! vanité des nouveaux riches du négoce qui, pour singer les gens de la haute, étalaient leur fortune, mais gardaient une mentalité et des goûts d'épiciers !

12

Où Cécile et Raoul, bravant le sort et les conventions sociales, se retrouvent, décident de vivre ensemble, et ce qu'il en résulte...

« Pour ma formation d'infirmière-visiteuse, je me trouverai, à partir de lundi, chaque matin, dans le service du Pr Édouard Delanglade à l'Hôtel-Dieu. J'en sors à midi et demi. Pouvez-vous vous trouver, au jour de votre convenance, face à l'entrée ? Je vous attendrai jusqu'à une heure moins le quart. Je vous aime. »

C'était bref, anonyme, mais l'essentiel était dit. Elle n'usait pas de l'imparfait, elle ! C'était un vrai billet d'amour. Sans expéditeur ni destinataire, mais remis en mains propres. Les trois derniers mots avaient été usés par des millions d'amants depuis que le monde est monde, mais on n'avait pas encore trouvé mieux pour les remplacer.

Raoul Signoret avait dix fois couvert de baisers ces quelques lignes depuis qu'il les avait lues, à peine arrivé sur le trottoir de la rue Paradis, au sortir de l'hôtel particulier des Jacquemet. Il en connaissait par cœur les boucles, les pleins et les déliés. Pourtant il les relisait une dernière fois avant de replacer le papier plié en quatre dans son portefeuille. Parcourant d'un pas allongé par l'impatience la rue Caisserie, il se dirigeait vers l'Hôtel-Dieu.

Il avait souri en lisant le mot *infirmière*. Cécile lui avait raconté la réaction paternelle.

— Quelle idée ! avait grondé M. Jacquemet quand il avait été informé du projet. Des gens de notre condition, avoir une fille qui prétend embrasser une profession destinée aux femmes du peuple... Ignores-tu que la municipalité rouge, conduite par Siméon Flaissières, a voté une délibération décrétant la laïcisation des hôpitaux ? Qu'on a chassé du même coup les sœurs augustines du chevet des malades ?

— Mais papa, répliquait la jeune fille pour faire enrager son géniteur, les bonnes sœurs n'avaient aucune formation médicale, vous le savez bien. Vient un temps où le dévouement ne suffit plus.

— Voilà où nous mène cette République sans Dieu ! tonnait le négociant. Et toi, tu irais prendre leur place ? Ces saintes femmes apportaient aux souffrants la constance de leur dévouement, aux mourants le secours de la religion, elles n'attendaient pas le bonheur ici-bas et elles ne coûtaient presque rien à la collectivité. À présent, l'infirmière salariée sera vénale et cupide, immorale et sans pudeur. Ce sera une mercenaire qui pensera d'abord à son propre confort avant celui du malade.

Il avait fallu que Cécile s'engageât à servir auprès de la comtesse Gilbert de Voisins – qui avait récemment fondé le dispensaire portant son nom, au service des enfants handicapés – pour que Jacquemet donnât à sa fille l'autorisation d'entreprendre ses études. « Le comte n'est-il pas lui-même négociant ? » avait fait remarquer Cécile, fine mouche. La dernière barrière était tombée. Le négociant avait rendu les armes après un ultime baroud verbal :

— Enfin, ma fille... tu feras comme bon te semble. Je persiste à penser qu'un bon mariage avec un garçon honnête et fortuné n'est pas un malheur dans la vie. C'est sans doute ce qu'on peut souhaiter de mieux pour son enfant chérie. Mais travaille donc, si tu veux travailler ! Tu pourras toujours t'arrêter quand ton futur mari l'exigera. Les jeunes filles modernes, de nos jours, n'obéissent plus à leurs pères. Signe des temps que nous traversons, où les valeurs les plus sacrées sont bafouées, où la famille n'est plus leur rempart !... Va ! Côtoie les gens ordinaires et tu reviendras me parler de leurs mérites et vertus, après. Forme toi-même ton jugement. Je parie qu'il se rapprochera sensiblement du mien. J'ai le temps. Persuadé que nous en reparlerons un jour.

Raoul était le premier arrivé. Il se tenait dans l'ombre du Pavillon Daviel, face à l'Hôtel-Dieu. Il guettait, cœur battant. Il suivait des yeux les va-et-vient des personnels montant ou descendant les volées de marches de l'escalier à double-révolution qui permet l'accès à l'établissement hospitalier. Sur la chaussée passaient des charrettes tirées par des mules ou des chevaux, chargées de toutes sortes de marchandises. Les poissonnières, leur balance romaine en main, portaient souvent des caisses en bois d'où dépassait la queue d'un merlan ou d'une rascasse. Les marchands de quatre-saisons, attelés à leurs charretons remplis de légumes et de fruits, de retour des marchés du matin, refluaient vers Le Panier, cœur de la cité depuis sa fondation, dans le grondement continu des roues cerclées de fer sur les pavés inégaux. Des gosses couraient en tous sens en criant. Les petits cireurs de souliers, leur boîte en bois maintenue à l'épaule par une courroie de cuir, les marchands de citrons à la sauvette ou les vendeurs de cigarettes de contrebande, proposaient leurs services ou produits au moindre piéton qui passait à leur portée. Il suffisait de se tenir immobile quelques secondes pour être sollicité. Raoul avait dû repousser bien des assauts.

Soudain il la vit !

Elle descendait le grand escalier de droite en compagnie d'autres jeunes filles de son groupe. Ça riait, jacassait, excepté Cécile qui, tout en répondant distraitement à l'une ou l'autre de ses compagnes, balayait du regard l'espace à la recherche d'une silhouette chère. Leurs regards se croisèrent, s'identifièrent et Raoul allait bondir à travers la chaussée quand l'attitude de Cécile l'en dissuada. Elle se pencha vers sa compagne la plus proche et l'embrassa sur les joues en lui disant ostensiblement au revoir, puis en fit autant avec les autres. Ce faisant, elle avait jeté un coup d'œil reconnaissant vers Raoul d'avoir compris la manœuvre. Il ne fallait pas la compromettre en présence de témoins. Sait-on jamais jusqu'où pouvait aller la malignité humaine ? Si l'une ou l'autre voyait Cécile courir vers « un beau jeune homme », elle exigerait de savoir qui il était. Qui sait jusqu'à quelles oreilles la nouvelle pourrait remonter ?

Raoul se traita mentalement de tous les noms. Il avait failli mettre Cécile dans une situation délicate en l'obligeant à rendre des comptes à la curiosité de ses compagnes.

Restée seule, la jeune femme se tenait immobile sur le bord du trottoir d'en face et ne faisait pas mine de traverser. Elle s'assurait qu'aucune de ses condisciples ne s'attardait encore dans les environs, intriguée par son attitude.

Raoul, entrant dans le jeu, ne bougeait pas non plus. Il eut tout le temps de la détailler, dans sa tenue d'infirmière, blanche de la tête aux pieds. Le sarrau agrémenté d'un col rond, empesé, fermé par une cravate sombre, était porté sous un vaste tablier plissé descendant jusqu'à terre, également blanc, serré à la taille, surmonté d'une bavette qui recouvrait la poitrine. Un long voile assorti, sous lequel ses cheveux étaient dissimulés, conservait à cet uniforme laïque une allure encore très religieuse. Cécile avait l'air d'une madone descendue de sa niche. Elle continuait à laisser errer son regard comme si elle était perdue dans ses pensées, mais à chaque fois, quand elle croisait les yeux de Raoul, elle ne pouvait pas s'empêcher de sourire imperceptiblement, tandis que les battements de son cœur s'accéléraient.

Enfin elle traversa, comme prise d'une décision soudaine. Elle ne se dirigea pas directement vers le jeune homme, arriva sur le trottoir à sa droite, pivota à quatre-vingt-dix degrés et, sans le regarder, passant à sa hauteur, dit à mi-voix : « marchons ». Elle prit en direction de la place de Lenche !

Raoul lui emboîta le pas à distance et la suivit, comme un passant ordinaire.

Arrivée à la hauteur de la minuscule rue Fonderie-Vieille, tout en escaliers montants, la jeune fille s'y engagea. Raoul dépassa la rue de quelques mètres, feignit d'avoir oublié quelque chose, revint sur ses pas, et, personne ne venant à sa rencontre, s'engagea à son tour dans la montée. Il y trouva Cécile, dans l'ombre d'un mur, immobile, à quelques mètres. En l'apercevant, elle vint au-devant de lui avec le même air indifférent, comme si elle le croisait par hasard. Elle souffla au passage : « Allons chez vous, il ne faut pas qu'on nous voie ensemble dans la rue. » Elle déboucha de nouveau dans la rue Caisserie. Elle s'y tint un instant immobile, comme si elle cherchait son chemin. Raoul arrivait derrière elle, la dépassa et, tournant à droite, il prit en direction de la place de Lenche, suivi cette fois par Cécile à distance raisonnable. Le jeune homme ne pouvait s'empêcher de sourire tout seul : que de précautions ! Il est vrai que la mésaventure de la rue Bouterie et ses conséquences sur leur relation devaient servir de leçon. Prudence, donc.

Parvenu devant son immeuble, Raoul tira sa clef de sa poche et ouvrit la porte du couloir. Il y entra, se retourna vers la rue au moment où Cécile dépassait l'entrée en lui jetant un coup d'œil discret et complice, passant son chemin. Raoul comprit que la jeune femme allait revenir dès qu'elle estimerait le champ libre. Il en profita pour grimper à l'étage et se précipiter dans le petit appartement pour remettre en ordre le plus urgent : lit non refait, vêtements déposés sur les dossiers de chaises, ou vaisselle du petit déjeuner abandonnée sur la table depuis le matin. En bon célibataire, il profitait habituellement du secours de maman qui logeait à quelques rues de là et jouait volontiers la femme de ménage bénévole de son grand fils, deux fois par semaine. Mais maman était en cure à Royat pour ses artères. En son absence, Raoul ne se souciait guère de poussière et de rangement. Avec son métier sans horaires, il ne passait dans sa garçonnière que pour y dormir.

Bien qu'il s'y attendît, le bref coup de sonnette qu'un gros timbre rond, accroché dans le couloir du rez-de-chaussée, répercutait dans la cage d'escalier, le fit sursauter. Il se rua sur le palier et se suspendit à l'ouvre-porte mécanique qui, par un système complexe de fils de fer et de renvois, dégageait le pêne de la porte d'entrée de l'immeuble. Penché sur la rampe d'escalier, Raoul regarda Cécile monter. Sous les pas de la jeune femme les tommettes descellées tintaient comme des clochettes. Elle leva la tête et franchit les dernières marches en courant.

Elle se jeta dans ses bras et il l'étreignit, la soulevant du sol. Enlacés, sans prononcer une parole, ils pénétrèrent dans le petit salon sur lequel donnait la porte d'entrée. D'une poussée du pied Raoul la referma. Sans se déprendre, ils se regardèrent longuement, amoureusement. Les yeux de Cécile brillaient de larmes. Lui, demeurait sans voix.

— Raoul ! J'ai eu si peur de vous perdre, dit-elle.

Sans rien ajouter, elle posa ses lèvres sur celles du jeune homme pour un baiser sans fin. Jamais elle ne l'avait embrassé avec cette fougue, jamais il ne l'avait vue ainsi prendre l'initiative. Cécile était habituelle ment d'un naturel réservé. On aurait dit que depuis l'entrevue en présence de sa mère, quelque chose s'était libéré en elle, qu'elle ne voulait plus contraindre. La jeune fille retenue s'était muée en être volontaire et entreprenant. Pour preuve, la manière décidée dont, passant près de lui dans la rue, elle avait glissé tout à l'heure : « allons chez vous ». Il eut confirmation de ce changement profond, lorsque, lâchant sa bouche dont elle avait semblé ne plus vouloir se détacher, Cécile dit, comme si elle poursuivait à voix haute la phrase qui occupait ses pensées :

— Raoul ! Je ne veux plus retourner chez moi.

Il n'avait toujours rien dit, trop ému pour parler, mais là, il lui fallait répliquer, expliquer. Cécile était dans un état d'excitation nerveuse qui risquait de lui faire prendre des décisions qu'elle regretterait. Il devait se montrer raisonnable pour deux. Afin de gagner du temps, d'organiser son argumentation, il demanda, feignant de ne pas avoir compris :

— Que voulez-vous dire ?

— Je veux rester ici, répliqua-t-elle comme une petite fille commençant un caprice. Vivre avec vous.

— Cécile, ce n'est pas raisonnab...

Elle eut un regard étonné et dit dans un sanglot :

— Vous ne voulez pas de moi, Raoul ?

— C'est mon vœu le plus cher, répondit-il très vite. Vivre ici avec vous...

Il n'acheva pas. Le rêve était inaccessible. Pour le moment. Il exhorta Cécile à la prudence :

— Pensez à vos parents. À votre père, surtout ! Imaginez le scandale et sa réaction ! Nous vivons, hélas ! sous le régime du droit civil, hérité des Romains. Il persiste à vous considérer comme une mineure encore pour quatre ans.

— Que m'importe le droit romain ! s'exclama Cécile. Il s'agit de nous, de notre amour. Ah ! Raoul. Comme vous me décevez... Je vous parle sentiment, vous me répondez règlement. Me serais-je à ce point trompée sur votre compte ?

— Non, mon cœur, non ! Je vous aime plus que tout au monde. Mais si je vous laissais faire cette folie, je m'en voudrais, le restant de mes jours. Votre père peut vous faire interner, le savez-vous ? Il lui suffirait de l'exiger d'un médecin. Il obtiendrait tous les certificats médicaux voulus. Il pourrait, d'autre part, me poursuivre pour avoir organisé le rapt d'une enfant mineure. Il vous ferait passer pour folle et moi pour un criminel de droit commun. Avec les appuis qu'il a en ville !...

— Mais je ne suis plus une enfant, Raoul ! tempêta Cécile. C'est atroce de vous entendre dire cela !

— Ce n'est pas moi qui le dis, mon amour. Le code civil est, pour le moment, du côté de M. Jacquemet. Encore un peu de patience, mon cœur. Quatre petites années.

— C'est quoi une petite année ? demanda Cécile, boudeuse.

— Nous n'avons pas intérêt à nous mettre votre famille à dos, répliqua Raoul. N'ajoutons pas de poids à notre fardeau. Pour l'instant, votre père s'oppose à nos projets. Je lui ai – malheureusement ! – fourni un bon prétexte à me mépriser. Il nous faut absolument temporiser. Nous inventerons des stratagèmes pour nous rencontrer. Vous avez donné l'exemple aujourd'hui. Je ne m'attendais pas à vous revoir si vite... et si aisément. L'amour vous donne de l'esprit, mon cœur ! Ne gâchons pas ce moment, je vous en prie et tâchons de faire qu'il y en ait d'autres. Soyons raisonnables.

Elle tapa du pied comme une petite fille en colère :

— Mais je ne veux pas être raisonnable, Raoul ! Je veux être votre femme. Ne comprenez-vous pas ?

Il répliqua doucement :

— Je ne désire rien de plus au monde que vous la soyez.

Décidément, il ne comprenait rien, le grand benêt chéri.

Elle répéta un ton plus bas :

— Votre femme, Raoul...

Elle s'approcha de lui, se blottit dans ses bras en le regardant droit dans les yeux. Sa respiration se fit plus ample, plus intense, plus précipitée. Elle posa ses lèvres sur celles de Raoul, tandis que de la main droite, elle ôtait d'un geste vif son voile d'infirmière.

— N'ai-je pas l'air d'une mariée, ainsi, tout habillée de blanc ?

Raoul ne dit rien, attentif à ce qui montait en lui, à quoi il n'osait pas encore donner de nom. Il l'embrassa passionnément. Elle se dégagea et contempla le visage de Raoul. Ses yeux brillaient. Elle dit brusquement, l'air égaré :

— J'ai peur. C'est que... Je ne sais pas, Raoul ! Je ne sais pas...

Elle se mit à pleurer.

Pour la rassurer, il faillit lui dire que, lui, il savait. C'eût été manquer de tact.

Il la souleva de terre comme une enfant.

Il se montra à la hauteur de ce qu'elle espérait.

*

— Raoul...

— Mon cœur...

— C'était, comment dire ? merveilleux et tout simple. Encore plus beau que...

Cécile laissa sa phrase en suspens tout en contemplant son amant avec un regard qui valait tous les mots.

Il dit avec un air sérieux :

— « Si l'amour tient les rênes, ta cavale te mènera droit en paradis. »

— C'est de qui ?

— Une citation d'un poète persan du IXe siècle que je viens d'inventer à l'instant, répliqua le jeune homme en riant.

Elle fit semblant d'être offusquée :

— Me prendrais-tu pour une jument, par hasard ?

Ils éclatèrent de rire en même temps. Un grand sentiment de paix descendait sur eux.

Ils se tenaient la main, allongés sur le drap blanc côte à côte comme deux gisants. Dans la pénombre de la pièce, les deux silhouettes nues semblaient irradier une douce lumière. Elle rompit le silence qui s'était de nouveau installé après la tempête qui les avait jetés l'un contre l'autre :

— Raoul, je suis la plus heureuse des femmes.

— Puisses-tu le dire chaque jour de notre vie, répliqua-t-il avec émotion.

Ils demeurèrent encore un long moment silencieux, étroitement enlacés, savourant ces instants dont ils n'auraient pas osé rêver une semaine auparavant. Cécile parla à nouveau :

— Nous pouvons remercier mes chers parents.

— Ah bon ?... dit Raoul étonné. Et pourquoi devrions-nous le faire ?

— Parce que, s'ils s'étaient montrés plus tolérants, tu en serais encore à me baiser cérémonieusement le bout des doigts et à me faire une cour très *comme-il-faut*, pour parler comme maman.

— Au fond, répondit Raoul pour la taquiner, tu veux dire par là que des parents dénaturés ont poussé leur fille chérie dans le lit d'un séducteur, doublé d'un coureur de dot.

Le regard malicieux qu'elle lui jeta prouvait qu'elle n'y voyait aucun inconvénient :

— Avantage supplémentaire, auquel je n'avais pas encore pensé, dit Cécile : me voilà débarrassée de Môssieu Sébastien Julliand, mon ex-futur époux, selon le vœu de mon père. Je n'en voulais à aucun prix : il est fat, dépourvu d'esprit et il a les oreilles décollées. Tout ce que je déteste. En outre, c'est un vieux : trente-quatre ans ! Si mon père insiste pour me fiancer avec lui, comme il dit, je lui avoue illico ce que nous venons de faire.

Raoul n'en revenait pas. Comme elle avait changé, la jeune fille réservée et si bien élevée dans les principes étriqués des nouveaux riches !

— Je vois la scène d'ici, dit-il. Le père congestionné de fureur, criant au déshonneur public tandis que son épouse tombe en pâmoison dans les bras de la bonne. Mais dis-moi, et si tu le prenais comme mari pour avoir les sous et moi comme amant pour...

Cécile feignit l'indignation et, se plaçant à califourchon sur le ventre de Raoul, elle bourra sa poitrine de petits coups de poing :

— Horrible individu ! Tu n'as pas honte ?

Tout en plaisantant avec elle, Raoul cherchait depuis un moment à aborder une question restée en suspens dans son esprit. Renversant Cécile sur le dos, il se redressa sur un coude et en la fixant dans les yeux :

— Je voudrais te demander une chose qui, pour moi, est d'une importance extrême. À propos du malheureux incident de la rue Bouterie. Tu n'en as rien cru, j'espère ?

Elle sourit :

— Crois-tu que je serais là, si j'avais douté de toi ? Et dans cette tenue, ajouta-t-elle en pouffant.

— Merci, ma Cécile. Ta confiance me fait du bien. Je suis victime des apparences. J'ai tenté de l'expliquer à ta maman sans la convaincre. Je suppose qu'elle ne t'a pas fourni de détails sur ma mésaventure, mais je lui ai tout raconté, rien caché. Y compris que j'y étais retourné le lendemain, toujours pour les mêmes raisons.

Il raconta par le menu les justifications de son retour vers Adèle Cayol, le duel avec Momond Graziani – sans insister sur la façon dont il s'était débarrassé de lui. Il dit comment, grâce à son oncle, la rixe n'avait pas eu de suites. Auparavant, il avait longuement évoqué l'appel au secours des partisans de Louis Coulon. Cécile, qui, à l'époque, avait suivi l'affaire et ses suites judiciaires, savait parfaitement de quoi Raoul lui parlait.

Tout en s'expliquant, Raoul voyait combien cette

évocation était déplacée après ce qu'ils venaient de partager. Il interrompit ses justifications :

— Pardonne-moi, mon cœur. Je devrais être en train de te dire ma reconnaissance pour m'avoir donné, aujourd'hui, une joie que je pensais inaccessible en quittant Mme Jacquemet, l'autre jour. Et voilà qu'au lieu d'en savourer chaque seconde, je perds le temps précieux où nous sommes ensemble à parler boutique. Je suis incorrigible.

Elle le regarda tendrement :

— Non, mon chéri, tu ne perds pas ton temps. Cela me permettra de te suivre par la pensée quand je ne serai pas avec toi.

Raoul fit une grimace de dépit :

— Hélas ! Je serais étonné si tu entendais dire qu'on m'a revu en compagnie d'Adèle Cayol.

— Pourquoi donc ?

— Parce que, mineure et clandestine, elle a été bouclée à la Conception, dans le service des prostituées vénériennes, aux fins d'examens médicaux. En attendant mieux. Quant au quartier d'où je l'ai fait expulser malgré moi, j'y suis à présent interdit de séjour. Autant dire que mon enquête est terminée avant d'avoir commencé. Le malheureux Coulon restera à l'ombre jusqu'à la fin de ses jours, même s'il est innocent. Dommage. Je serais bien allé demander des détails supplémentaires à l'ex-petite bonne qui a mal tourné...

Il se pencha sur le buste de Cécile et des lèvres parcourut sa peau si douce, lui donnant des frissons. Elle avait renversé la tête en arrière et semblait tout entière à ce qu'elle ressentait, lorsqu'elle demanda tout à trac :

— Et si j'allais la voir, moi ?

— Qui donc ?

— Adèle Cayol.

— Toi ?

— Bien sûr ! Avec ma tenue d'infirmière, je peux sans difficulté pénétrer dans l'enceinte de la Conception, et là, inventer un prétexte – je ne sais pas moi, que je suis une vague parente de cette pauvre fille, ou que je me suis naguère occupée d'elle – pour lui rendre visite de temps à autre. Si j'y parviens, c'est bien le diable si je ne lui arrache pas quelque renseignement ou confidence. Tu n'as qu'à me dire ce que tu voudrais savoir...

Raoul devint fébrile.

— Tu ferais ça, pour moi ?

Cécile eut une moue ironique :

— J'en ai bien fait d'autres.

Raoul rit franchement. Ils roulèrent sur le lit comme deux enfants turbulents.

— Tu es merveilleuse.

— Hum ! Vous n'êtes pas mal non plus, cher monsieur.

Elle posa sa main sur le torse musculeux.

Les caresses, les baisers reprirent leur ronde folle.

Pourtant, la raison eut bientôt le dessus.

— Je n'ai pas la moindre idée de l'heure, dit Cécile.

En rampant, le buste hors du lit, Raoul parvint à harponner sa montre de gousset qui gisait sur le tapis hors de la poche d'un pantalon hâtivement dégrafé.

— Deux heures. Je suppose deux heures de l'après-midi, puisqu'il fait grand jour.

— Mon Dieu ! s'écria Cécile. J'ai promis à maman de la retrouver place Saint-Ferréol[1] à trois heures.

1. Aujourd'hui place Félix-Baret, devant la préfecture des Bouches-du-Rhône.

— Tu y seras.

— Dans quel état ! dit Cécile.

Elle s'était dressée et partait à la recherche de sa tenue d'infirmière. Elle ne portait pas la moindre trace de maquillage comme l'exigeait le règlement hospitalier, ce qui faisait gagner du temps pour la remise en ordre, mais elle était échevelée, moite, sans parler de cette bienfaisante fatigue qui s'était abattue sur elle.

— Il ne faut plus que je traîne. Vous me faites perdre la tête, Don Juan.

Raoul joua l'offusqué :

— Moi ? Moi, qui me suis fait ravir ma vertu par une créature ?

Il lui prêta son peigne, bien petit pour la coulée sombre de la chevelure de Cécile. Les dents de corne arrachèrent des grimaces et autant de poignées de cheveux. Raoul, qui avait passé une robe de chambre sur sa nudité, aidait la jeune fille à rassembler les pièces de ses vêtements. Par jeu, il demanda – et obtint – de l'aider à enfiler ses bas blancs serrés à mi-cuisses par une jarretière.

L'heure était à la question fatidique :

— Quand nous retrouvons-nous ?

C'est lui qui la posa.

Sa réponse à elle prouva qu'elle avait réfléchi à la question :

— Je crois bien que je vais prendre des cours de langue italienne à la chambre de commerce. Il me faut pratiquer cet idiome dans une ville où un Marseillais sur quatre est originaire de la Péninsule et ne *barjaque* qu'un français approximatif. Quand on veut devenir infirmière visiteuse, il faut pouvoir s'adresser aux gens dans leur langue, non ?

— Bien sûr, dit Raoul, mais je ne vois pas...

— Ce n'est pas très loin d'ici, non ? le coupa Cécile.

— En effet, mais...

— L'horaire me convient. Comme ils s'adressent à des gens qui travaillent, les cours ont lieu le lundi, de une à deux heures de l'après-midi. À la sortie de ma formation à l'Hôtel-Dieu. C'est parfait, non ?

— Oui, mais je ne vois toujours pas...

— *Cosa non vedi, caro Signor Signoret*[1] *?*

— Je ne comprends pas comment tu t'y prendras pour être au même moment ici, si possible entre mes bras, et suivre là-bas ton cours d'italien.

— *Caro stupido ! Al corso, non ci andrò*[2]*...*

— Mais, s'écria Raoul stupéfait : tu parles italien !

— *Sicuro*[3].

— Tu n'as aucun besoin de prendre des cours, alors ?

Cécile éclata de rire.

— On ne peut rien te cacher ! Mais si tu n'as rien d'autre à faire de plus passionnant – comme flâner rue Bouterie, par exemple – à l'heure supposée du cours d'italien, je pourrais venir ici, prendre des leçons particulières dans une autre matière. Ça ne te dérangerait pas, au moins ?

---

1. Qu'est-ce que tu ne vois pas, cher monsieur Signoret ?
2. Idiot chéri ! Je n'irai pas au cours.
3. Bien sûr !

13

Où, sur une visite de Cécile à l'hôpital de la Conception, plane l'ombre effrayante du Démon.

Le pavillon Sainte-Madeleine, où étaient recluses les prostituées vénériennes, se situait à l'écart, à l'arrière des bâtiments de l'hôpital de la Conception. Eux-mêmes étaient refermés sur une cour plantée de platanes, à la manière des couvents. Elle était entourée par deux étages de galeries à arcades. Le pavillon était en fait un établissement pénitentiaire, qui ne disait pas son nom. Il avait été inclus dans l'hôpital dès l'origine, puisqu'on l'avait édifié en 1863, année de la construction de la Conception, en remplacement de celui qui fonctionnait jusqu'alors à l'Hôtel-Dieu.

Cécile Jacquemet, dans sa tenue d'infirmière, traversa la cour en diagonale. Elle passa près de la salle dite *des Officiers*. Là, rares étaient ceux qui savaient qu'était mort, en novembre 1891, un quasi-inconnu, un certain Arthur Rimbaud. On affirmait qu'il avait été un grand poète, avant de se lancer dans le trafic d'armes pour le compte d'un potentat local, du côté de l'Éthiopie ou de l'Abyssinie, on ne savait pas bien. Le fait est que Rimbaud était décédé à Marseille, à la Conception. Il y avait été transporté à sa demande, venant d'Aden, souffrant d'une mauvaise infection à la jambe. Il avait fallu l'amputer. C'est du moins ce qu'on racontait. Raoul possédait un exemplaire tout défraîchi d'un recueil de poèmes de Rimbaud, intitulé *Une saison en enfer*. Son ami Laurent de Gavoty, fondateur d'une revue marseillaise d'avant-garde intitulée *La France moderne*, le lui avait procuré. Raoul en avait lu quelques extraits à Cécile. Elle avait avoué n'y avoir rien compris.

— Salue pour moi la mémoire du poète, quand tu passeras devant la salle où il a connu la fin de son aventure terrestre, avait-il demandé à Cécile.

Elle y avait pensé, mais son souci du moment était d'un autre ordre. Que dire au personnel de surveillance du pavillon Sainte-Madeleine pour justifier sa visite à Adèle Cayol ? À l'instant de passer à l'action elle était prise d'angoisse. Si on découvrait la vraie raison de sa présence, elle serait exclue de la formation d'infirmière, pour abus de titre. Alors, il lui faudrait trouver autre chose pour voler du temps en faveur de son amant, sans que sa famille ne s'en mêle...

Les deux jeunes gens avaient révisé ensemble *L'affaire Magnan*. Ils avaient relu la lettre anonyme. Cécile, qui en connaissait désormais tous les détails et protagonistes, en savait autant sur le sujet que Raoul.

La providence voulut bien venir au secours de la jeune amoureuse. La surveillante était absente. Tenue au lit par une lombalgie, elle n'avait pas été remplacée. Le *pensionnat* était sous l'autorité d'un agent de l'administration dont la face de poivrot, sculptée par l'imprégnation alcoolique, sautait aux yeux. Même ceux sans expérience d'une élève infirmière en formation. Sous la visière de sa casquette plate, l'homme, affalé sur sa chaise, les coudes sur la table qui lui faisait face, jeta un regard injecté sur l'arrivante.

Celle-ci lui sourit, admira l'étonnante turgescence qui tenait lieu de nez à l'employé, feignit de consulter une liste et dit de sa voix la plus douce, comme si c'était chose convenue :

— Je viens voir Mlle Cayol. Adèle Cayol.

— Sont en promenade, grasseya l'éthylique, montrant du geste une cour dépourvue d'ombrage qu'on apercevait par les hautes baies vitrées du pavillon.

— Merci, dit Cécile, ne vous dérangez pas, j'y vais.

Il n'avait jamais été dans l'intention du surveillant de se déranger pour quiconque. Il eût fallu pour cela qu'il fût capable de marcher droit. À trois heures de l'après-midi, c'était chose infaisable. Il reprit donc sa somnolence, après avoir jeté un nouveau regard trouble sur la mignonne.

Cécile traversa l'une des deux salles communes de trente lits chacune. Elles composaient, avec le réfectoire et la cour, le pavillon des prostituées vénériennes. Plusieurs filles étaient couchées, certaines dormaient. L'une d'elles interpella l'arrivante :

— Ça fera demain quarante jours que je suis là. C'est le maximum. Je suis guérie, il a dit le toubib. Qu'on me rende ma carte. J'en ai plein le cul de cet hôpital !

Cécile fit un signe muet d'impuissance et ouvrit la porte sur la cour. La promenade dont l'ivrogne avait parlé se résumait chaque jour à deux heures de sortie dans cette cour, réparties entre matin et après-midi. Le reste du temps, les valides, dont l'état de santé permettait un travail manuel, étaient « priées » de se rendre à l'ouvroir pour des travaux de couture. Ils consistaient à confectionner des vêtements nécessaires au personnel hospitalier. Ils étaient payés à raison de dix centimes le bonnet, trente centimes le jupon, cinquante centimes la chemise ou le pantalon, et un franc la robe.

Une bonne cinquantaine de filles était là, qui tournant en rond, qui appuyée contre un mur côté ombre, par deux, en groupe, fumant en se cachant, des bouts de mégots, grignotant quelque nourriture apportée par un proche, à l'exception de toute charcuterie ou alcool interdits par le règlement. Ce qui n'empêchait pas de mystérieuses fioles de circuler sous les bures.

Au premier coup d'œil, Cécile fut choquée par la tenue imposée aux filles. Adieu les dentelles et les frous-frous, les pantalons coquins et les fines camisoles, les bottines à talons et les corsets qui cambraient la taille ! Toutes avaient les cheveux coupés court sous un méchant bonnet de toile et revêtu l'uniforme réglementaire, porté été comme hiver : une sorte de peignoir informe, en bure grise, d'une tristesse infinie, qui les rendait toutes semblables. À cette saison, les malheureuses devaient suffoquer. Plusieurs étaient nues sous la bure et la maintenaient ouverte sans gêne.

Au bruit de la porte qu'on ouvrait, tous les regards se tournèrent vers l'arrivante, puis les têtes revinrent à leur place. La présence d'une infirmière n'avait rien de surprenant et ne nécessitait pas d'examen prolongé. Les conversations reprirent, parfois entrecoupées de rires gras.

Cécile s'approcha d'un groupe de trois et demanda qui était Adèle Cayol. Une grande, à la mâchoire édentée, tendit le bras en direction d'une esseulée appuyée au mur dans un coin d'ombre.

En voyant s'avancer la jeune infirmière Adèle leva la tête. Elle avait son air habituel de bête de somme, accentué par une expression de tristesse absolue. Elle portait toujours autour du cou le crucifix doré que Raoul avait déjà remarqué dans le bordel.

— Bonjour, lui dit Cécile avec un gentil sourire pour la mettre en confiance, mais sur un ton qui laissait entendre que cette visite n'avait rien d'exceptionnel. J'ai besoin, pour votre dossier, de parler un peu avec vous. Vous voulez bien ?

Adèle Cayol ne répondit rien.

Un muret de pierre se trouvait à proximité.

— Voulez-vous vous asseoir à côté de moi ? proposa Cécile.

Adèle obéit passivement.

— Je dois vous poser quelques questions pour compléter votre dossier administratif, mentit la jeune fille.

Elle ouvrit un classeur fermé par une ceinture de toile et fit mine de consulter des documents. Elle commença par un récapitulatif d'identité, puis s'inquiéta :

— Vous avez de la famille ?

Adèle fit non de la tête.

— Personne ne vient donc vous rendre visite ?

Même mimique, toujours muette.

— Cela vous ferait plaisir que je vienne de temps en temps ?

Adèle tourna son visage vers elle, l'observa un moment en silence, puis lâcha comme à regret :

— Si vous voulez...

Elle avait l'air assommé. Lui donnait-on des remèdes pour les nerfs ou bien était-ce là son état naturel ? Était-elle atteinte de ces maux propres à sa profession ? Les questions se bousculaient dans la tête de Cécile. Elle n'était pas là pour se préoccuper de la santé d'Adèle Cayol, mais elle ne pouvait pas s'empêcher d'y penser. Un réflexe professionnel. De la poche de son tablier, la jeune fille sortit un sachet de suce-miel d'Allauch[1] et le tendit à Adèle :

— Tenez, c'est pour vous.

La jeune femme eut un pâle sourire et prit le paquet qu'elle garda à la main. Cécile poursuivit son pseudo-questionnaire administratif :

— Êtes-vous malade actuellement ?

— Le docteur a dit que j'avais la flissi... la sfili...

— La syphilis ?

Adèle fit oui, de la tête. Cécile eut un haut-le-corps. La fille annonçait cela d'un ton résigné, comme on donnerait des nouvelles sans importance. Elle ajouta, tête basse :

— C'est le Bon Dieu qui me punit.

— Pourquoi dites-vous cela ?

— Parce que j'ai fait un gros péché.

— Allons ! dit Cécile, ne parlez pas ainsi. Le Bon Dieu est prêt à vous pardonner. Il sait que vous êtes malheureuse. Ce n'est pas votre faute. On vous a obligée à vous prostituer.

Adèle Cayol secoua la tête :

1. Chique au miel, spécialité de ce village voisin de Marseille.

— C'est pas ça mon gros péché.

Cécile la sentait venir sur la voie des confidences. Adèle avait besoin de parler. Ne pas la brusquer, surtout :

— C'est quoi, alors ? Vous pouvez bien me le dire. Je suis votre amie.

Adèle tourna la tête vers la jeune fille et dit tristement :

— J'ai pas d'amis.

— Moi, je vais devenir votre amie, dit Cécile qui se forçait à paraître gaie. Allez ! On continue. Quand vous vous sentirez fatiguée, on arrête. Je reviendrai vous voir.

Elle fit semblant de consulter son dossier.

— J'aimerais maintenant parler de ce que vous faisiez avant de vous prostituer et...

— Je veux pas en parler, objecta Adèle Cayol.

— Pourquoi donc ? insista Cécile.

— Parce que j'ai fait une grande faute.

La jeune fille la vit se replier sur elle-même. Adèle demeura un instant silencieuse, puis lâcha :

— Je vais aller en enfer. Le diable va me prendre. Je vais brûler !

Cécile tenta de la raisonner :

— Pourquoi dites-vous ça ? Allons...

— Parce que je vais aller en enfer.

— Qui vous a dit cela ?

— La sœur.

— Votre sœur ?

— Non, sœur Marie, du couvent du Bon Jésus. Je la connaissais d'avant.

— Elle est venue vous rendre visite ?

— Oui. Elle est venue me voir avec l'abbé.

Cécile pensa que pour quelqu'un qui ne voyait personne, Adèle attirait bien du monde.

— Quel abbé ?

— Je sais pas son nom. Le curé de Saint-Naphre. Il m'a dit de me confesser. J'ai fait un gros mensonge. C'est le diable qui me l'a fait faire. L'abbé me l'a dit.

Cécile décida de porter le fer dans la plaie. Il fallait provoquer un choc :

— Quand vous a-t-il dit que vous aviez fait un gros mensonge ? Durant votre procès ?

On eût dit qu'Adèle Cayol avait reçu une décharge électrique. Elle se cabra, son regard devint fixe :

— C'est mon secret. Personne le sait, murmura-t-elle.

Elle retomba dans une sorte d'apathie.

Cécile ne savait plus comment revenir sur ce début d'aveu. Il fallait poursuivre, l'occasion ne se renouvellerait sans doute pas. Fallait-il qu'Adèle Cayol en ait lourd sur la conscience pour lâcher ainsi, devant la première venue qui la traitait avec un peu d'humanité, cette confuse confidence à laquelle on ne comprenait pour l'instant pas grand-chose, mais qui révélait une souffrance profonde et ancienne.

— Je vais vous aider, dit Cécile. Je vais vous dire ce que je crois savoir et vous me direz si je me trompe. Vous avez en vous quelque chose qui vous fait souffrir depuis longtemps et que vous n'avez jamais dit à personne.

Adèle fit oui de la tête et revint sur son obsession :

— Je vais aller en enfer.

— Mais non, voyons ! Vous n'irez pas, je vous le

promets. Pourquoi vous obstinez-vous à croire que vous êtes damnée ?

— Parce que je le sais. Je vais aller en enfer. Le curé me l'a dit, et sœur Marie aussi.

Tout en fouillant dans son pseudo-dossier, la jeune fille observait son interlocutrice du coin de l'œil. Elle prit une feuille de papier couverte d'une fine écriture (celle de Raoul) et la montra à Adèle. Raoul lui avait révélé que la fille ne savait pas lire. Cécile dit d'un ton faussement anodin, comme s'il s'agissait d'une pièce du dossier médical :

— Nous avons là une lettre expédiée à la direction de l'administration hospitalière de Marseille, qui parle de M. Louis Coulon. Vous connaissez ce monsieur ?

Adèle Cayol eut un haut-le-corps et commença à trembler. Cécile poursuivit :

— Cette lettre nous dit qu'il est innocent du crime pour lequel il a été condamné...

Les yeux de la fille étaient à présent exorbités, comme si des images intolérables dansaient devant elle.

Cécile avait pitié de la malheureuse, mais elle ne pouvait pas s'arrêter en chemin. Elle feignit de continuer la lecture de la lettre de Coulon :

— À la fin, elle parle de vous. Elle dit que vous étiez la bonne de la vieille dame assassinée et que quelqu'un, un homme, précise-t-elle, vous a aidée à la tuer, mais que M. Coulon, lui, il n'y est pour rien.

Adèle Cayol s'était dressée comme une somnambule en plein soleil. Un rictus effrayant déformait ses traits grossiers. Ses pupilles s'étaient dilatées. Elle haletait :

— Le diable va me prendre ! Je vais aller en enfer !

Elle poussa un cri de bête et son corps bascula en arrière. En touchant le sol de terre battue, sa nuque fit un bruit de calebasse. Une fois à terre, elle fut prise de convulsions qui la firent se contorsionner dans la poussière. Les suce-miel d'Allauch s'étaient éparpillés autour d'elle. Les mains crispées d'Adèle Cayol avaient saisi les pans de la bure et elle les tirait vers elle, dévoilant ses cuisses parcourues de secousses semblables à des décharges électriques. Une sorte de mousse blanchâtre apparut aux commissures des lèvres tandis qu'un grognement continu en émanait. Enfin, elle s'arc-bouta avec une telle violence que son corps ne touchait plus le sol que par les talons et la nuque. Cécile, qui n'avait jamais assisté à une crise d'épilepsie, était affolée, ne sachant comment intervenir.

Dès le hurlement initial, les filles, effrayées par le spectacle, s'étaient mises à pousser des cris d'effroi. Certaines couraient sans but, d'autres appelaient d'hypothétiques secours. Adèle Cayol semblait lutter avec ses forces obscures qui l'épuisaient. Elle avait perdu conscience et demeurait tendue en arc, les dents serrées comme un piège sur sa langue qu'elles avaient entamée. Du sang coulait de sa bouche, mêlé à la salive, ajoutant à l'horreur de la scène.

Cécile frissonna. Si elle avait été superstitieuse, elle aurait cru à cet instant que la pauvre fille disait vrai. Elle paraissait possédée. Comme si le Démon s'était insinué en elle et tordait dans sa main redoutable ce corps pantelant.

Enfin, deux infirmiers, attirés par les cris et pensant à une bagarre entre filles, déboulèrent dans la cour. À ce moment, le corps d'Adèle Cayol, comme une marionnette dont on vient de trancher les fils, s'affaissait, brusquement détendu. Elle urina sous elle. On ne voyait plus bouger que sa poitrine, soulevée par un halètement précipité.

— Reculez, reculez ! criait l'un des infirmiers aux filles agglutinées autour du corps de leur compagne, tout en soulevant la tête d'Adèle. Allez, c'est fini. On va aller chercher un brancard.

Il partit en se hâtant.

— Qu'est-ce qui s'est passé ? demandait l'autre à la cantonade.

Les filles, commotionnées, parlaient toutes ensemble. L'une d'elles, aux allures de meneuse, fit taire les caquets et expliqua :

— On a rien compris. Elles étaient là, toutes les deux à parler gentiment, et puis tout à coup Adèle est tombée en arrière.

— Qui êtes-vous ? demanda l'infirmier à Cécile. Que faisiez-vous avec elle ?

— Eh bien je... balbutia la jeune fille, je suis une parente, et...

Le retour du deuxième infirmier avec un brancard de toile plié lui évita d'aller plus loin dans les explications.

Les deux hommes chargèrent le corps d'Adèle Cayol et se dirigèrent vers la porte donnant sur le pavillon. Cécile les précéda, leur tenant la porte ouverte pour faciliter le passage du brancard, comme si sa présence était toute naturelle. Elle les suivit durant quelques mètres, tandis qu'ils allaient vers la salle d'isolement, à la porte de laquelle attendait une infirmière. En passant près du couloir conduisant vers la sortie, Cécile bifurqua discrètement. Personne ne s'en rendit compte.

En traversant à nouveau la cour centrale de l'hôpital, elle songeait que son Raoul serait content de la façon dont elle avait rempli sa mission.

La crise d'épilepsie ne constituait sans doute pas une preuve suffisante devant une cour d'assises. Pourtant, la seule évocation du rôle qu'avait pu jouer l'ex-petite bonne dans le meurtre de la vieille rentière avait suffi à en déclencher son processus mystérieux. Cela prouvait au moins qu'Adèle Cayol, faute d'aveux irréfutables, était depuis longtemps en proie à un remords qui l'avait lentement rongée au cours des années. Aujourd'hui, comme une maison sous l'action invisible des termites qui taraudent ses poutres, elle venait de s'écrouler d'un bloc.

14

Où un retour à La Blancarde à l'ombre d'un figuier permet d'en apprendre long sur la double vie d'une certaine petite bonne.

Raoul Signoret n'avait plus remis les pieds à La Blancarde depuis la série d'articles consacrés à *L'Affaire Magnan*. Cela remontait à quatre ans, déjà.

Le compte rendu que lui fit Cécile de son entrevue dramatique avec Adèle Cayol, au pavillon des prostituées vénériennes de l'hôpital de la Conception, avait convaincu le journaliste de retourner vers les habitants du hameau, premiers et précieux témoins, au lendemain de l'assassinat de la riche rentière. À la lumière de ce qu'il venait d'apprendre, peut-être le reporter pourrait-il, en les interrogeant habilement, rafraîchir quelques vieilles mémoires. Il pensait notamment à celui qu'il surnommait à part soi « notre correspondant particulier à La Blancarde » : le chef d'escadron honoraire Charles Bonnafoux, et à la *bazarette-en-chef*, Adélaïde Fouque, toujours bien renseignés.

Pour gagner la lointaine banlieue, Raoul acheta un billet de seconde classe à la *Compagnie du Chemin de Fer de l'Est de Marseille*. Le nom était bien pompeux pour une ligne qui ne dépassait pas huit kilomètres. Son siège se situait au sous-sol du bâtiment abritant la Bourse du Travail, marché des Capucins, à deux pas de la rue Cannebière. Depuis deux ans, la compagnie exploitait un mode de transport révolutionnaire que la municipalité avait offert le 23 décembre 1893, comme un cadeau de Noël aux Marseillais. Il s'agissait d'un chemin de fer souterrain, unique en son genre, qui passait en tunnel sous la colline couronnée par la Plaine-Saint-Michel[1] pour déboucher à l'air libre sur le boulevard Chave. Il le parcourait dans son entier, desservait la petite gare de La Blancarde et achevait son parcours devant le cimetière Saint-Pierre, le plus important de la ville.

Comme il n'était pas question – le tunnel mesurant près d'un kilomètre – d'utiliser une locomotive à vapeur classique dont la fumée eût asphyxié les usagers, on avait acquis des locomotives sans foyer *Lamm et Francq*, fonctionnant grâce à un réservoir d'eau portée à 200 degrés, saturée de vapeur. Elles tiraient un train de deux ou trois wagons selon l'affluence.

Raoul Signoret suivit avec intérêt la manœuvre de la locomotive de la rame qui venait d'entrer Gare de l'Est. Elle se rechargeait en vapeur auprès d'un générateur, puis, grâce à une plaque tournante située en tête de ligne, elle regagnait maintenant, par une voie parallèle, la queue du convoi, qui, grâce à elle, redevenait la tête, lors du voyage retour. Le chef de train attendit que ses wagons fussent suffisamment garnis pour donner le signal du départ à l'aide d'une petite trompette criarde.

1. Voir note p. 17.

Le boulevard Chave, ombragé de platanes qui commençaient à atteindre une taille respectable, avait encore gagné plusieurs centaines de mètres en direction de la petite gare qui en marquait son terme. Les immeubles y poussaient comme champignons après la pluie. En passant devant les murs de la sinistre prison qui dressait sa silhouette patibulaire à l'angle de la rue George, Raoul Signoret ne put s'empêcher d'évoquer une autre silhouette inquiétante, celle de Louis Coulon qui avait passé là les mois nécessaires à l'instruction de son procès.

Il ne fallut pas moins de vingt minutes au convoi du *Chemin de Fer de l'Est de Marseille* pour parcourir les six kilomètres le séparant de l'arrêt de La Blancarde – le seul de la ligne – car les voyageurs étaient autorisés par le règlement de la compagnie à demander au cheminot un « arrêt en pleine voie », c'est-à-dire près de chez eux. Ils ne s'en privaient pas !

Le journaliste poursuivit à pied vers le hameau, en franchissant la ligne du chemin de fer de Toulon, Nice et l'Italie, par le pont jeté sur le Chemin des Pierres de Moulins[1], reliant La Blancarde à Marseille, qui avançait chaque jour un peu plus à sa rencontre.

L'avenue des Micocouliers avait conservé son air campagnard, bien que de nouvelles constructions soient venues la prolonger du côté de ce qui était naguère un champ planté d'abricotiers. Les volets de la maison de Mme Magnan étaient ouverts. Peut-être son frère s'était-il installé dans cette belle propriété avec sa « créature » réhabilitée par le mariage ? Ou bien l'avait-il vendue ou mise en location. Ce n'était

1. Aujourd'hui avenue d'Haïti.

pas là que Raoul espérait trouver réponse à ce qu'il cherchait.

Le jardin de ce qui avait été la maison de Louis Coulon, en revanche, donnait des signes visibles d'abandon ; il était desséché, envahi de plantes et d'herbes sauvages, dont certaines atteignaient la hauteur des volets clos du premier étage.

La maison d'Adélaïde Fouque aussi était close. Pour une raison majeure : la vieille dame était morte au printemps dernier. Morte comme on aimerait mourir. Son voisin, le chef d'escadron Bonnafoux, un matin, ne l'ayant pas vue partir ponctuellement pour les commissions à dix heures, était venu s'inquiéter. En entrant dans le jardin rempli de fleurs, il avait trouvé le corps sans vie d'Adélaïde recroquevillé au pied d'un rosier grimpant. Elle avait encore en main le sécateur qui lui avait servi à cueillir un bouquet de roses rouges qu'elle serrait sur son cœur usé. Autant dire qu'elle ne s'était rendu compte de rien :

— Ah ! une belle mort ! s'était exclamé Charles Bonnafoux en accueillant Raoul Signoret.

Il lui raconta en détail la fin de sa rivale en indiscrétions.

— On se souhaite la même ! Pourtant, j'ai prouvé qu'elle ne me faisait pas peur sur bien des champs de batailles...

— Qu'elle vienne vous chercher le plus tard possible, répliqua Raoul en pénétrant chez son hôte. À voir votre bonne mine, ce n'est pas pour demain.

L'index levé vers le ciel, le vieux militaire cita les Écritures :

— « Nous ne savons ni le jour, ni l'heure », mon fils. Il faut se tenir prêt.

Des fauteuils en rotin étaient disposés auprès d'une table sous un figuier. Il dispensait une ombre fraîche, mais représentait un danger permanent à cause des fruits mous et sucrés qu'il laissait choir à intervalles imprévisibles. De préférence sur les vêtements clairs. Mme Bonnafoux cousait à l'ombre, en évitant les projectiles grâce à un petit parasol individuel, constellé de figues éclatées.

— Mettons-nous de ce côté, conseilla le chef d'escadron, en montrant la gauche de la partie ombragée. J'ai gaulé les plus mûres ce matin, nous ne risquons plus rien d'un moment.

Raoul s'assit face au vieux militaire qui proposa :

— Orgeat, sirop d'orange, ou une absinthe très légère ?

— Charles... marmonna Mme Bonnafoux sur un ton de reproche.

— Juste pour donner de la couleur à l'eau, ma mie.

Avec un soupir résigné, elle se leva pour aller chercher la bouteille, deux verres et une carafe d'eau fraîche. Elle revint avec un plateau décoré de chinoiseries laquées sur lequel elle avait posé un flacon de sirop d'orgeat pour son usage personnel.

Raoul Signoret commença par prendre des nouvelles des riverains de l'avenue dont il avait fait connaissance au moment de l'enquête. Le cas particulier d'Adélaïde Fouque était réglé. Le frère de la rentière assassinée avait vendu. Cette propriété lui rappelait trop son malheur, selon Charles Bonnafoux. Il avait réalisé une excellente opération financière, ce qui atténuait probablement son chagrin. Un ingénieur de *l'Énergie Électrique du Littoral Méditerranéen*, qui équipait et fournissait tous les réseaux du Sud-Est, avait acheté « la maison du crime ». Ce qui n'avait pas eu l'air de l'effrayer, puisqu'il y avait installé femme et enfants (quatre) dont le dernier, qui y était né, se portait à merveille.

L'état nerveux, déjà délabré, de la *pôvre* Agathe Coulon, née Crousillat, la femme du meurtrier, n'avait pas supporté la somme de souffrances endurées durant le procès de son mari, suivi de sa condamnation aux travaux forcés à perpétuité. Elle était désormais internée à l'asile des aliénés Saint-Pierre, à l'extrémité du boulevard Baille, près du hameau de la Timone. Il paraissait probable qu'elle y finirait ses jours.

À part cela, la vie dans l'avenue des Micocouliers passait simple et tranquille. N'était cette fichue douleur à l'épaule, due au coup de lance reçu à Reichshoffen qui lui rappelait « ces salauds de Prussiens » et quelques accès sporadiques de rhumatismes pour madame, on n'avait pas trop à se plaindre de la vie chez les Bonnafoux.

Raoul Signoret savait à l'avance qu'en détaillant le parcours de l'ex-petite bonne de Mme Magnan, il obtiendrait du chef d'escadron honoraire une écoute attentive et un succès de curiosité. Il lui dit comment, par le plus grand des hasards, il avait retrouvé Adèle, rebaptisée *Anita*, reconvertie dans le racolage actif des hommes en quête d'amours tarifées et l'usage qu'elle avait fait de son panama. L'évocation de la trop célèbre rue Bouterie alluma une flamme dans le regard de Charles Bonnafoux. Celle qui brillait sans doute au temps où, jeune et fringant militaire, il fréquentait assidûment les *bobinards*[1] des villes de garnisons. Il cligna de l'œil à Raoul, signe « qu'entre hommes » on n'avalait pas un bobard de ce calibre. Il ne croyait pas un instant au caractère fortuit de la rencontre entre le journaliste et la jeune putain.

— Adèle Cayol qui fait la *bagasse*[2] rue Bouterie, ça alors !... Vous m'en bouchez un coin ! Quoique...

Il s'était interrompu, comme pour ménager un effet. Il but une gorgée d'absinthe qu'il avait chargée plus que promis à Mme Bonnafoux. Il claqua de la langue et se plongea dans une réflexion songeuse.

Raoul ne disait rien. Le poisson était ferré. Ce n'était pas le moment de casser la ligne en tirant sans précautions pour la ramener. Il attendit.

— Quoique... reprit Bonnafoux, qui observait son vis-à-vis silencieux, si je me souviens bien. La petite, avec son air c... et sa vue basse...

Mme Bonnafoux poussa un *ooooh !* offusqué.

Son époux continua, imperturbable :

— ... elle n'était pas aussi nunuche qu'elle en avait l'air, côté *youp là-là* !

Cette étrange appellation, sans doute propre au chef d'escadron, devait probablement désigner la propension de la jeune domestique à jeter son bonnet par-dessus les moulins.

— Ne me dites pas qu'elle n'était pas sérieuse, hasarda hypocritement Raoul.

— Qu'est-ce qu'il vous faut, alors, mon vieux ! s'exclama Bonnafoux. *La vieille* la tenait serré, c'est

1. Bordels réservés aux hommes de troupe.
2. Prostituée travaillant dans la rue.

un fait. Mais vous savez que la petite avait eu des histoires pas claires avant de se faire embaucher par la mère Magnan, quand elle était chez des paysans des Basses-Alpes. Ensuite, on a appris au procès qu'elle mignotait Coulon le soir, pendant que *la vieille* ronflait. À mon avis, c'était une fille de la campagne qui avait vu *péter le loup* depuis longtemps. Elle était un peu allumeuse, si vous voyez ce que je veux dire.

— Vous l'avez vue faire ?

— Oh oui, dit le vieux militaire sans hésiter. Vous savez que *la vieille* obligeait sa bonne à l'accompagner à la grand-messe du dimanche à la chapelle Saint-Naphre. Nous y étions également, Mme Bonnafoux et moi. Ma femme peut témoigner : il suffisait qu'un pantalon soit à proximité pour que l'Adèle se tortille, et que je me retourne, et que je te fais les yeux qui *parpelègent*[1]. Il y avait en particulier un jeune militaire – il faisait son service dans l'infanterie de marine – dont la vieille tante habite Saint-Jean-du-Désert, c'est tout à côté de La Blancarde, qui semblait l'émoustiller. Un jour, il est venu chez Mme Magnan, un dimanche après-midi – il savait donc par Adèle qu'elle avait là un de ses rares moments de liberté – pour la chercher et l'amener danser. *La vieille* l'a renvoyé à sa caserne avec pertes et fracas. Elle l'a traité de suborneur. Quand il a été parti, c'est sur Adèle que la mère Magnan a retourné sa colère. Elle l'a appelée « fille perdue » et l'a menacée de ne plus jamais l'autoriser à quitter la maison. La petite répondait qu'elle n'avait pas le droit et qu'un jour elle partirait pour de bon avec

1. Battre rapidement des paupières.

son galant. Je crois me souvenir que ça s'est terminé par une paire de gifles et des larmes.

— Vous l'avez revu, le jeune homme ? demanda Raoul.

— Figurez-vous que non. Il a été porté déserteur. Vous savez, c'est très dur, l'infanterie de marine. Il faut être une tête brûlée. Beaucoup ne tiennent pas le coup. Mon épouse, qui fréquente Mme Borelli, la grand-tante maternelle du jeune homme, a appris par cette pauvre femme qu'on était sans nouvelles de son petit-neveu. Il ne faut pas s'en étonner outre mesure. À Toulon, il doit y avoir plus de dix mille hommes en garnison. On y trouve de tout. Et pas mal de voyous. L'uniforme ne les change pas. Il n'est pas rare que des bagarres après boire se terminent à coups de couteau. La prévôté ramasse les macchabées tous les matins dans les rues. Il y a des types blessés qui désertent pour ne pas avoir d'histoires avec les tribunaux militaires. On les retrouve parfois. Mais lui, il semble s'être envolé. Il est probablement loin, s'il est encore de ce monde.

— Pourquoi n'avez-vous pas fait allusion à tout ça durant le procès de Coulon, quand vous avez témoigné ?

Bonnafoux prit un air sincèrement ahuri :

— Ben, ça n'avait rien à voir avec l'assassinat de *la vieille*. C'est Coulon qui a fait le coup, y a pas à y revenir.

— Croyez-vous que ce soit si simple ?

— Je n'en sais rien, moi, répliqua le vieux militaire. Que voulez-vous dire ?

— Oh, rien de particulier, mentit Raoul. Je pense

simplement qu'il aurait été intéressant de parler de ce jeune militaire, devant le tribunal. Au fond, on ne sait rien de la vraie nature d'Adèle Cayol. On la croyait tout entière attachée aux soins et à l'entretien de Mme Magnan. Et puis on se rend compte que les deux femmes se disputaient souvent. Que la patronne menait une vie infernale à son employée. Vous m'apprenez à présent que la petite avait un soupirant de son âge et que Mme Magnan ne voulait rien entendre. Vous savez, mon commandant, la rancune accumulée et contenue pendant des années, ça peut vous conduire à des explosions de violence.

— Allons, allons ! dit Bonnafoux. Vous vous montez la tête. Je crois que vous compliquez les choses à plaisir, vous autres, journalistes. C'était une gosse.

Raoul n'était pas convaincu :

— Une gosse de la campagne. Forte comme un homme... et entêtée comme une mule bas-alpine, dit-il songeur. Elle avait, en dépit de son peu de liberté, des envies d'escapades en galante compagnie...

Il changea brusquement de sujet :

— Vous m'avez dit que le jeune militaire appartenait à l'infanterie de marine ?

— Pas à s'y tromper, assura Bonnafoux. Son uniforme de *marsouin* [1], vous pensez, si je le connais, bien que cavalier. Un vieux briscard, comme moi, je les connais tous, les uniformes. Ils sont basés à Toulon, les *marsouins*, si ça vous intéresse.

— Ne connaîtriez-vous pas un gradé en activité auprès de qui je pourrais m'informer sur ce qu'est devenu le soupirant d'Adèle ?

1. Surnom donné aux soldats de l'infanterie de marine.

— Vous ne pouvez pas mieux tomber ! s'exclama Bonnafoux. J'ai à Toulon un ami, un ancien de Saint-Cyr de ma promotion, dont le fils, également militaire, est chargé des effectifs et du recrutement. Giudicelli. C'est un Corse. Jules Giudicelli. Vous pouvez aller le voir de ma part. Il est aux effectifs de la 2e Division coloniale. Je vais vous faire un mot de billet pour lui.

Le figuier choisit le moment où le chef d'escadron allait quitter son fauteuil pour laisser choir un fruit mûr d'un calibre particulièrement remarquable. Il s'écrasa sur le pantalon du vieux militaire et le décora sur la cuisse droite d'une éclaboussure sanglante.

— Nom de Dieu de putain de la Bonne Manière [1] ! s'écria Bonnafoux.

Ivre de fureur, il avait spontanément retrouvé un vocabulaire de corps de garde.

— Demain sans faute, je fais venir l'émondeur pour faire abattre ce foutu figuier de bordel de merde qui m'a déjà baisé trois tenues !

— Charles..., dit douloureusement Mme Bonnafoux, c'est là un langage de soudard, indigne d'un officier supérieur honoraire de l'armée française. Et tu te laisses aller devant un invité, en plus !

1. Façon marseillaise de blasphémer le nom de la Bonne Mère sans en avoir l'air.

15

Où un voyage en chemin de fer à Toulon permet de découvrir la trace d'un mystérieux soldat déserteur.

Le 26 septembre 1894, à 5 h 07 de l'après-midi, Raoul Signoret descendit en gare de Marseille-Saint-Charles du train omnibus arrivant de Toulon. La journée avait été fructueuse. Il ramenait de son entrevue avec le capitaine Giudicelli, chargé des effectifs et de la 2e Division coloniale dont les dix mille hommes étaient répartis dans une dizaine de casernes de la place de Toulon, une surprenante nouvelle. Elle était de nature à relancer l'enquête sur l'assassinat de Marie-Thérèse Magnan.

Durant le trajet, ponctué de multiples arrêts, Raoul avait eu tout le temps de relire ses notes. Il émergeait de cette relecture dans un état de vive excitation. À peine sorti de la gare, il avait hélé un fiacre pour se faire conduire sans délai au siège du *Petit Provençal*, rue Grignan. Il téléphona aussitôt à son ami l'avocat Philippe Lazare, qui l'assistait devant le tribunal correctionnel pour sa rixe avec Momond Graziani :

— Philippe, peux-tu vérifier dans le dossier la date et le lieu de naissance de notre ami Momond ?

— Pourquoi ? demanda l'avocat. C'est son anniversaire ? Tu veux lui envoyer des fleurs à Chave[1] ?

— Pas exactement, mais j'aimerais lui faire une surprise, si possible.

— On peut savoir ?

— C'est un peu tôt. Pour l'instant, secret professionnel.

— Oooh ! petit cachottier. Tu vas voir comment je vais te défendre en correctionnelle, moi. Je dirai que c'est toi qui l'as attaqué, ce *pôvre* Momond. D'ailleurs, tu fais deux têtes de plus que lui, grand lâche. Le président ne croira jamais que tu as failli être la victime. Tu as vu comme tu l'as arrangé, notre barbillon ?

— Je te promets de tout te dire, jura Raoul, mais pour l'instant, je n'en suis qu'au stade des supputations. Si ce que je crois est faux, je ne voudrais pas être ridicule. C'est pourquoi je le garde pour moi. Mais si ce que je pense se révèle vrai, alors...

— Bon, dit Me Lazare, je n'insiste pas. Suppute, mon vieux, suppute. Mais au cas où tu découvrirais des choses passionnantes, j'exigerais d'être le premier informé du résultat. Je demande le renseignement que tu cherches à ma secrétaire et je te rappelle. Tu ne bouges pas du journal ?

— Pas d'un moment, répondit Raoul.

Que lui avait donc appris de si surprenant sa visite à la caserne Bazeilles où se tenaient les bureaux du

1. Nom de l'une des prisons marseillaises à l'époque, située sur le boulevard Chave.

capitaine Gaston Giudicelli, fils du camarade de promotion du chef d'escadron Bonnafoux ?

À la demande du journaliste, qui avait prétexté une enquête sur les désertions, le capitaine avait consulté avec lui les effectifs des troupes d'infanterie de marine, pour l'année 1891. Raoul s'était particulièrement arrêté sur les colonnes concernant le mois de décembre. Parmi les noms relevés par le capitaine, l'un d'eux déclencha chez le reporter comme un signal d'alarme. Pas à cause du patronyme, qui ne lui rappelait personne, mais à cause de la date de désertion. Ce soldat – un certain Giabiconi, appartenant au 4e régiment de marine – ne s'était pas présenté à son cantonnement, caserne du Polygone, à l'issue de sa permission, le 16 décembre 1891. Après un délai légal de quinze jours, l'enquête de gendarmerie n'ayant pas abouti, il avait été officiellement porté déserteur le 2 janvier 1892. Son adresse civile indiquait le hameau de Saint-Jean-du-Désert, situé dans la banlieue marseillaise, à l'est de La Blancarde, célèbre depuis plus d'un siècle pour ses ateliers de faïence.

L'identité complète du déserteur était Giabiconi Raymond, Ange, Toussaint, fils de Giabiconi Erminio et de Granet Angèle. Il était né à Calenzana, département de la Corse, le 30 avril 1871. Il n'avait jamais été retrouvé par la gendarmerie. On supposait qu'il avait pu se réfugier sur son île natale et là, bénéficier de complicités familiales pour s'évanouir dans la nature.

Raoul Signoret fouillait dans sa mémoire pour retrouver où et quand on avait récemment prononcé devant lui les noms de Calenzana et de Saint-Jean-du-Désert. La lumière se fit tout à coup, tandis que le capitaine Giudicelli appelait un planton pour remettre ses dossiers à leur place. Calenzana, c'était l'inspecteur Deville, du service des Mœurs à Marseille, qui avait lu le nom de ce village de Balagne dans le dossier de Momond Graziani, le souteneur d'Adèle Cayol, quand ils avaient tous été embarqués après la rixe de la rue Bouterie. Calenzana. Momond y était né. Comme le déserteur. Si ça se trouvait, ils étaient amis d'enfance.

Quant à Saint-Jean-du-Désert...

C'est Bonnafoux, sous son redoutable figuier, qui avait prononcé le nom de ce hameau, à propos du petit ami d'Adèle Cayol, quand le chef d'escadron évoquait le tempérament allumeur de l'ex-petite bonne. C'est là qu'avant son service militaire le jeune homme vivait, chez sa grand-tante maternelle. C'est ce détail qui avait motivé son déplacement à Toulon. Pour tenter de savoir ce que le galant d'Adèle était devenu.

Sur le moment, la réflexion du journaliste n'était pas allée beaucoup plus loin. Mais dans le wagon qui le ramenait à Marseille, en parcourant les notes prises, il avait opéré d'autres rapprochements. Raymond Giabiconi, le soldat déserteur, n'était pas reparu à la caserne des *marsouins* de Toulon, le matin du 16 décembre 1891. Au moment même où les policiers embarquaient Louis Coulon et Adèle Cayol après l'assassinat de Marie-Thérèse Magnan. On n'avait plus jamais eu de ses nouvelles. Pas même sa grand-tante maternelle qui l'avait élevé. Quelle coïncidence !

Et si c'était lui, ce jeune militaire – cette « *voix d'homme* » avait écrit le rédacteur anonyme de la lettre adressée à Raoul – que Louis Coulon, en embuscade nocturne dans le jardin de sa mère adoptive, avait entendu s'adresser à la petite bonne, le soir de l'assassinat, après le refus d'Adèle de lui accorder sa petite « gâterie » hebdomadaire contre rémunération ?

Le gros téléphone au coffre de bois suspendu au mur de la salle de rédaction du *Petit Provençal* fit entendre son grelot.

— Signoret ! C'est pour vous, dit Marius Escarguel, le vieux confrère qui avait décroché en passant, en lui tendant le cornet d'ébonite.

Raoul se plaça devant le microphone en forme de minuscule pavillon qui émergeait du coffre et reconnut la voix de son ami avocat :

— 30 avril 1871, énonça sans préambule Me Lazare. Momond Graziani est né le 30 avril 1871. Ça te va comme date ou tu en préfères une autre ?

Raoul Signoret sentit un picotement lui parcourir l'échine :

— Tu es sûr ?

— Bè, cette blague ! J'ai le dossier sous les yeux. Pourquoi ?

— Pour rien...

— Oh ! tu commences à me bassiner avec tes mystères, dit l'avocat vexé par cette méfiance.

Pour le calmer, Raoul jeta du lest :

— Écoute, il faut encore que je contacte mon oncle et je te dis tout. Promis.

Il raccrocha et appela aussitôt Eugène Baruteau à l'Évêché.

— Mon oncle ? Je téléphonais seulement pour savoir si vous étiez là. Je peux passer vous voir tout de suite ?

— C'est grave ? s'inquiéta le policier. Tu t'es encore *satonné*[1] avec un barbeau ?

— Rien de grave pour moi, dit Raoul à son père de substitution pour le rassurer. Mais pour quelqu'un d'autre, peut-être, il faut que je vous en parle.

— Alors, je t'attends.

*

— Mon cher Raoul, dit Eugène Baruteau après avoir longuement écouté son neveu, tu es un garçon brillant et tu sais en quelle estime je te tiens. Sans parler de mon affection quasi paternelle pour toi. Mais je voudrais te mettre en garde contre ton imagination et te dire de ne pas confondre ton métier avec le mien. Tu ne t'appelles pas comme ce détective anglais là, qui fait fureur en ce moment : Shylock Doyle, un nom dans ce genre.

— Sherlock *Holmes*, mon oncle, corrigea Raoul. Conan *Doyle*, c'est l'auteur. Quant à Shylock...

— Peu importe, dit Baruteau, en mâchant sa pipe éteinte, signe de profonde réflexion. Des détectives comme ça, on n'en trouve que dans les romans. L'auteur, qui fabrique les énigmes, en tient les clefs. Il les fournit à son héros quand il le juge bon. Et l'autre résout tout en deux coups de cuillère à pot. Dans la vie, c'est autre chose. C'est parfois plus compliqué, mais souvent plus simple.

Raoul s'était acagnardé sur la chaise qui faisait face au bureau du commissaire. Il s'installait le moins inconfortablement possible. Il savait qu'il allait subir

1. Battu, bagarré sévèrement.

un cours magistral de logique policière. Ça partait fort. Il l'avait un peu cherché.

— Dans l'affaire qui nous occupe, poursuivit Baruteau. Il se reprit : *qui t'occupe*, car moi, il y a longtemps que ma religion est faite et celle des juges itou. Dans cette affaire, donc, le fait qu'un type qu'on a vu *furer* [1] avec la petite bonne déserte le lendemain du jour où on étrangle la patronne de ladite bonne, ne veut pas dire qu'il soit l'assassin. Tu y vas un peu fort. De toute façon, ce type, on le retrouvera probablement jamais. Quand bien même, il faudrait prouver qu'il était là, le soir en question. Qui le dit ? C'est le correspondant anonyme de Coulon. Il parle à sa place, mais il est commandité par lui ou son avocat. Coulon a tout intérêt, maintenant qu'il sait qu'au mieux il finira à Cayenne, à dire qu'il n'était pas seul ce soir-là à tourner autour de la petite. Or, durant deux procès d'assises et des mois d'instruction, il n'a jamais pipé mot de ce détail qui pouvait lui sauver la mise en semant le trouble dans la tête des jurés. Ça ne t'intrigue pas, ça ? Cette histoire qu'il sort comme un polichinelle de sa boîte des années après ?

Raoul dut en convenir. Il demeura silencieux. Baruteau en profita pour développer ce qu'il considérait comme l'argument massue :

— Supposons, dit-il en regardant Raoul dans les yeux, supposons que tu sois dans le vrai et que le jeune *marsouin* ait étranglé *la vieille* pour lui voler ses sous. Et ce, avec l'aide de la petite bonne. Supposons que celle-ci ait tout mis sur le dos de Coulon pour innocenter son petit ami. Eh ! bien, mon cher neveu, la loi

1. Équivalent marseillais de flirter.

française est ainsi faite et la justice qui la fait appliquer ainsi bâtie, que même si on retrouvait le militaire déserteur, même s'il avouait être l'étrangleur, on ne pourrait pas le juger pour ça. Il ne peut pas y avoir deux coupables successifs pour le même crime. Tout ce qu'on pourrait faire c'est l'expédier à *Biribi*[1] pour lui apprendre à rentrer à l'heure à la caserne et ne pas en sortir avant la fin du service. C'est tout. C'est comme ça. Je n'y peux rien.

Le commissaire fit une pause pour juger de l'effet de sa démonstration. Raoul se taisait toujours.

— Je crois, conclut Baruteau, que dans ton enthousiasme juvénile tu as sauté à pieds joints sur la conclusion avant d'avoir écrit les chapitres intermédiaires.

Raoul avait pris un air désolé. Baruteau l'asticota :

— Je t'ai cassé ton jouet neuf, hein ? Tu m'en veux.

— Ce n'est pas ça, mon oncle. Je suis déçu parce que je vous vois baisser les bras. Je n'ai pas votre expérience, mais il me semble qu'on pouvait...

Le commissaire ne le laissa pas poursuivre. Cette réflexion l'avait vexé dans son honneur professionnel. Ses poumons encombrés se mirent à siffler :

— Justement, si tu avais mon expérience, tu ne perdrais pas ta jeunesse à débrouiller une affaire limpide. Coulon t'a mis des idées abracadabrantes en tête avec sa lettre. Il essaie de te couillonner avec cette histoire de voix d'homme entendue à travers les volets. C'est lui qui a étranglé la mère Magnan. Les juges ont bien fait leur boulot. Les flics aussi. Rideau. Ta tante m'a dit que tu fréquentais une *petite* superbe. Tant mieux.

1. Nom donné à l'ensemble des pénitenciers militaires installés par la France en Afrique du Nord.

Consacre-lui le temps que tu as perdu à sauver cette crapule du bagne qui l'attend. Ça vaudra mieux pour ta mine. Tu as l'air épuisé. Fais ce que je te conseille, tu seras plus heureux. Et la *petite* aussi.

Raoul était navré de la tournure que prenait l'entrevue. Baruteau avait sans doute raison, mais c'était rageant d'en rester là. Il lâcha comme la seiche son jet d'encre en s'enfuyant :

— Et le fait que le déserteur soit né au même endroit et le même jour que Momond Graziani, mon barbeau. Ça ne vous inspire rien ?

Baruteau leva les sourcils et, quittant sa pipe froide, se lissa les moustaches :

— Coïncidence, mon cher neveu. Coïncidence. Des types qui naissent le même jour à la même heure au même endroit, il y en a plein les listes de l'état civil. Calme-toi, je t'en conjure. Tu fais fausse route. Et puis quoi ? Qu'est-ce que notre barbillon aurait à voir avec un type qui a déserté voici trois ans ? Ils sont tous les deux corses, nés dans le même village ? La belle affaire. Je peux t'en trouver cinquante dans leur cas, rien que dans les ruelles du Panier.

Raoul se leva pour rompre un entretien inutile.

Baruteau se radoucit.

— Allez ! Ne m'en veux pas. On te voit, dimanche, au cabanon, s'il fait beau ?

Raoul ne répondit pas tout de suite.

— Ouh ! le gros boudeur ! dit le commissaire en lui bourrant les côtes.

— Je viendrai, lâcha Raoul, de mauvais gré. S'il fait beau.

Dans le couloir, il continuait à pester contre la résignation du policier :

— Cinquante dans ce cas-là, se disait-il dents serrées, en reprenant la boutade de Baruteau, ça m'en ferait quarante-huit de trop.

Deux me suffiraient amplement.

Et même un seul...

16

Où le « grand péché » avoué par Adèle Cayol provoque un extraordinaire rebondissement de l'Affaire Magnan.

Le 22 octobre 1894, le procureur de la République à Marseille, M. Adolphe Perrard, vit entrer dans son cabinet du palais de justice, une jeune femme à l'air hagard, dans un état de fébrilité confinant à l'hystérie. Elle avait le regard fixe, le teint blafard et les ongles rongés jusqu'à la lunule. Ses cheveux étaient dénoués et sa méchante robe noire qui flottait autour de son corps amaigri, portée sous un manteau sombre, était tachée et négligée.

Si on ne lui avait pas annoncé l'identité de la visiteuse, M. Perrard aurait eu le plus grand mal à reconnaître dans cette pauvresse divagante Adèle Cayol, l'ex-bonne à tout faire de Mme Magnan, la riche rentière de La Blancarde, assassinée trois ans plus tôt par son fils adoptif. À son procès, cette fille de la campagne était apparue bien en chair, avec sa peau colorée et, si elle manquait de distinction, elle donnait l'impression d'une nature robuste. Elle faisait alors plus âgée que les quinze ans que lui accordait l'état civil.

Il est vrai que le métier qu'on l'avait contrainte à faire vous usait avant le temps.

La visiteuse s'avança vers le bureau derrière lequel le procureur était assis en faisant craquer les lames du parquet sous ses bottines mal entretenues. Elle s'assit sans plus de façon devant le magistrat.

M. Perrard, sous son air bonasse, accentué par un embonpoint qui lui conférait une allure débonnaire, était en réalité un être vindicatif, étroit d'esprit, extrêmement pointilleux sur l'étiquette et le respect dû à sa fonction. Pointant un index vengeur sur l'arrivante, il cria :

— Vous vous assiérez quand je vous en prierai, fille Cayol ! En voilà des façons ! Où vous croyez-vous ?

L'appellation, volontairement blessante, trahissait la nature mesquine du procureur général.

Adèle Cayol se releva, confuse, le visage fermé :

— Ben, je croyais...

M. Perrard prit un malin plaisir à l'humilier. Il la laissa debout un moment, observant Adèle d'un air vaguement dégoûté. Quand il jugea la leçon suffisante, il fit asseoir la visiteuse tout en précisant qu'elle parlerait quand il lui en donnerait l'autorisation.

Il feignit de consulter un dossier placé sur son bureau, puis sans relever la tête, il dit d'un ton rogue :

— Vous avez demandé une audience.

Adèle Cayol resta muette. Elle n'avait pas compris le mot. Agacé, le procureur Perrard formula différemment :

— Vous voulez me parler.

Le visage d'Adèle Cayol sembla reprendre vie. Tête basse, fixant le bout de ses chaussures, elle prononça des paroles qui, au fur et à mesure qu'elles lui parvenaient, remplirent le magistrat d'une stupéfaction mêlée de fureur :

— Depuis trois ans, je sais que je vais aller en enfer, commença Adèle.

Le procureur l'interrompit aussitôt :

— Qu'est-ce que vous me chantez là, fille Cayol ?

— La vérité, monsieur. J'ai fait un gros péché. J'ai fait condamner un innocent. Ça m'a rendue malade, depuis. Monsieur Louis est en prison à ma place.

— Qui est ce monsieur Louis ? demanda le procureur.

Il savait pourtant à quoi s'en tenir.

— M. Louis Coulon. Le fils adoptif de Mme Magnan, mon ancienne Madame. Elle, c'est moi qui l'ai assassinée. Monsieur Louis n'a rien fait. J'étais toute seule. C'est ça mon péché. Et je vais aller en enfer.

Le procureur général Perrard était abasourdi. Il avait fait sortir le dossier Magnan/Coulon et les minutes des procès. Il savait très bien de qui et de quoi Adèle Cayol lui parlait. L'affaire avait fait assez de bruit.

— Arrêtez avec cette chanson ridicule. En enfer ! Et puis quoi ? Qui vous a mis cette idée folle en tête ?

— C'est moi seule. Je le sais bien que j'irai en enfer. C'est pour payer mon mensonge.

— Quel mensonge, petite idiote ? éructa le procureur. Vous avez donné tous les détails possibles sur cet assassinat devant la cour d'assises. Des détails qu'une bestiasse de votre espèce n'a pas pu inventer. Et vous venez me dire maintenant que c'étaient des mensonges ? Voulez-vous que je vous fasse arrêter pour outrage à magistrat ?

— Non ! cria Adèle, pitié ! Faites pas ça !

— Alors, qu'est-ce que c'est que cette histoire ? Votre témoignage a été capital pour envoyer Coulon au bagne. Et vous l'avez maintenu autant de fois qu'on vous a demandé de le faire. C'est même à cause de la sincérité de vos aveux que vous avez bénéficié de l'indulgence du tribunal. Nous avions tous compris que Coulon avait abusé de votre jeunesse et – comment dire ? – de votre faiblesse d'esprit. Vous étiez manipulée.

— Non, non ! protesta Adèle l'air buté. Monsieur Louis n'était pas là, je vous dis. C'est moi, moi seule, qui ai étranglé Madame ! C'est la vérité !

Le procureur général Perrard imaginait déjà la somme de complications qui les attendaient, lui et ses pairs. Si cette dinde était en train de lui dire ne serait-ce que le dixième de la vérité sur cette affaire qui n'avait jamais été clairement résolue, on n'aurait pas fini d'en reparler. Un innocent purgerait depuis trois ans la peine à laquelle la vraie coupable aurait échappé ? Le procureur général de Marseille refusait même d'y penser. Si la nouvelle venait à être ébruitée, on n'aurait pas fini avec les journaux !...

En outre, songeait M. Perrard – tandis que montait en lui une sourde inquiétude – en imaginant que cette bécasse dise vrai, si elle avait tué la vieille rentière de La Blancarde, on ne pourrait même pas la juger pour assassinat, puisque Coulon avait été condamné pour ça. Tout au plus pourrait-on la poursuivre pour faux témoignage et outrage à magistrat.

Tandis qu'il échafaudait toutes les conséquences possibles de ces aveux aussi tardifs qu'inattendus, le procureur Perrard observait par-dessus ses lunettes cette fille qui se tortillait sur sa chaise en le regardant d'un œil torve.

« Il y a quelque chose qui ne colle pas dans cette prétendue révélation, songeait le magistrat. D'une part, pourquoi aurait-elle attendu trois ans pour dire ce qu'elle dit maintenant être la vérité, alors qu'elle avait eu toutes les occasions pour le faire durant l'instruction et les procès ? D'autre part, pourquoi se charge-t-elle d'un crime qu'elle n'a pas commis ? »

M. Perrard n'avait pas de réponses.

« À quel moment ment-elle ? Quand elle accusait Coulon ou aujourd'hui quand elle s'accuse seule ? »

Le procureur s'agaçait, tout en réfléchissant :

« Il n'est pas possible que cette fille, avec des moyens intellectuels aussi limités, ait imaginé toute seule, à l'époque, une version des faits propre à faire de Coulon le seul coupable d'un crime qu'elle aurait commis. Et surtout d'en persuader ses juges. Il n'y a qu'à lui parler deux minutes pour se rendre compte que ça ne tient pas debout. Il a fallu qu'elle assiste à l'assassinat pour le décrire avec autant de précisions. Elle était là, en complice active. Notre grand tort aura été d'avoir minimisé son rôle dans l'exécution de Mme Magnan. »

Un détail revenait à l'esprit du magistrat. Il revoyait Adèle Cayol répétant : « Je tenais les bras de Madame, pendant que Monsieur Louis l'étranglait. »

« Ouais ! soupira le procureur Perrard, à part lui. Nous avons été légers dans cette affaire. Il aurait fallu, au minimum, une condamnation de principe pour cette fille sans morale. Elle ne méritait certainement pas l'acquittement. Verminck y est allé fort en demandant l'acquittement. Je lui dirai deux mots quand je le verrai. »

Enfin ! Ce qui est fait est fait. On ne revient pas sur une décision de cour d'assises, confirmée en appel à Montpellier, après l'annulation du premier procès pour vice de forme.

Que faire de celle-là ? s'interrogeait le procureur général Perrard en regardant Adèle d'un air irrité.

Le plus pressé était de mettre fin à cette crise d'hystérie et la renvoyer au plus tôt.

— Fille Cayol, dit le magistrat en s'adressant de nouveau à Adèle, je ne vois pas bien ce qui vous pousse à entreprendre la démarche qui vous amène aujourd'hui devant moi. Je conçois qu'un remords, bien tardif, vous ait fait estimer immoral d'avoir échappé à la justice, alors que votre complice était lourdement condamné. Vous avez certainement commis ce crime à deux, estimez-vous heureuse de vous en être tirée à si bon compte. Si j'étais à votre place, je me ferais discrète.

— Je veux qu'on me punisse ! cria la jeune femme.

— Vous voulez quoi ? s'étonna le procureur. Une fessée ? Des coups de bâton ? Le fait qu'une idée pareille vous soit venue prouve au moins que vous avez retrouvé en partie le sens moral. Je m'en réjouis. Mais aujourd'hui, ne venez pas vous accuser seule, parce que ce crime, vous n'avez pu l'accomplir qu'avec une aide. Celle de Coulon, bien sûr ! Si je me souviens, vos affrontements ont été sévères face au tribunal. Vous ne cessiez de l'accuser. Il vous traitait de menteuse, mais c'est lui qui mentait. Il répétait que le soir du crime il s'était couché à neuf heures. Et vous affirmiez que non.

— C'est moi qui mentais à ce moment-là ! cria Adèle Cayol. C'est Monsieur Louis qui disait la vérité, puisque c'est moi qui ai tué Madame ! Il le savait pas, lui, que c'était moi.

— Folie ! s'exclama le procureur Perrard qui perdait patience. Mensonges, encore ! Rappelez-vous, fille Cayol, ce qu'ont dit les experts : ce sont des mains d'homme qui ont étranglé Mme Magnan. À l'époque vous en auriez été incapable. Votre maîtresse était vigoureuse. Vous avez raconté que Coulon avait dû s'y reprendre à deux fois après vous avoir demandé d'immobiliser la victime et de pousser la table de nuit qui le gênait. Vous avez oublié tout ça ?

Adèle Cayol, l'air toujours aussi buté, se contenta de répéter :

— C'est moi qui ai étranglé Madame. Si je le dis pas, je vais aller en enfer.

Le procureur Perrard se prit la tête dans les mains. L'énervement lui faisait se mordre la langue dans une mastication compulsive :

— Tête de mule ! Et les traces de sang relevées sur le mur de l'escalier du premier étage à une hauteur de un mètre soixante-dix. C'est vous qui les avez laissées ? En montant sur une chaise pour qu'on les voie mieux ?

Il consulta ses notes.

— Et ces linges sanglants analysés par le Pr Carnot de Torcy, de la faculté de médecine. Et cette chemise de nuit ayant appartenu à Mme Magnan dont on a hâtivement tenté de faire disparaître les traces de sang à une heure où seul Coulon pouvait le faire car il savait sa mère adoptive morte et qu'il n'avait pas encore prévenu la police.

— C'est moi qui les ai lavés, répondit Adèle Cayol.

— Et les traces de bottines appartenant à Coulon relevées contre le mur du jardin par où il passait pour vous rejoindre, ou pour étrangler sa mère adoptive, c'est vous qui les aviez aux pieds ?

Adèle ne répondit pas.

Le procureur Perrard fit appel à sa mémoire pour l'argument qu'il jugeait irréfutable :

— Et les petites taches de sang relevées sur le plastron et la chemise blanche de Coulon, comme si, inconsciemment, il s'était gratté avec un ongle ensanglanté, c'est vous qui les lui avez faites ? Vous le maintiendrez encore, quand je vous aurai rappelé qu'avant de l'étrangler, l'assassin a labouré avec ses ongles le visage de Mme Magnan ?

M. Perrard regarda avec insistance les ongles rongés de la jeune femme en secouant la tête.

Adèle Cayol se mit à pleurer ;

— Puisque je vous dis que c'est moi ! Je suis allée chercher Monsieur Louis pour le perdre. Pour qu'on l'accuse à ma place !

Le procureur Perrard comprit qu'il ne tirerait rien de cette folle. Elle manifestait si clairement son intention de payer lourdement en ce monde pour ne pas connaître les flammes de l'enfer dans l'autre, qu'il était inutile de discuter.

La religion du magistrat était faite. Il avait affaire à

une malade mentale, une hystérique, développant un complexe de culpabilité.

Il était pris de court et cela l'empêchait de réfléchir sainement. Il voulait bien admettre qu'Adèle Cayol ait pris une part importante dans l'assassinat de Mme Magnan. Cette débile avait bien roulé la cour d'assises des Bouches-du-Rhône dans la farine. Et l'autre qui n'avait pas su se défendre. Quelle chiffe molle, ce Coulon !

En prononçant ce nom, le procureur Perrard reprit espoir. Que la bonne s'accuse ne blanchissait pas pour autant le fils adoptif. Les accusations le concernant n'étaient pas caduques. Heureusement, car le ridicule eût fait s'écrouler le temple de la Justice !

Pour parer toute éventualité, le procureur appela son greffier, lui dicta longuement la confession d'Adèle Cayol, que celle-ci signa d'une croix.

Quand elle eut posé le porte-plume, la jeune femme s'agita à nouveau.

— Où sont les policiers ? Je veux qu'on me passe les menottes, s'écria-t-elle, commençant une crise de nerfs. J'ai assassiné ma maîtresse ! J'ai envoyé un innocent en prison. Je veux payer !

— Ça suffit ! hurla M. Perrard en tapant du poing sur son bureau.

Aux premiers cris, deux agents de police alertés par l'huissier étaient entrés. Ils saisirent Adèle Cayol sous les bras.

— Placez-la dans une geôle au sous-sol, jusqu'à ce qu'elle se calme, ordonna le procureur. Son cas relève plus de la médecine mentale que de la justice.

Il alla se rasseoir à son bureau d'un air accablé. Il

sortit un grand mouchoir à carreaux de la poche de son pantalon et s'épongea longuement le visage.

Il était bien forcé d'envisager la suite des événements. Puisqu'il n'avait pas été possible de faire revenir cette entêtée sur ses prétendus aveux, il allait bien falloir rouvrir le dossier. Qu'elle ait ou non calomnié le forçat, il faudrait les rejuger tous les deux. Elle pour faux témoignage, lui pour une éventuelle erreur judiciaire.

Erreur judiciaire... Deux mots que le procureur général Adolphe Perrard tenait en une sainte horreur...

17

Où une rencontre avec un curé colérique persuade notre héros du bien-fondé de certains de ses soupçons.

— Mon oncle, je pars mardi pour Riom. Nous ne nous verrons pas de quelque temps. Vous aurez de mes nouvelles en lisant *Le Petit Provençal.*

Raoul Signoret était tout excité en arrivant au cabanon des Baruteau, à la Madrague-de-Montredon. L'arrière-saison était superbe, en ce début octobre 1895. L'été semblait vouloir s'attarder sur Marseille. Le commissaire avait invité son neveu et sa sœur à déjeuner pour profiter des rayons d'un soleil encore éclatant, tandis que le reste du pays s'enfonçait déjà dans la grisaille d'un hiver précoce. La mère et le fils venaient d'arriver à bord d'une voiture de place qui avait pu rouler tout le long de la corniche capote abaissée tellement l'air était doux.

— Diable ! mon neveu, dit l'oncle Eugène, et que vas-tu faire à Riom, chef-lieu d'arrondissement du Puy-de-Dôme, comme n'aurait pas manqué d'ajouter un maître d'école qui exigeait que nous lui récitions par cœur la liste des départements avec leurs préfectures et leurs chefs-lieux. Quel agrément trouves-tu donc, toi un homme du Midi, à te rendre dans cette ville nordique et froide ?

— Nordique ? comme vous y allez, mon oncle.

— Bah, pour moi, tu sais, passé Valence, commence le cercle polaire !

— Eh bien, précisa Raoul, je vais au pôle Nord pour travailler. Vous le savez sans doute, on y juge Adèle Cayol, l'ex-petite bonne de Mme Magnan devenue prostituée.

— Je sais ! s'écria le commissaire. Mais pourquoi Riom ?

— Parce que c'est une cour d'appel et qu'elle est le plus éloigné possible des Bouches-du-Rhône. Tout ça, à cause du climat passionnel qui entoure encore l'affaire à Marseille.

— C'est toujours pas fini, cette histoire ? grogna Baruteau. Quatre ans après ?

— Oh, que non ! On dirait même que l'affaire commence. Elle m'en rappelle une autre, toutes proportions gardées. Vous avez vu que la découverte de la trahison d'Esterhazy n'a pas pour autant fait libérer Dreyfus. Pour ce qui nous concerne, la dernière version de l'affaire Magnan est d'Adèle Cayol soi-même. Elle s'accuse d'avoir étranglé seule son ex-patronne. Elle affirme que Coulon n'y est pour rien.

— C'est ridicule, remarqua le commissaire. Après la façon dont elle a chargé *Monsieur Louis* ! Devant nous, devant le juge d'instruction et durant les deux procès, si je me souviens bien.

— C'est exact, confirma Raoul, mais elle est revenue sur toutes ses déclarations passées. Elle veut être condamnée à tout prix, pour expier ce qu'elle appelle « son grand péché ». Si j'ai bien compris le raisonnement simpliste de cette pauvre fille, ce grand péché est d'avoir fait condamner un innocent en lui faisant endosser son crime à elle. Enfin, voilà la raison pour laquelle je m'embarque mardi matin à six heures quinze gare Saint-Charles, dans le train pour Riom. La cour d'assises du Puy-de-Dôme va tâcher d'y voir clair dans cette affaire que vous estimez classée.

— Hum, grogna le commissaire, tu ne vas pas recommencer à me chatouiller les moustaches avec l'innocence supposée de Coulon.

Avec une mauvaise foi à toute épreuve, il ajouta pour faire enrager Raoul :

— Rien qu'à voir sa tête, on se dit « ce type a étranglé sa mère adoptive ».

— Ça y est ! s'exclama Thérèse Baruteau à l'intention de sa belle-sœur. Voilà l'oncle et le neveu à nouveau plongés dans l'affaire Magnan. Nous ne sommes pas près de déjeuner ! Heureusement, j'ai prévu une daube, ça se tient au chaud autant qu'il faut. Venez, Adrienne, laissons-les à leurs histoires d'hommes. Je vais vous faire voir un modèle de tricot pour Eugène sur lequel j'aimerais votre avis.

Les deux femmes entrèrent dans la pièce unique du cabanon et laissèrent Baruteau et Raoul discuter sur la terrasse ensoleillée.

— Elle est folle, cette petite Cayol, dit le commissaire, navré. Que cherche-t-elle ?

— Mystère, dit Raoul. Le Mystère de La Blancarde. Émile Zola aurait pu en faire un chapitre inédit de son roman sur Marseille[1], vous ne croyez pas ? Ce procès nous permettra peut-être de connaître le fin mot.

— Je te trouve bien optimiste, mon neveu. Tout ça me paraît bien cafouilleux.

— Savez-vous que pour l'occasion, on va sortir Coulon de sa prison ?

— Oui, bien que ce ne soit pas son procès, remarqua Baruteau.

— Certes non, mais il est cité comme témoin. Il va être confronté à son ex-accusatrice.

— Ça promet ! prophétisa le commissaire.

Thérèse Baruteau et Adrienne Signoret en avaient fini avec les mérites comparés du point jersey et du point mousse. Elles débarquèrent sur la terrasse pour interrompre les supputations judiciaires de l'oncle et du neveu.

— Allez ! dit Thérèsou, de sa voix sonore, c'est dimanche, vous n'allez pas parler travail toute la journée. Raoul, ouvre-nous la bouteille de côtes-du-Rhône qui est sur la table. Et toi, Eugène, viens un peu ici, que je te prenne les mesures pour la veste que je vais te tricoter. Tu la veux de quelle couleur ?

— Violette, avec des étoiles jaunes, grogna le commissaire. J'aurai l'air d'un évêque à un bal masqué.

— Voilà comment il est, cet ours ! s'exclama son épouse, prenant sa belle-sœur à témoin. Mettez-vous en quatre pour lui faire plaisir.

---

1. *Les Mystères de Marseille*, roman écrit par Zola en 1867 pour tenter de renouveler le succès des *Mystères de Paris* d'Eugène Sue. En vain.

Son époux la taquina :

— Ah, parce que tu penses me faire plaisir ?

Thérèsou finissait de prendre les mesures de son bonhomme avec son mètre à ruban.

— Il va me falloir au moins trente-cinq pelotes. Regardez-moi cette bedaine ! Il me ruine en laine.

La daube était succulente. Raoul en reprit deux fois. Eugène Baruteau également :

— Prévois une pelote de plus, dit-il à sa femme, en se tamponnant la bouche avec sa serviette.

Elle prit ça pour un compliment. Pour le tricot, elle avait des progrès à faire et le savait. Son époux le lui confirma sans ménagement :

— J'aimerais que la future veste soit un peu moins longue que la dernière. J'avais l'impression de porter une soutane de *capélan* [1].

*

La soutane qui faisait face à Raoul Signoret n'avait rien à voir avec la veste de l'oncle Eugène. Elle appartenait à l'abbé Joseph Bonsignour, curé de la paroisse Saint-Naphre dont dépendait le hameau de La Blancarde. Voici une vingtaine d'années, l'évêque de Marseille, Mgr Cruice, l'avait créée pour faire face à l'accroissement de population de ce terroir bouleversé par la création de la ligne de chemin de fer Marseille-Nice, qu'elle transformait en banlieue. Le prélat avait détaché un prêtre de la paroisse Saint-Barnabé et fait bâtir en bordure du boulevard Boisson une modeste

---

1. Nom provençal donné aux curés (péjoratif).

chapelle, promue au rang d'église paroissiale sans en avoir l'ampleur architecturale. On espérait beaucoup, à ce sujet, de l'inlassable générosité de la richissime Anne-Rosine Noilly-Prat, surnommée « *Madame Vermouth* », qui dirigeait la fabrique d'apéritifs portant son nom et qui – sans doute pour se faire pardonner par le Ciel d'être responsable d'un nombre incalculable de cirrhoses du foie – donnait sans compter pour la construction de nouvelles paroisses et fournissait gratuitement les plus huppées en vin de messe. Elle avait promis de financer le projet de la nouvelle église dédiée à saint Calixte, comme elle l'avait fait pour l'orphelinat créé sur les bords du Jarret, non loin de là, par le chanoine Vitagliano.

En attendant que « l'empoisonneuse » s'assure sa part future de paradis en finançant les projets de l'évêché, l'abbé Bonsignour prodiguait son ministère dans cette chapelle branlante, dont un violent orage avait fracassé le maître-autel voici quatre ans et dont le toit avait été réparé grâce à la générosité de Mme Magnan.

La veille de son départ pour le procès d'Adèle Cayol à Riom, après concertation avec Cécile, très assidue à ses « cours particuliers de langue italienne », pris en tête-à-tête avec Raoul dans sa garçonnière, et qui progressait régulièrement grâce au sens pédagogique de son amant, le journaliste avait décidé de rendre visite au curé de Saint-Naphre. Il voulait avoir confirmation de ce que lui avait rapporté Cécile après la visite de la jeune fille à Adèle, alors hospitalisée dans le pavillon des prostituées vénériennes de l'hôpital de la Conception. La jeune femme avait mentionné les visites reçues par l'ex-petite bonne de Mme Magnan. « Sœur Marie est venue plusieurs fois, et aussi le curé de Saint-Naphre », avait lâché Adèle, qui prétendait un instant auparavant ne recevoir jamais de visites.

Sœur Marie se nommait mère Marie de Jésus-en-Croix. Elle était la supérieure des Sœurs du couvent du Bon Jésus, non loin de la propriété de feu Mme Magnan, à La Blancarde. Il accueillait les enfants pauvres et les jeunes filles sans famille. La religieuse connaissait la petite bonne esclave de cette « femme de bien » (dixit mère Marie) qu'était la rentière, bienfaitrice des établissements religieux environnants. Mère Marie était déjà venue voir Adèle lors de son séjour forcé au Refuge. Puis, quand elle avait appris – par quels réseaux ? – dans quelle situation se trouvait depuis la « fille Cayol » (comme aurait dit le procureur général Perrard), ramassée par la police dans la rue Bouterie, elle était accourue pour lui apporter les lumières et les secours de la religion. Autrement dit, elle était venue achever de terroriser cette simple d'esprit avec ses histoires de rôtissoire éternelle à laquelle la pauvre fille serait promise.

Raoul Signoret en était plus que persuadé.

Il avait eu le plus grand mal à convaincre le curé de Saint-Naphre de le recevoir au sujet d'Adèle Cayol. Le journaliste avait abordé le prêtre alors que l'abbé Bonsignour bêchait le petit jardin jouxtant la chapelle. Il y faisait pousser les légumes de son ordinaire, cuisinés par une vieille bonne bossue et bancale qui veillait à lui assurer une alimentation décente. On pouvait douter des talents culinaires de celle-ci, à voir l'aspect du prêtre. Il était gras comme un des tuteurs utilisés pour les plants de tomates de l'année qu'il était en train d'arracher. La récolte achevée, le prêtre préparait la terre pour l'an prochain. Pour bêcher plus à l'aise, il avait passé le bas de sa soutane dans la ceinture de son pantalon. Il avait les mains terreuses, les manches retroussées au-dessus du coude sur ses bras noueux. Avoir été surpris dans cette tenue peu ecclésiastique par un inconnu arrivé à l'improviste dans son dos avait mis le curé de méchante humeur.

Il reçut le visiteur glacialement, bien que Raoul se fût présenté :

— Je ne vous connais pas, monsieur, et je n'ai rien à vous dire à propos de Mlle Cayol. Surtout à un journaliste de votre bord. On sait trop ce que devient l'information avec vous autres.

Raoul estima qu'il devait la jouer fine et se montrer humble, bien qu'il eût envie de claquer le bec de cet oiseau noir et vindicatif.

— Vous savez, dit-il au prêtre, ce qu'il est advenu de la malheureuse, je pense...

— Je le sais très bien et je n'ai rien à vous en dire, répéta l'atrabilaire abbé Bonsignour. De quoi vous mêlez-vous ?

Raoul prit sur lui. Il fallait ruser, mentir, sans doute, pour bloquer cette porte que le prêtre était en train de lui fermer au nez :

— Monsieur le curé, sur tous les « bords » de l'espèce humaine, pour reprendre votre mot, il existe des hommes et des femmes de bien. Ils montrent par l'exemple que la charité n'est pas une exclusivité chrétienne. Je connais nombre de braves gens qui ne se réfèrent pas forcément à la religion, pour la pratiquer spontanément, cette charité. Ainsi suivent-ils spontanément les préceptes de Jésus-Christ. Sans me vanter, je me compte au rang de ceux-là. C'est pourquoi, en dehors de mon métier, je me suis intéressé comme « frère humain » au cas douloureux d'Adèle Cayol que le sort n'a pas gâtée. Je ne la juge pas, je la plains. Comme vous-même, sans doute. J'ai tenté de la soustraire au milieu qui la tenait prisonnière et lui imposait la sordide activité que vous savez. J'ai failli le payer de ma vie, quand son protecteur m'a agressé. Je suis également allé lui rendre visite lorsqu'elle était hospitalisée à la Conception. C'est là que j'ai appris, par sa bouche, que vous-même et une religieuse du couvent du Bon Jésus étiez venus lui apporter le réconfort de votre présence attentive et l'exhorter à retrouver le chemin du salut. Comme nous sommes animés de sentiments semblables, j'avais cru pouvoir avec vous les partager et examiner en votre compagnie comment nous pourrions lui venir en aide.

Raoul se tut, dans une attitude toute d'humilité. Il était d'une admirable hypocrisie. Son oncle Baruteau n'aurait pas manqué de lui dire qu'après avoir *broumegé*, il ne lui restait plus qu'à attendre que le poisson *pite*[1].

— Ah, alors, si nous œuvrons dans le même sens, c'est autre chose, dit le curé qui s'était laissé abuser par le discours de Raoul.

Son visage s'était décrispé. Ce n'était pas encore de la convivialité, mais, déjà, il avait quitté cette attitude et ce ton agressifs de l'accueil. Il ne refuserait pas

1. Morde à l'hameçon.

d'échanger quelques mots avec le journaliste. Il le lui dit. Il l'observait toujours, mais d'un autre œil :

— Je vous prie de m'excuser, mon fils, dit-il embarrassé. Les multiples devoirs de ma charge m'épuisent et je ne suis pas toujours aussi patient qu'il le faudrait. Vous savez sans doute que certains journaux ont dit sur nous des choses abominables, accusant « le parti clérical » de manipuler l'esprit simple d'Adèle Cayol, afin de la faire revenir sur ses déclarations passées. C'est injuste. Nous ne manipulons personne. Ce que nous voulons, c'est faire innocenter le malheureux Louis Coulon.

L'adjectif fit tiquer Raoul :

— Malheureux ?

— Oui ! s'exclama le curé Bonsignour. Malheureux. Cet homme est innocent. Je connais parfaitement Louis Coulon. C'est un chrétien exemplaire. Un paroissien fidèle.

Le journaliste se demanda si l'abbé Bonsignour n'écrirait pas à temps perdu des lettres anonymes, afin de dénoncer auprès des journalistes les actions perverses des petites bonnes inspirées par le Malin, pour damner les « chrétiens exemplaires ». L'emploi spontané de ce pluriel de majesté – « *nous voulons faire innocenter Louis Coulon* » – lui rappelait les termes et tournures de la lettre qu'il avait reçue.

— D'ailleurs, poursuivait le prêtre, M. Coulon faisait... Il *fait* toujours partie de notre conseil de fabrique.

Raoul ignorait la signification de ce mot. L'abbé s'en aperçut, qui précisa :

— C'est l'organisme chargé de gérer les finances de la paroisse.

Il revint à son idée :

— Louis Coulon est incapable de commettre le crime abominable dont on l'a accusé à tort. Nous en sommes convaincus. C'est elle, qui a tout manigancé cette... cette...

Le curé, étranglé par le mépris, ne parvenait pas à qualifier Adèle Cayol.

Raoul se mordait la langue pour ne pas lui souffler. « Cagole ? Radasse ? Pute ? Salope ? » Le choix était large.

— Cette... *malheureuse*, finit par cracher comme à regret l'abbé Bonsignour, qui avait dû voir une lueur d'ironie dans l'œil de son interlocuteur. Malheureuse qui, sans doute inspirée par Satan, a conduit notre pauvre Louis Coulon là où il est. C'est pour cela que mère Marie et moi, nous lui avons dit comment elle pourrait réparer le mal qu'elle a fait et regagner l'amour du Bon Dieu. Il est prêt à lui pardonner à condition qu'elle prenne à son tour son chemin de Damas. Il faut qu'elle comprenne que le paradis lui sera fermé si elle ne revient pas en arrière.

Le poisson venait de lui-même, sans qu'on l'y force.

— Et les portes de l'enfer lui seront grandes ouvertes, compléta ironiquement Raoul. Vous le lui avez dit, je crois.

— Oui, mon fils, nous le lui avons fait comprendre. Je crois que nous sommes parvenus à lui faire admettre qu'il lui fallait réparer sa faute abominable. Nous l'avons revue à plusieurs reprises quand elle a été de nouveau internée pendant quelques mois au couvent du Refuge, après que la police l'avait arrêtée pour... ce que vous savez qu'elle faisait dans certain quartier de

Marseille. Elle a pris conscience de ce qui l'attendait si elle ne nous écoutait pas et...

Le prêtre s'interrompit brusquement en croisant le regard de Raoul. Inconsciemment celui-ci ne pouvait plus cacher le mépris qu'il portait à cet homme d'Église qui, profitant de son ascendant sur une simple d'esprit, l'avait torturée, terrorisée par des contes à dormir debout où des démons fourchus faisaient rôtir sans fin les pécheurs de son acabit. Raoul se persuadait en même temps que le curé ne pouvait être que l'un des rédacteurs de la lettre anonyme que Me Gropierres, l'avocat de Coulon, lui avait remise.

Une bouffée de colère monta, que le journaliste ne voulut pas retenir. Le ton avait changé :

— Voilà pourquoi cette malheureuse, comme vous dites, est devenue complètement folle. Elle hurle partout qu'on va la brûler vive et demande qu'on la châtie tout de suite.

— Oui, reconnut l'abbé avec un air satisfait. Il était temps qu'elle se rende compte de ce qui l'attend.

Il avait l'air persuadé de ce qu'il disait, en plus !

— Vous n'avez pas honte, monsieur le curé ? Croyez-vous que ce soit là votre mission ? Je pensais avoir compris que votre rôle était d'enseigner l'amour du prochain. Or, vous le méprisez, ce prochain, dès qu'il n'est pas conforme. Et cette fameuse charité chrétienne dont votre espèce a plein la bouche, vous vous assoyez dessus ? Votre soutane ne vous sert-elle que pour étouffer vos scrupules ?

— Mais mon fils ! s'indigna l'abbé Bonsignour. Je ne vous permets pas...

Il avait laissé choir sa bêche d'indignation.

— Vous n'avez rien à me permettre ou m'interdire, poursuivit Raoul en regardant le prêtre droit dans les yeux. Je n'ai ni conseil, ni ordre à recevoir de quelqu'un qui crache sur les prostituées. Si je me souviens bien de mon catéchisme, le Christ a accepté que l'une d'entre elles lui lave les pieds. Sans en profiter pour les lui mettre dans la figure. Vous, qui portez sa parole, vous osez en son nom mépriser sa créature ? Vous jouez de votre ascendant sur une débile mentale pour lui promettre l'enfer ! Mais de quel droit ? Je croyais savoir que cette catégorie humaine avait au contraire sa place réservée dans votre paradis. Si votre Dieu existe, il doit avoir une piètre opinion de celui qui le sert de cette façon !

— Mon fils, vous m'insultez ! cria l'abbé.

— Ah, dit Raoul, ne m'appelez pas mon fils, je vous en prie ! Vous n'êtes pas mon père que je sache. Le mien, je l'ai très peu connu, c'est vrai. Pourtant, je suis certain qu'il ne vous ressemblait pas. Il pratiquait naturellement l'amour du prochain, lui. En homme. Il n'avait nul besoin de se déguiser en père fouettard vêtu de noir !

L'abbé Bonsignour succomba à l'instant au sixième péché capital. La colère. Tandis qu'il éclatait en imprécations, Raoul lui lança, avant de le planter là, la soutane en bataille au milieu des plants de tomates arrachés :

— Attention ! *Mon père.* Reprenez-vous ! Sinon, vous risqueriez fort, vous aussi, de rejoindre Adèle Cayol en enfer. Et de rôtir en sa compagnie pour l'éternité !

18

Où la rencontre entre un avocat et un journaliste devant un plat de charcuteries d'Auvergne amène des questions (pour l'instant) sans réponses.

En dépit de son austérité, Riom est une cité remarquable pour l'Auvergnat patient et courageux qui y a vu le jour. Pour un Méridional elle a deux défauts rédhibitoires : il y pleut souvent et les laves ayant servi à l'édifier lui confèrent une tonalité sombre qui est celle du deuil pour qui arrive encore ébloui par la lumière du Midi.

À la veille de l'ouverture du procès d'Adèle Cayol, Raoul Signoret errait comme une âme en peine dans les rues funèbres et mouillées de la capitale judiciaire du Puy-de-Dôme. Il avait admiré le chœur gothique de Saint-Amable, renommé pour guérir les morsures de serpents. S'était attardé devant la statue de la *Vierge à l'oiseau* en l'église Notre-Dame-du-Marthuret. Il s'était extasié sur les superbes vitraux de la sainte chapelle. Elle se situait dans l'enceinte même du palais de justice où allait s'ouvrir le lendemain le procès d'une petite bonne de Marseille s'accusant d'un crime pour lequel un autre moisissait en prison. Il avait déambulé sous les arcades de la Maison des Conseils et examiné avec curiosité une lettre de la main de Jeanne d'Arc, datée de 1429 exposée en l'hôtel de ville. Mais cela n'avait pas suffi à chasser la mélancolie qui s'était abattue sur lui dès sa sortie de la gare. Il ne connaissait personne dans cette ville, pas même un confrère local avec qui échanger quelque information devant une boisson alcoolisée dans une salle de café bien chauffée.

Cécile était très loin de lui et ce, pour au moins deux semaines. Les adieux de la veille avaient été particulièrement émus. Ils s'étaient déroulés dans la garçonnière de la place de Lenche. Les amants s'y retrouvaient chaque semaine à l'heure supposée où la jeune femme aurait dû suivre le cours d'italien dispensé par la Chambre de commerce. Pourtant, ce moment de tendresse et de passion partagées avait été altéré par ce que Cécile avait rapporté à Raoul. M. Jacquemet persistait dans son idée de marier sa fille au fils Julliand, sans plus dissimuler que cette alliance « l'arrangeait » pour ses affaires :

— Il me considère à peu près autant qu'un sac d'arachides dans ses entrepôts d'Arenc, fulminait Cécile. La semaine prochaine, il organise une réception de deux cents personnes autour des deux familles. Si j'y assiste, je suis piégée. Tout le monde considérera cela comme des fiançailles officieuses. J'ai décidé de ne pas y être.

— Cécile ! s'écria Raoul. Sois raisonnable. Tu vas te placer dans une situation délicate, vis-à-vis de ta famille.

— Elle sera encore plus délicate, objecta calmement

la jeune femme, si je suis mariée avec Sébastien Julliand et si je vis avec toi.

Elle ajouta avec un rien de perversité :

— Parce que tu veux toujours vivre avec moi, n'est-ce pas ?

— Tu en doutes ?... C'est mon vœu le plus cher, tu le sais, bégaya Raoul.

— Oui, mais plus tard, n'est-ce pas ? Pour l'instant, patientons avec de l'espoir et des promesses. Plus tard, Raoul, ce sera sans doute trop tard, si mon père met son projet à exécution.

Raoul baissa la tête. Il s'en voulait de son manque de décision. Il sentait Cécile plus volontaire, plus mature que lui face à l'obstacle à surmonter. Il demanda presque honteusement :

— Que comptes-tu faire ?

— Décider pour nous deux, mon chéri.

— C'est-à-dire ?

— Mon père va me déshériter, je m'en moque. Il peut le garder, son sale argent. Je vais avoir un métier. Même si à ses yeux il représente une déchéance, il me permettra de subvenir à mes besoins...

Elle fit une pause, puis ajouta, les larmes aux yeux :

— ... Seule, s'il le fallait.

— Cécile ! cria Raoul en la prenant dans ses bras. Ne dis jamais ça, je t'en prie ! Je suis là, tu le sais, à tes côtés. Mon seul souci actuel est de te savoir seule face à toute ta famille et à la volonté de ton père.

— Mais Raoul, je te vois si indécis, cela m'inquiète. Je me demande si tu m'aimes assez pour...

Il ne la laissa pas achever. Il la serra plus fort dans

ses bras avec une sorte de fièvre et bâillonna sa bouche de baisers :

— Que je t'aime, j'aurai toujours à le prouver, dit-il avec émotion, mais je voudrais que tu en sois persuadée. Ce qui me tourmente, c'est d'apprendre que tu vas entrer en conflit ouvert avec tes parents, précisément au moment où je vais être absent de Marseille. Je voudrais être avec toi à ce moment crucial et après t'aider à en supporter les conséquences.

Il lui vint une idée :

— Tiens, je vais demander à mon patron d'envoyer un remplaçant à Riom. Je reste ici.

Cécile, à qui un sourire naissant rendait son charme lumineux, secoua la tête :

— Non, je ne veux pas, mon chéri. Je me sens capable de me battre toute seule, si c'est pour nous.

— Cécile, murmura Raoul à son oreille. Je suis fier de toi. Et en même temps indigne de ton courage.

Elle lui rendit son baiser, longuement.

Rassuré, malgré un reste d'inquiétude, Raoul demanda :

— Concrètement, comment comptes-tu t'y prendre ?

— J'y ai réfléchi, répondit Cécile. Je ne vois qu'une solution. Tu me laisses ta clef. La veille de la réception organisée pour me vendre au fils Julliand, j'écris un mot explicatif à mes parents. Je pars sans laisser d'adresse et je viens habiter ici.

Elle ajouta, malicieuse :

— Tu me chasseras à ton retour...

Ils firent l'amour comme si c'était pour la dernière fois.

Raoul se sentait responsable de cette révolte qui couperait à jamais de ses racines la femme qu'il aimait.

*

Revivre cette scène difficile dans le décor de Riom ajoutait à la mélancolie du reporter. Par chance, alors qu'il s'apprêtait à regagner la pension où il avait retenu une chambre, pour la durée du procès, il croisa Me Hervé Gropierres, le défenseur de Coulon, qui regagnait son hôtel. La perspective de se distraire un moment dans une soirée qui s'annonçait longue et lugubre convainquit l'avocat d'accepter l'invitation du journaliste à partager un repas dans un restaurant connu pour la qualité (et l'abondance) de ses charcuteries régionales. Raoul Signoret ne débordait pas de sympathie pour Me Gropierres, dont les opinions nationalistes étaient connues à Marseille. Mais seul et perdu dans cette ville obscure, il aurait passé un moment avec Charles Maurras soi-même, pourvu qu'il l'aidât à franchir cette interminable soirée, humide et froide.

À peine installés à une table, les deux hommes virent leur nappe se consteller d'assiettes, apportées par une plantureuse serveuse, où voisinaient jambon de montagne, jésus, rillettes et boudins froids, terrines de pâtés de gibiers, fromage de tête, caillettes et autres spécialités roboratives.

— C'est au moins la ration pour douze personnes, plaisanta Me Gropierres. Vous savez mieux que quiconque, que les hostilités débutent demain. J'ai besoin d'avoir les idées claires. Et pour cela une digestion aisée, gage d'un bon sommeil. Croyez-vous que nous soyons raisonnables ?

Le jeune homme, qui avait déjà attaqué une terrine, répliqua la bouche pleine :

— Demain est un autre jour. Cette ville est si triste qu'il faut prévoir de l'illuminer d'autre façon. Bon appétit, mon cher maître.

Raoul ne sut jamais si le sommeil du *cher maître* avait été paisible, mais pour quelqu'un qui redoutait les excès à la veille d'un procès difficile, l'avocat tint sa large place dans les brèches ouvertes au couteau dans les flancs de cette montagne de victuailles.

— Pensez-vous que votre client puisse s'en sortir, cette fois-ci ? questionna Raoul.

— J'ai bon espoir, répondit Me Gropierres. Si la fille maintient ses dépositions, si elle persiste à s'autoflageller devant la cour, il n'y a plus aucune raison de maintenir Coulon en prison. Ou c'est elle, ou c'est lui. Pas les deux.

— À ce propos, maître, connaissiez-vous le contenu de la lettre anonyme que vous m'aviez fait passer un matin ?

— Je le connaissais d'autant plus que, par mégarde, l'enveloppe portant mon nom et mon adresse, je n'avais pas compris au premier coup d'œil qu'elle vous était adressée. Je l'ai donc lue par étourderie.

Me Gropierres sourit en faisant un sort au verre de saint-amour posé devant lui.

En raison de la longueur de cette lettre, Raoul pensa que l'avocat avait l'étourderie tenace.

— Auriez-vous une idée de l'identité du corbeau ?

— Pas du tout, mentit l'avocat. Ah, il nous faudrait

la science d'un Bertillon et faire une analyse graphologique. Vous avez vu de quelle façon il a démasqué le traître Dreyfus !

Raoul serra les dents. Spontanément dreyfusard, il ne tenait pas à entamer une discussion avec un admirateur de Léon Daudet. Il préféra poursuivre son idée, bien que partager un repas avec un membre de l'Action française lui gâchât un peu le plaisir de savourer les merveilles charcutières qui lui faisaient face :

— Donc, si vous avez lu par *étourderie* (il appuya ironiquement) cette lettre, vous connaissez comme moi l'hypothèse de la présence d'un autre homme, ce soir-là, dans la maison de Mme Magnan, auprès d'Adèle Cayol. Qu'en pensez-vous ?

— C'est une hypothèse, dit laconiquement l'avocat. Comment le prouver ?

Raoul était stupéfait :

— Mais, vous ne comptez pas l'exploiter devant la cour d'assises ?

Me Gropierres parut embarrassé :

— À vrai dire, je n'en sais rien. Ça ne sera peut-être pas la peine. Si la petite s'enfonce et qu'on soit sûr ou presque de sa condamnation, il ne sera pas nécessaire de recourir à ce qui n'est, après tout, qu'une hypothèse.

— Vous m'étonnez, maître. Il me semble que ce serait là un argument qui pourrait simplifier votre défense.

— Sans doute, dit l'avocat sans conviction.

On le sentait soucieux de changer de sujet. Raoul insista :

— Saviez-vous qu'Adèle Cayol avait un petit ami

militaire et que celui-ci a été porté déserteur le lendemain même du crime ?

— Ça, je l'ignorais, avoua Me Gropierres. Mais cela n'a pas forcément de rapport avec notre affaire. Il faudrait tout reprendre à zéro. Je crois que nous nous en sortirons mieux et plus simplement, en obtenant la condamnation de la fille. Les faits nouveaux ne nous seront pas utiles. *Ipso facto* la condamnation d'Adèle Cayol nous ouvrirait la voie du recours.

« Qu'est-ce qu'ils ont tous à ne pas vouloir rouvrir le dossier ? songeait Raoul, en écoutant les pauvres arguments de l'avocat. Mon oncle, d'abord, celui-là, ensuite. On dirait qu'ils répugnent à recommencer une enquête qui comporte bien des zones d'ombre. Ils s'en moquent. Comme si la vérité ne les intéressait pas. Seul le résultat du procès compte. Untel est coupable, untel est innocent. Tant pis si c'est l'inverse. On les croirait tous complices. »

Un silence gênant s'était établi entre le journaliste et l'avocat. C'est ce dernier qui y mit fin :

— Vous savez, cher ami, ne croyez pas que je me désintéresse de cette affaire. Elle n'a pas occupé pour rien quatre années de ma vie. L'hypothèse du deuxième homme, j'en ai longuement discuté avec Coulon. Eh bien, figurez-vous que mon client m'a interdit, vous entendez ? – *in-ter-dit* –, de m'en servir devant la cour d'assises. Étonnant, non ? Il ne veut pas qu'on en parle.

Raoul se persuada que Me Gropierres connaissait l'identité de l'auteur (ou des auteurs) de la lettre anonyme.

— Il m'en a bien parlé, à moi, par l'intermédiaire d'un corbeau, objecta-t-il.

— Peut-être, reconnut l'avocat, cette personne, qui semble avoir bien connu Coulon, dans un moment de désespoir ou de révolte aura pris contact avec vous, comme on jette une bouée à l'eau. C'était deux ans après la condamnation de Coulon. Nous conservions encore je ne sais quel espoir. Mais depuis, mon client ne veut plus rien entendre. Il dit que ça ne pourrait que le desservir. Que les jurés croiraient à une manœuvre de dernière minute. Le fait est qu'il n'avait jamais fait allusion à ce deuxième homme, durant ses deux premiers procès. Ah, vous savez ! mon cher Signoret, Coulon est un être imprévisible. Secret. Terriblement renfermé sur lui-même. Ce qu'il a subi ne l'a pas arrangé, bien sûr. Mais il y avait un fonds naturel, chez lui, qui en fait un être impénétrable. Je ne le dirais pas devant un tribunal, mais il est sournois, énigmatique. Il a des réactions bizarres. De vous à moi, je n'ai jamais éprouvé de sympathie pour ce garçon.

— De vous à moi, reprit Raoul, le croyez-vous coupable ?

Me Gropierres s'en tira par une pirouette :

— Cher ami, je n'ai jamais défendu que des innocents. Parfois injustement condamnés.

Sur ces bonnes paroles, qui le firent ricaner, il se servit à plein bord le restant du saint-amour.

Pour autant, il ne proposa pas au journaliste de partager les frais.

19

Où une cour d'assises affirme le plus sérieusement du monde que l'on peut être à la fois innocent ET coupable.

Le procès d'Adèle Cayol devant la cour d'assises du Puy-de-Dôme s'ouvrit dans un climat détestable de curiosité malsaine. L'accusée avait beau être étrangère au pays, les journaux locaux avaient longuement informé leurs lecteurs des « mystères » qui planaient sur cette sombre « histoire marseillaise », comme l'avait qualifiée l'un d'eux. Chacun voulait juger personnellement si « la petite » était ou non capable d'avoir sauvagement étranglé sa patronne. En outre, nombre de Marseillais se trouvaient dans la salle d'audience, soit appelés comme témoins, soit comme accompagnateurs desdits témoins. On avait cru échapper au climat passionnel qui, depuis quatre ans, empoisonnait cette affaire sordide en s'éloignant du territoire juridictionnel où, à deux reprises, Adèle Cayol et Louis Coulon avaient été jugés et s'étaient affrontés. Peine perdue.

Les journaux avaient de nouveau étalé à longueur de colonnes les détails les plus intimes sur les deux accusés. On avait rappelé le tempérament hystérique de l'ex-petite bonne. On avait détaillé avec hypocrisie la déchéance morale qui l'avait conduite au trottoir. On n'avait pas manqué de rétablir la liste des soupçons qui pesaient sur un homme deux fois condamné aux travaux forcés à perpétuité. Puis, rappelé l'invraisemblance de son système de défense.

Bref, chacun avait son opinion faite. On ne venait s'entasser dans la salle d'audience de la cour d'assises de Riom que pour la confirmer.

Dès l'interrogatoire, conduit par le président, M. Couridis, Adèle Cayol s'était livrée à un exercice d'autopunition qui avait laissé l'auditoire et les juges pantois.

Le président Couridis tentait de dresser un portrait juste de la situation de cette enfant trouvée, endurcie aux travaux de bête de somme imposés par les paysans chez qui elle avait été placée d'office. Ils lui avaient appris à être obéissante et résignée. Entrer au service de Mme Magnan devait représenter une sorte de promotion sociale :

— Votre patronne avait un caractère entier, cela est reconnu, mais vous étiez bien traitée, tout de même. Mieux qu'à la ferme.

Adèle Cayol l'avait aussitôt contredit en chargeant Mme Magnan :

— Pas du tout. Madame était *raspi* [1] (M. Couridis se fit traduire), et méchante. Elle me reprochait de trop manger. De lui coûter les yeux de la tête. Elle me grondait chaque fois que j'ébréchais un plat ou une assiette.

Cela expliquait-il qu'un jour la fille soumise se soit

1. Avare.

muée en meurtrière ? Le président de la cour d'assises de Riom en doutait fort. Bien que le dossier que M. Couridis avait sous les yeux fasse état des conclusions alarmantes des experts médicaux. Ils avaient maintes fois souligné les manifestations hystériques du caractère d'Adèle, dont son énurésie chronique et une certaine insensibilité corporelle pouvaient être les signes les plus visibles. Mais de là à passer à l'acte...

— Voyons, ma fille, on ne tue pas sa maîtresse parce qu'elle vous a grondé pour une assiette cassée.

Pourtant, depuis son box, Adèle Cayol répétait sans fin :

— C'est moi qui l'ai tuée, et c'est moi seule !

— Personne ne vous a aidée. Vous êtes sûre ?

— Personne. J'ai accompagné Madame pour se mettre au lit. Je lui ai monté sa tisane. C'est là que... j'ai décidé de la tuer !

— Pourtant, jusqu'ici, dans les aveux signés par vous et à la barre vous avez formellement accusé Louis Coulon.

— J'ai eu grand tort. C'est mon péché. C'est ça que Monsieur Louis y doit me pardonner.

Le président Couridis, penché sur son assesseur de droite, secouait la tête :

— Alors, tout ce que vous avez dit jusqu'ici est faux ?

— Oui.

— Soyez logique, Adèle Cayol. C'est aujourd'hui que vous mentez !

— Non, monsieur. Je dis la vérité aujourd'hui.

La comparution à la barre des experts médicaux ne fit que confirmer l'impression générale :

— Cette fille a le cerveau troublé, vint dire un médecin aliéniste arrivé de Marseille. Aujourd'hui, elle craint davantage la justice de Dieu que celle des hommes. Vous ne la ferez pas changer d'avis. Si elle a été complice de Louis Coulon, elle entend partager son supplice terrestre pour échapper à celui qui l'attendrait, selon elle, après sa mort. Pour cette femme, il sera d'autant plus terrible, si elle n'a pas d'abord expié sur cette terre. Raisonnement spécieux, je vous l'accorde, mais si fortement ancré dans cette nature rustre et influençable, qu'il est inextirpable.

Ces mots de spécialiste passèrent bien au-dessus de l'entendement de la plupart des personnes présentes. Mais, sans en avoir conscience, Adèle Cayol vint les confirmer :

— C'est à la suite des visites du curé et de sœur Marie que j'ai compris le mal que j'avais fait, déclara-t-elle. J'ai fait condamner un innocent et j'ai commis seule le crime pour lequel il expie.

Au banc de la presse, Raoul Signoret avait dressé l'oreille. *Expier* n'appartenait pas au vocabulaire de cette primaire. Ces mots, cette phrase trop bien agencée, Adèle Cayol était incapable de les avoir ordonnés et de l'avoir formulée d'elle-même. On les lui avait soufflés. Répétés inlassablement jusqu'à ce qu'elle s'en imprègne et soit capable de les énoncer d'un trait, sans se tromper.

La présence dans le public de la soutane de l'abbé Bonsignour, qui, à son entrée dans le prétoire, avait fusillé le journaliste d'un regard noir, le confirma dans son impression. Aux côtés du curé de Saint-Naphre, Raoul avait aperçu la cornette blanche d'une bonne sœur. Ces deux-là venaient vérifier la portée des leçons particulières administrées à Adèle Cayol...

En balayant du regard les rangées d'hommes et de femmes venus se repaître des péripéties sordides de l'affaire, le reporter du *Petit Provençal* repéra, sur le même banc que les deux religieux, un homme vêtu de sombre qui lui rappelait étrangement Louis Coulon, en plus âgé. Même implantation de la chevelure, profondément découpée sur les tempes par l'avancée de la calvitie, même barbe ferrugineuse, encore plus fournie. La lumière se fit tout à coup quand l'homme se passa machinalement la main droite sur son visage, comme Coulon avait l'habitude de le faire : c'était Auguste, son demi-frère, de quinze ans son aîné. Il paraissait particulièrement attentif.

Le président Couridis, visiblement, ne croyait pas un mot de ce que débitait l'accusée. Il était pourtant obligé d'en tenir compte.

*

« La seconde audience fut l'occasion pour Adèle Cayol de se noircir encore, écrivait Raoul Signoret dans les colonnes du *Petit Provençal* du lendemain. Invitée à raconter comment elle aurait assassiné sa patronne, elle a fourni un luxe de détails. »

— Je me suis jetée sur elle, comme un loup enragé. Quand j'ai compris qu'elle était morte, je me suis rendu compte que ma chemise était tachée de sang. Alors, je l'ai jetée dans le puits du jardin.

Bien entendu, commentait le journaliste, on n'en trouva jamais trace.

Au bout de trois jours d'échanges stériles, le président Couridis en eut assez de ces élucubrations. D'une voix forte, il intima à Adèle :

— Puisque c'est vous qui avez étranglé Mme Magnan, vous allez raconter et montrer votre crime à MM. les jurés. Approchez-vous d'eux et dites-leur tout.

Adèle Cayol se mit à pleurer, en serrant convulsivement un grand mouchoir blanc qu'elle ne cessait de pétrir. Elle jeta un regard désespéré à son jeune avocat, Me Vialatte, du barreau de Clermont-Ferrand, commis d'office. M[e] Le Bœuf, du barreau de Marseille, avait renoncé à assurer une défense vouée d'avance à l'échec.

Le président ne lâchait pas l'accusée du regard :

— Allez ! Racontez-nous. Vous devez bien savoir comment vous vous y êtes prise, si vous avez tué Mme Magnan.

Sous les yeux navrés de Raoul, la malheureuse s'enlisa un peu plus. C'était trop facile de la faire trébucher. Elle commença d'une voix basse :

— Madame m'avait grondée. J'avais cassé une cuvette chère. Au moment où je lui servais à manger, le soir, elle m'a dit : « La prochaine fois que tu casses quelque chose, je te le retiens sur tes gages. » Ça m'a mise en colère. Je lui ai dit : « Quand vous serez morte, on vous enterrera pas avec votre argent dans la boîte ! » Elle m'a dit que j'étais une insolente. J'étais si fâchée avec elle, que si j'avais eu du poison, je lui mettais dans sa soupe. Ça m'a pas passé. Tellement, que j'ai attendu qu'elle dorme et je me suis vengée. J'étais assise dans l'escalier. Quand je l'ai entendue ronfler, je suis entrée dans sa chambre.

— Comment vous y êtes-vous prise ? questionna le président Couridis.

— Eh bè, je me suis lancée sur le lit, j'y ai mis mes deux genoux sur sa poitrine, à Madame et j'y ai mis deux doigts jusqu'au fond de la bouche. Je les ai laissés enfoncés jusqu'à ce qu'elle arrête de souffler.

— Mme Magnan ne vous a pas mordue ?

— Non, répliqua Adèle en regardant sa main droite aux ongles rongés.

Le président tendit un piège :

— Mme Magnan n'est pas morte tout de suite ?

— Oh, non ! Elle était forte. J'ai cru que j'y arriverais pas.

Dans la salle, on entendit un murmure horrifié.

— Votre patronne vous a parlé ? questionna M. Couridis.

— Bien sûr !

— Que disait Mme Magnan, pendant le temps où vous l'étouffiez ?

Adèle répondit étourdiment :

— Elle me disait : « Méchante ! J'ai toujours été gentille avec toi et tu veux me tuer ? »

M. Couridis était ravi :

— Ah ? Elle vous a dit ça ?

— Voui, monsieur.

— Avec deux doigts enfoncés dans la bouche.

— Eh bè, voui...

— Adèle Cayol, vous allez mettre deux doigts dans

votre bouche, jusqu'au fond de la gorge, ordonna le président, et dire à MM. les jurés : « Méchante. J'ai toujours été gentille avec toi et tu veux me tuer. »

La salle retenait son souffle. M. Couridis insista.

— Allez ! Mimez-nous cette scène. Si vous ne voulez pas mettre vos doigts dans la bouche et parler au jury, je vais demander aux gendarmes de vous y obliger.

Adèle Cayol poussa un long gémissement. On craignit une manifestation de son mal :

— C'est trop horrible ! se contenta-t-elle de hurler. Je peux pas.

Elle éclata en pleurs convulsifs.

— Croyez-vous que ce soit plus horrible que ce que vous nous racontez, dit M. Couridis.

Il n'attendit pas de réponse.

L'avocat d'Adèle Cayol, Me Vialatte, avait posé ses mains sur sa tête en signe d'accablement. Ce geste fataliste fut d'ailleurs une des rares manifestations du défenseur, durant tout le procès. Y avait-il autre chose à faire ?

— MM. les jurés apprécieront, conclut le président de la cour d'assises du Puy-de-Dôme. Je rappelle que l'autopsie a établi formellement que Mme Magnan n'est pas morte étouffée mais étranglée par deux mains vigoureuses et pourvues d'ongles acérés.

— C'étaient les miens, d'ongles ! cria Adèle.

Chacun pouvait voir que la pauvre fille avait l'habitude déplorable de se les ronger jusqu'au sang.

*

Enfin, vint le jour tant attendu où Louis Coulon fut appelé à la barre. Jusqu'ici, il n'avait connu de la justice que le banc des accusés. La salle d'audience était archicomble.

Dans sa redingote noire et râpée, amaigri, un teint de boule d'ivoire terni, avec sa courte barbe frisée, il ressemblait à une caricature de clergyman. On lui donnait quinze ans de plus que son âge. C'était un homme brisé. Dans la foule, l'homme vêtu de sombre qui lui ressemblait comme un frère faisait plus jeune que lui.

Dès qu'elle aperçut la silhouette étique de Louis Coulon, Adèle Cayol se fit implorante. Elle cria en tendant les bras vers le témoin :

— Pardon ! Pardon, Monsieur Louis ! Je me repens ! Ayez pitié de moi !

Coulon ne la regardait pas. Pas une fois il ne tourna la tête. Il avait l'air d'être ailleurs. Ce procès n'était pas le sien. Il gardait ostensiblement les yeux fixés sur le bas-relief fixé sur le mur, derrière les juges et le jury. Il symbolisait, bien sûr, la justice avec sa balance à fléau.

À l'inévitable interrogatoire, le témoin répondit d'une voix figée, pour nier toute participation au meurtre de sa mère. Dire et répéter n'en connaître aucune des péripéties.

Me Gropierres, son défenseur, intervint vigoureusement pour refuser que le procès de la bonne mythomane et prostituée devienne le troisième procès de son client.

La cour dut en convenir, mais on sentit que M. Couridis aurait bien entendu une nouvelle fois les protestations d'innocence du condamné, ne serait-ce que pour le contrer avec tout ce qui, dans le dossier, persistait à le désigner comme coupable : son attitude à la découverte du corps de sa mère, ses « blancs » dans son emploi du temps durant la nuit du crime, la substitution des documents financiers de Mme Magnan dans son coffre.

« Au cours des interrogatoires qui suivirent, écrivait Raoul Signoret à l'intention de ses lecteurs, on en aurait presque oublié de s'interroger sur les motivations qui avaient poussé Adèle Cayol à jouer son “indécente comédie”. On soupçonna qu'elle avait pu recevoir promesse d'une forte somme d'argent en échange de sa rétractation. En s'accusant en lieu et place de Coulon, elle ne risquait rien, puisqu'elle ne pouvait être condamnée pour ce meurtre : la cour d'assises d'Aix-en-Provence l'en avait innocentée !

« Comment, s'interrogeait encore le journaliste, s'il en allait autrement, pourrait-on expliquer l'évolution psychologique de cette malheureuse ? Y avait-il plus de raisons de croire Adèle Cayol aujourd'hui qu'autrefois ? Quand doit-on croire les aveux d'une menteuse ? Quand elle accuse ou quand elle innocente ? »

On attendait la lumière de ce procès et on se rendit compte qu'elle était bien plus difficile à établir qu'on ne l'aurait cru. En raison de l'état mental de l'accusée, de sa faible capacité de réflexion, n'était-elle pas en train de mentir de bonne foi ? Autrement dit, dans sa terreur du châtiment divin, ne croyait-elle pas sincèrement à ce qu'elle disait, si invraisemblable que ce fût ? Un expert psychiatre en émit sérieusement l'hypothèse.

Raoul Signoret consacra tout un article à la comparution du curé de Saint-Naphre et de mère Marie de Jésus-en-Croix. Ce lui fut occasion de mettre en avant la psychologie sommaire, le mysticisme primitif et la religiosité puérile de l'accusée. Ne pouvant pas affirmer dans un journal ce que la justice s'était abstenue de faire à l'audience, le reporter du *Petit Provençal* s'en tint aux hypothèses. « Il semblerait qu'Adèle Cayol ait été influencée, suggestionnée. Mais quand ? Mais par qui ? »

Il connaissait les réponses à ces questions :

— Une démarche avait été faite, révéla l'abbé Bonsignour, par une personne que je ne connaissais pas, à l'époque. Cette personne était venue trouver mère Marie, au couvent du Bon Jésus, pour lui dire que Louis Coulon avait été condamné « sur un témoignage infamant ». J'ai moi-même entendu depuis cette personne en confession. Elle m'a répété les propos tenus à mère Marie. Le secret qui entoure ce sacrement me fait interdiction de rien révéler sur la personne ni sur ses propos précis. Mais celle-ci m'a convaincu. C'est pour cette raison que nous avons demandé la permission de rendre visite à Mlle Cayol, d'abord à l'hôpital, ensuite au Refuge où elle avait été placée par la justice.

Raoul Signoret admirait l'adresse du curé de Saint-Naphre. Cette *personne* pouvait aussi bien être un homme qu'une femme. Le journaliste aurait parié gros avec Me Gropierres que ladite *personne*, si bien protégée par le secret de la confession, arborait l'habit, la barbe noire et possédait la fortune d'Auguste Coulon. Le grand frère, naguère à cheval sur les principes, au point de regarder sans intervenir son cadet se noyer dans les soucis pécuniaires pour « le guérir de son vice », devait orchestrer à présent depuis les coulisses ce complot familial pour tirer Louis de sa fosse. Il avait fait terroriser la « fille Cayol » par des gens d'Église. Peut-être même lui avait-il promis de quoi se mettre à l'abri du besoin pour le restant de ses jours. À condition qu'elle s'accuse et remplace Louis en prison. Elle était jeune. Elle n'encourrait guère plus de cinq années de détention. Après, à elle la belle vie !

L'abbé Bonsignour était à l'aise. Il s'écoutait parler et se trouvait très bon. Il arborait l'air satisfait de celui qui a sa conscience pour lui et ne doute de rien.

— J'ai entendu Adèle Cayol en confession trois fois. C'est à la seconde, qu'elle m'a confié spontanément : « Mon père, je m'accuse d'avoir fait condamner un innocent. » Je lui ai aussitôt conseillé d'aller tout avouer auprès de M. le procureur de la République à Marseille.

On apprit aussi que huit jours avant ses aveux tardifs auprès du procureur général Perrard, Adèle Cayol avait rencontré et reçu des conseils de personnes « qui lui voulaient du bien » et entendaient coopérer « à une œuvre de salut » en conseillant à l'ex-petite bonne de confier « la vérité » à la justice.

On ne put en savoir plus. Le secret de la confession était une arme que l'abbé Bonsignour maniait en virtuose. Tantôt, évoquant le sort de Coulon, il s'abritait derrière, tantôt, quand il s'agissait d'Adèle, il révélait sans scrupules ce qu'elle lui avait confié à travers la grille du confessionnal et qu'il baptisait alors du nom de confidences.

Quant à Adèle Cayol, elle ne se souvenait plus de rien à propos de cet étrange intermède.

Ceci n'empêcha cependant pas que se répande la rumeur d'un complot pour tirer Coulon de sa prison.

*

Les plaidoiries ne changèrent rien au cours du procès. Son issue s'acheminait vers un de ces jugements nègre-blanc dont personne – surtout pas la Justice – ne sort grandi.

Le procureur flétrit longuement la prostituée, alors que c'était la bonne de Mme Magnan que l'on jugeait. Hors sujet, il obtint malgré ce l'attention d'un jury exclusivement masculin qui jouait les offusqués, bien que ses membres ne rechignassent jamais à avoir recours aux prestations des consœurs auvergnates de la Marseillaise.

Me Gropierres, le défenseur de Coulon, fut sobre et bref. Il se contenta de répéter « ce n'est pas notre procès ».

Quant au jeune Me Vialatte, il prononça une plaidoirie sans relief, ponctuée par les lamentations de son étrange cliente, qui ne cessa de réclamer un châtiment exemplaire, sa paix dans l'autre monde devant dépendre de la sévérité de sa punition dans celui-ci.

Désorientés et exaspérés, les jurés finirent par accéder en partie aux exigences d'Adèle Cayol.

Ils la déclarèrent coupable d'avoir accusé calomnieusement Louis Coulon, mais votèrent les circonstances atténuantes...

Ils lui infligèrent cinq années de réclusion criminelle.

C'était suffisant pour ouvrir devant Louis Coulon les portes de la révision de son double procès.

Mais pas pour s'assurer que justice venait d'être rendue.

*

En quittant Riom, en direction de Marseille, Raoul Signoret se sentait doublement frustré.

À aucun moment, ni Louis Coulon, ni son avocat, n'avaient consenti à faire la moindre allusion à la piste du deuxième homme.

Il devait y avoir une bonne raison à cela. Le reporter ignorait toujours laquelle...

20

Où le saccage d'un appartement tendrait à prouver que la vengeance est un plat qui se mange sans attendre.

En arrivant de la gare Saint-Charles sur le palier de son appartement, place de Lenche, vers quatre heures de l'après-midi, Raoul Signoret reçut un coup au cœur. La porte d'entrée, hâtivement rafistolée à l'aide de planches clouées, avait été fracassée. Elle tenait en place par miracle. Un morceau de feuille de papier grisâtre, servant habituellement à envelopper le poisson, les légumes ou les fruits dans un gros cornet, était punaisé sur la partie du panneau qui n'avait pas été brisée. Une chaîne, accrochée en boucle à un cadenas, servait de verrou.

Le souffle court, le journaliste arracha la feuille et reconnut au premier coup d'œil l'écriture malhabile et l'orthographe approximative de Marius Bonnenfant, pêcheur du quartier de Saint-Jean à bord de la *Sainte-Marthe* (patron Thollon), son voisin du dessus.

Le sang battant aux tempes, il lut ceci :

Mesieu Raoul,

Des gean y son venu avantier ché vous pour tout casé. Jété pala. Jé rien vu. Jété pas rentré de la mer. Yavé des Sardine. Bocoup. Jé réparé pour que les Voleur y puise pas rentré. La clé du Candenas, elle et ché Madame Mostacchi. Amitié. Marius : votre voinsin de dessur.

Raoul se rua dans l'escalier, dévala l'étage et courut vers le magasin de la repasseuse. Il n'avait pas encore formulé sa demande, qu'ayant vu venir le journaliste elle lui tendait déjà la clef du cadenas :

— Eh, bé ! y paraît qui zont fait du dégât.

Elle eut à peine le temps de le dire. Après l'avoir remerciée dans un souffle le jeune homme courait déjà vers chez lui.

Quand il eut fait jouer le mécanisme du cadenas, ses yeux mesurèrent l'ampleur du ravage. Il n'y avait plus un fauteuil, plus une chaise debout, ni entiers. Les rideaux étaient lacérés, le contenu de la commode éparpillé sur le sol, le lit éventré, les vêtements tailladés, les draps déchirés, la vaisselle brisée, les murs maculés par les jets des conserves sous verre serrées dans la cuisine et, comble d'ignominie, on avait déféqué sur le tapis de laine qui ornait les *mallons*[1] de la pièce principale.

Raoul Signoret éprouva un sentiment mêlé de rage et de chagrin. Surtout, il refusait de répondre à la question qui, depuis le premier instant, le mettait au supplice : Cécile ! Cécile était-elle présente quand le malheur était arrivé ? Il n'y avait pas de trace de sa présence, autre que, dans la chambre à coucher, des

1. Tomettes hexagonales de couleur rouge.

vêtements lui appartenant, encore accrochés dans la penderie et lacérés, plusieurs sous-vêtements féminins ignoblement souillés. Le cabinet de toilette était jonché des débris de petits pots de fards et du flacon brisé de son eau de Cologne préférée.

En dépit de l'inanité de sa réaction, Raoul appela :

— Cécile, tu es là, mon amour ?

Un bruit de pas pesant se fit entendre dans l'escalier de l'immeuble. Marius Bonnenfant, robuste quadragénaire, aguerri par son rude métier, journée finie, rentrait à la maison.

Le journaliste se précipita :

— Savez-vous ce qui s'est passé ? Et si mon amie était là au moment où...

Le pêcheur secoua la tête :

— J'ai rien vu de rien, monsieur Raoul. J'étais en mer. Je suis rentré à quatre heures du matin. Y avait des sardines en pagaille. Quand je suis arrivé, c'était terminé depuis longtemps. J'ai demandé aux voisins d'à côté, s'y z'avaient entendu quèque chose, mais rien, y z'ont dit. Je sais pas quand y sont venus, ces saligauds. Sans doute quand j'étais aux sardines avec mon patron. En tout cas, c'est des belles *bordilles* [1], ceuss qui z'ont fait ça.

Raoul tremblait. Il était désemparé.

— Merci de ce que vous avez fait pour la porte, monsieur Bonnenfant.

— C'est la moindre des choses, entre voisins. Vous zauriez pas fait pareil, vous ?

Raoul n'avait pas la tête à répondre. Il venait de

1. Nom marseillais donné aux ordures. Par extension, injure pour stigmatiser les gens sans scrupules ni morale.

saisir la rampe de l'escalier et le dévalait quatre à quatre. Il courait déjà dans la rue Caisserie, direction le commissariat central, le fameux *Évêché* où il espérait trouver Eugène Baruteau. Autant pour recevoir de son oncle le réconfort espéré, que pour obtenir du grand flic expérimenté des conseils sur la conduite à tenir.

*

— Eh ! bien, nous voilà beaux ! gronda le commissaire quand Raoul lui eut raconté dans quel état il venait de trouver son appartement, rentrant de Riom. Quand as-tu eu des nouvelles de Cécile pour la dernière fois ?

— Avant-hier. Nous nous sommes écrit tous les deux-trois jours. Tout avait l'air d'aller comme nous l'avions souhaité. Cécile s'était installée chez moi. Elle refusait de se soumettre aux projets paternels, comme je vous l'avais déjà expliqué avant mon départ. Elle vivait donc place de Lenche depuis une dizaine de jours. À aucun moment elle ne m'a fait part de la moindre inquiétude. Bien sûr, M. Jacquemet avait pris la chose au tragique, paraît-il, Cécile l'avait su par la fille d'une amie de sa mère, rencontrée en ville. À part ça, il ne lui a pas envoyé la police aux trousses.

— En effet, remarqua l'oncle Eugène. En pareil cas, je serais au courant.

Il réfléchit un instant et un gros pli soucieux vint raviner son front charnu.

— Qui sait si Jacquemet n'a pas fait appel à de la main-d'œuvre étrangère ?

— Que voulez-vous dire ?

— Qu'avec vingt-cinq louis on peut s'attacher les services provisoires de quelques nervis prêts à vous les rendre. Je crois savoir que les moyens ne manquent pas au père Jacquemet.

— Exact, dit Raoul. Pourtant, bien que je ne porte pas cet individu dans mon cœur, je ne le crois pas capable d'employer des moyens aussi bas...

— Mon pauvre Raoul ! s'exclama Baruteau. Tu as encore beaucoup à apprendre sur l'étendue de la bassesse humaine. Pour avoir le dernier mot, certains n'hésitent pas sur le choix des moyens. On vient d'arrêter un bonhomme qui a tué son ex-femme six ans après leur divorce. Il ne supportait pas l'idée qu'elle ait refait sa vie. Alors que lui-même avait trouvé une remplaçante. Tu vois qu'il ne faut s'étonner de rien.

Le commissaire décrocha son téléphone :

— En tout cas, il va falloir aller voir du côté des Jacquemet. Que ça leur plaise ou non. Frégier ? Baruteau. Dites-moi, mon vieux, vous allez m'expédier deux de vos estafiers chez M. Jacquemet, 483, rue Paradis. Demandez-leur s'ils ont des nouvelles de leur fille Cécile. Prenez des types qui aient un peu de délicatesse. C'est pour côtoyer des gens qui ne se prennent pas pour de la merde. Oui, c'est ça. N'envoyez pas Godino, par exemple. Ni Renucci. Vous avez compris : du doigté. Vous me tenez au courant ?

Le commissaire raccrocha.

— C'est sans doute un coup pour rien, mais il ne faut rien négliger.

— Que fait-on si Cécile est chez eux ? demanda Raoul.

— Pas grand-chose. Mais d'abord tu seras rassuré, ensuite je suppose qu'elle reprendra contact avec toi.

— Mouais, dit Raoul à moitié convaincu. Et si c'étaient des collègues de notre ami Momond Graziani qui me fait envoyer son bonjour ?

— Momond ? Je pense qu'il compte les jours à la prison Saint-Pierre ou à Chave, je ne sais plus. Et il n'a pas fini de compter. Il paraît qu'il ne sait sa table de deux que jusqu'à huit.

— Il a pu expédier des petits camarades. Son avocat ne refuse aucun service au Milieu. Il en tire l'essentiel de ses revenus, remarqua Raoul.

— Il aurait fallu qu'ils sachent que tu étais absent et que Cécile...

Le jeune homme interrompit son oncle :

— Attendez, attendez ! Ils ignoraient que j'étais absent. Mais c'est moi qu'ils cherchaient. Rappelez-vous comment j'ai arrangé l'œil de Momond. S'ils ont trouvé Cécile au nid, elle a fait l'affaire. Pour corser leur numéro, ils ont saccagé l'appartement.

— J'espère que tu te trompes, répliqua Baruteau soudain inquiet.

Il décrocha de nouveau son téléphone :

— Germain ? Vérifiez donc où est incarcéré le dénommé Graziani Raymond. Chave ou Saint-Pierre ? C'est un barbeau, coffré pour une affaire de proxénétisme sur mineure.

Baruteau s'interrompit, pâlit, puis abattit sa grosse main sur son bureau. Cela fit un bruit de détonation.

— Quoi ! ? Qu'est-ce que vous dites ? Pourquoi ne m'a-t-on pas prévenu ? J'étais pas là, j'étais pas là, c'est pas une raison ça, nom de Dieu ! Le commissaire central est au courant ? Bon. On pouvait tout de même me mettre un mot sur le bureau ! C'est le bordel cette maison ! J'en ai rien à foutre de vos excuses, Germain !

Le commissaire reposa le cornet acoustique sur sa fourche avec une telle rage qu'il la déforma. Il regarda son neveu avec un air furieux autant que désolé :

— Momond s'est fait la belle voici quatre jours en se cachant dans la charrette des poubelles. J'étais absent de Marseille et ces cons-là ne m'ont rien dit. Ils ont prévenu le patron et celui-ci a « oublié » de me prévenir. J'ai pas l'air idiot, moi.

Il secoua la tête comme pour se débarrasser d'un insecte piqueur et dit à son neveu :

— Bon... Soyons réalistes. Dans ce cas, le truc chez toi est signé Momond. Il n'a pas traîné, l'ordure. Pas étonnant qu'il t'en veuille autant : tu lui as ôté la moitié de son acuité visuelle et la moitié de ses revenus, depuis que la petite est en tôle. Reste à savoir s'il a enlevé la tienne de petite. Ah, Raoul, tu m'escagasses !...

Le journaliste baissait la tête, perdu dans ses pensées.

Baruteau avait repris son téléphone bancal :

— Frégier ? Ils sont partis vos collègues, chez les Jacquemet ? Non ? Tant mieux. Annulez tout.

Le commissaire quitta son fauteuil, s'approcha de son neveu et lui tapota affectueusement la nuque :

— T'en fais pas, on va te la retrouver, ta chérie.

— Dans quel état...

Raoul avait les yeux pleins de larmes.

Il se leva, se secoua et dit d'un ton raffermi à son oncle :

— Je m'en occupe aussi.

Baruteau devint tout rouge :

— Ah ! Je t'en prie Raoul, reste à ta place. Ne fais pas le couillon. Tu es bien gentil, je t'aime comme un fils, je vais remuer tout Marseille pour toi, mais ne viens pas te mettre au milieu. On se débrouillera sans toi.

Raoul se rebiffa :

— Si vous refusez que je m'en mêle, il faut m'enfermer dans la cellule de Momond. Je ne peux pas rester inactif pendant que vous enquêterez. Je vais mourir d'*estransi*[1].

— Raoul, sois raisonnable, dit un ton plus bas le commissaire, chez qui l'oncle reprenait le pas sur le policier. Tout ce que tu vas récolter, c'est un mauvais coup. Tu veux que ce soit moi qui aie l'*estoumagade*[2] ?

Raoul ne répondit pas. Tête basse, l'air farouche, il échafaudait son plan. D'abord obtenir (ce serait une formalité) un congé sans solde de son patron. Ensuite, se raser la moustache, se teindre les cheveux en noir, revêtir la tenue bleue des nervis et aller traîner dans les bars louches du quartier réservé. Si Momond était de sortie, il finirait bien par le retrouver. Sinon, avec Marius Bonnenfant et deux costauds de son acabit, ils iraient carrément enlever Martha, la *marmite*[3] de Momond. Si le barbeau détenait Cécile pour l'atteindre lui, la fille servirait de monnaie d'échange. Après, l'affaire se réglerait d'homme à homme. Par un duel où il n'y aurait qu'un survivant.

---

1. D'angoisse.
2. L'estomac retourné.
3. Voir p. 124, note 1.

Tout cela était non seulement déraisonnable, mais irréaliste. Pas un instant Raoul ne voulut imaginer que Momond, s'il détenait Cécile, ait pu la tuer pour se venger de l'affront subi rue Bouterie devant l'une de ses femmes. Ni que le barbeau ait pu outrager la jeune fille pour briser sa vie et celle de son amoureux. Le saccage de l'appartement, ce n'était qu'une preuve supplémentaire de sa perversité.

Par prudence, Raoul s'abstint de confier ses projets à son oncle.

Il quitta la Sûreté marseillaise avec l'esprit troublé, mais bien résolu à mener, coûte que coûte, dût-il y laisser sa vie, son invraisemblable projet.

*

Il rentra chez lui par la rue Caisserie, tête basse, l'air crispé, les mâchoires serrées, marchant droit devant, sans un coup d'œil au charroi de cette artère toujours très passante et vivante depuis la fondation de la ville. D'habitude, il arpentait les rues du Panier avec une sorte de fierté de vivre dans le quartier le plus ancien de France. Six siècles de plus que les autres ! Il imaginait volontiers les Massaliotes avançant comme lui vingt-cinq siècles plus tôt, vers ce qui était pour eux l'Agora, leur lieu de réunion. Cette place de Lenche qui portait le nom d'un Corse, Thomas Lencio, enrichi dans le commerce du corail au XVIe siècle. Le notable y avait connu une fin atroce, en 1588, massacré par la populace, pour avoir voulu rendre Marseille à Henri IV.

Raoul Signoret monta les marches qui conduisaient

à son appartement et, comme il arrivait à hauteur du demi-étage, il crut percevoir un léger froissement. Le spectacle qui s'offrit à ses yeux, quand il atteignit le palier, l'obligea à s'accrocher à la rampe des deux mains pour ne pas basculer en arrière. Ses jambes avaient fléchi, son cœur battait la chamade. Il crut avoir une hallucination.

Cécile était là, assise sur la dernière marche, elle lisait paisiblement *Les Mystères de Marseille*, de M. Émile Zola, recommandé par Raoul. Elle était vêtue d'un ensemble beige clair qui lui allait à ravir et avait coiffé un de ces délicieux chapeaux à voilette orné d'une fleur de tissu rose passé, solidement amarré à la masse de sa chevelure sombre par de grandes épingles terminées par des boules colorées.

Raoul bégaya :

— Que... Qu'est-ce que tu fais... ?

Il ne put achever.

Elle eut un sourire adorable et déclara simplement :

— Je t'attendais. Tu arrives de la rue Bouterie ?...

Raoul rougit, pâlit, bégaya encore, puis ne trouvant dans sa tête rien qui indique qu'il fût encore doté du langage articulé, il résolut de se jeter sur l'apparition avec un long cri de joie.

Les corps emmêlés roulèrent sur le sol du palier, tandis que résonnaient des rires, des exclamations, des bruits de baisers. Le bord arrière du chapeau s'écrasa contre le carrelage, mais protégea la nuque de la jeune femme, qui avait basculé sous la violence de l'assaut amoureux. Raoul, ivre de joie, ne se contenait plus. Marius Bonnenfant, intrigué par le tapage, ouvrit la porte de son appartement. Le jeune homme le rassura :

— Vous inquiétez pas, monsieur Marius. C'est moi, euh... c'est nous. Excusez-nous.

Raoul se releva, congestionné, les vêtements en désordre, tandis que Cécile, confuse, se dissimulait comme elle pouvait au regard curieux du pêcheur penché sur la rampe d'escalier. Elle remettait sa voilette en place et sa jupe longue qui avait tourné à la taille sous l'abordage imprévu.

La porte de Marius Bonnenfant refermée, les amoureux se rassirent sur le palier. Raoul demanda des éclaircissements. C'était tout simple : Cécile était absente au moment où les agresseurs avaient saccagé l'appartement. Elle avait été invitée au baptême du premier-né de son amie de cœur, Emma. La cérémonie et la fête avaient eu pour cadre Ventabren, où la belle-famille d'Emma possédait une bastide. Cécile y avait passé la nuit avant de regagner Marseille, le lendemain, pour se rendre directement à l'Hôtel-Dieu. Elle n'était revenue place de Lenche qu'hier soir. Le voisin du dessus, ignorant encore la présence de la jeune fille dans l'appartement, ne s'était pas inquiété d'autre chose que de réparer sommairement la porte d'entrée en attendant le retour de Raoul. Cécile, rentrant le soir même pour passer la nuit et trouvant les débris cadenassés, n'avait pas insisté. Elle était allée trouver refuge chez une amie infirmière, qui logeait rue des Belles-Écuelles, derrière l'hôpital. Par souci de discrétion, elle n'avait pas révélé sa présence à Marius Bonnenfant.

Elle attendait le retour de Raoul aujourd'hui même pour réintégrer l'appartement. Elle ignorait l'état dans lequel il se trouvait.

— On ne peut pas passer la nuit ici, dit Raoul, c'est

épouvantable, là-dedans. Il faut que tu te résignes à être un peu plus compromise et à coucher pour cette nuit à l'hôtel en ma compagnie. On verra demain comment arranger tout ça si c'est encore possible.

— Oh ! dit Cécile, une nuit entière à l'hôtel avec toi ? Ça va être affreux...

Raoul la serra dans ses bras à perdre le souffle. Il lui dit ce qu'il avait découvert chez lui, ses soupçons sur l'auteur de ce sale coup et ce qu'il avait craint pour elle :

— Je t'ai crue morte, mon amour... C'était l'horreur...

Les larmes coulèrent sans qu'il songe à s'en cacher.

Il était à ce point perturbé qu'il en oublia de demander à la jeune femme comment s'étaient passés ses adieux à sa famille. Cécile le berçait comme un enfant.

— J'ai cru perdre la tête, avoua-t-il en se tamponnant les paupières. Je me voyais en train de mettre le quartier réservé à feu et à sang pour t'arracher aux griffes de Momond. Entre parenthèses, si je le retrouve, celui-là, je vais le finir. Il faut que je travaille mon *chassé frontal jambe avant*, il va en prendre plein la tronche.

— Tu ne veux pas d'abord le travailler avec moi ton *chassé patin-couffin* ? demanda Cécile, prenant un air provocant.

— Oooh ! feignit de s'offusquer Raoul. (Il riait au milieu des larmes.) Comment tu deviens ? On te laisse dix jours et regardez-moi ça ! Te voilà en proie à la fureur utérine comme disent les neurologues.

Un fou rire nerveux le saisit qu'il ne pouvait arrêter.

L'angoisse qui lui avait tordu le cœur s'écoulait de lui à la façon d'un réservoir qui se vide.

Ils demeurèrent longtemps assis sans se préoccuper de l'inconfort du carrelage, enlacés comme s'ils ne devaient plus jamais se détacher l'un de l'autre, afin de ne pas se perdre.

La nuit était tombée. Ils quittèrent la maison, puis, quand ils s'estimèrent suffisamment à l'abri des rencontres, ils marchèrent enlacés par la taille.

Sur le palier du premier étage de la petite maison de la place de Lenche, l'exemplaire des *Mystères de Marseille*, que Cécile avait en main à l'arrivée de Raoul, gisait abandonné, ses feuillets froissés. Sa couverture rouge au titre doré n'avait pas résisté à l'assaut joyeux de Raoul.

L'hôtel, situé près de la préfecture, était modeste, mais bien tenu. Et bien fréquenté. On ne demanda ses papiers d'identité qu'à Monsieur, un signe de délicatesse de la part de la patronne.

En dépit de la fatigue et des émotions, ce fut la plus belle nuit d'amour à laquelle aient pu assister depuis longtemps les bergers et les pastourelles qui décoraient la tapisserie de la chambre.

Quand les deux amants se réveillèrent, le grand jour inondait la pièce. Il était près de dix heures du matin.

Raoul sourit à Cécile, Cécile sourit à Raoul. Tout à coup, celui-ci pâlit :

— Oh ! Coquin de sort ! s'exclama-t-il. La police ! Mon oncle ! J'ai oublié de le prévenir que je t'avais retrouvée ! Il a dû envoyer la garde mettre les Vieux-

Quartiers sens dessus dessous. Je vais me faire incendier. *Qué teste d'api*[1] que je suis !

Insensible à la panique de son amant, pour tout secours Cécile déploya quelques arguments auxquels il fut incapable de résister. Ils aggravèrent encore le retard mis à aviser la Sûreté marseillaise qu'il n'y avait plus lieu d'enquêter sur la disparition d'une jeune infirmière probablement enlevée par un souteneur du quartier réservé.

1. Quelle tête de linotte.

21

Où un condamné est jugé une quatrième fois par une cour d'assises pour la même affaire.

Jamais Louis Coulon, aux heures les plus sombres de sa vie, n'aurait imaginé qu'un même cauchemar éveillé puisse se renouveler quatre fois. Pourtant, il lui fallut s'y résigner. À trois reprises, déjà, il avait répondu de chacun des faits et gestes accomplis durant cette nuit maudite du 16 décembre 1891, où deux mains d'homme avaient étranglé Marie-Thérèse Magnan, sa mère adoptive. Depuis, la vie ordinaire de cet homme sans relief s'était écroulée sur lui, lui brisant l'échine.

Cent fois, devant les policiers, devant les juges et les jurés d'assises Louis Coulon avait répété contre toute vraisemblance qu'il était étranger à cet assassinat. Qu'à l'heure où Mme Magnan mourait étouffée, il dormait chez lui auprès de sa femme. Cent fois il avait dû justifier face à trois jurys son attitude de froideur à la découverte du corps supplicié de sa mère par « sa peur panique des morts ». Une peur qui remontait, disait-il, à l'enfance, quand, à la ferme où il avait été placé pour le temps des vacances, il avait découvert le corps pendu du fils aîné du fermier.

Les accusations précises et répétées d'Adèle Cayol avaient ruiné ce système de défense si peu crédible. Le luxe de détails fournis par la petite bonne était accablant pour Coulon : l'argent qu'il aurait proposé à la domestique pour l'aider à tuer Mme Magnan ; la manière dont il s'y était pris ; les relations coupables qu'il entretenait avec elle ; les traces de sang retrouvées sur des linges sommairement lavés ; les empreintes de bottines contre le mur mitoyen des deux propriétés, que Coulon franchissait de nuit à l'aide d'une échelle. Enfin, la disparition du testament de la rentière qui venait de diminuer fortement la part d'héritage de l'employé de la distillerie Picon, par ailleurs endetté et incorrigible joueur. Sans parler des titres de rentes appartenant à Mme Magnan retrouvés chez lui.

Et voilà que trois ans après l'établissement de preuves irréfutables et la condamnation confirmée de Louis Coulon aux travaux forcés à perpétuité, Adèle Cayol avait formulé une tardive mais insistante rétractation. Elle s'accusait seule du crime qu'elle avait imputé jusqu'alors à *Monsieur Louis*. Cela avait suffi pour faire s'effondrer tout l'édifice judiciaire. Avec le même entêtement qu'elle avait mis à accuser Coulon du plus atroce des forfaits, l'ex-petite bonne avait livré, au cours d'une crise hystéro-mystique, « son grand péché » au procureur général de la République à Marseille.

Tout recommençait. Mais cette fois Louis Coulon occupait seul le box des accusés face à trois juges et neuf jurés. Adèle Cayol, en prison pour s'être moquée de la justice, ne l'affronterait pas. Ce qui ne signifiait pas que la tâche de la défense en fût facilitée.

En récapitulant cette sombre affaire, lors de la première audience de la cour d'assises de Lyon, le 10 août 1896, le président Foucher-Crécy avait parfaitement défini l'enjeu :

— L'autopsie du corps de la victime a été formelle, rappela-t-il. Ce sont des mains d'homme qui ont étranglé Mme Magnan. Adèle Cayol a donc menti en s'accusant du crime. Mais, que des indices concrets, scientifiquement établis, rendent caduque l'auto-accusation de la jeune domestique, cela ne prouve pas pour autant l'innocence de l'accusé. Il nous faut donc oublier les jugements précédents et repartir de zéro, comme si nous découvrions le dossier.

Dans son compte rendu du lendemain, pour *Le Petit Provençal*, Raoul Signoret écrivait : « Beaucoup sont persuadés, aussi bien chez les juges, que chez les jurés, ou dans le public présent, toujours aussi nombreux – parmi lequel certains suivent l'affaire depuis son début – que Louis Coulon et Adèle Cayol étaient complices. On ne les convaincra pas du contraire. La faute majeure de la justice aura été d'innocenter cette dernière, lors du premier procès. Sans cette erreur nous n'en serions pas là. Quatre ans et trois procès plus tard, le président Foucher-Crécy demande l'impossible. Personne ne peut faire abstraction, ni des accusations, ni des rétractations successives d'Adèle Cayol. Personne ne peut oublier que les preuves qui ont conduit Louis Coulon aux portes du bagne restent valables.

Si la défense veut apporter suffisamment d'arguments pour que le doute s'installe parmi les jurés, concluait-il, il lui faudra les orienter vers une piste inédite. »

Me Gropierres avait-il lu *Le Petit Provençal* ? On

peut en douter, car il n'était pas en vente à Lyon. Mais qui sait si la longue conversation échangée à Riom, à la veille du procès d'Adèle Cayol, par le journaliste et l'avocat n'avait pas produit ses effets ? Quoi qu'il en soit, Raoul eut la surprise d'entendre Me Gropierres commencer à développer des arguments nouveaux par rapport aux systèmes de défense précédemment établis.

Mesurant ses effets, l'avocat marseillais lança dans un silence attentif :

— Et si l'assassin de Mme Magnan n'était ni Louis Coulon, ni Adèle Cayol, mais un troisième personnage présent sur les lieux du crime en cette soirée du 16 décembre 1891 ?

Au banc de la presse, têtes et plumes venaient d'être prises de frénésie. Diable ! D'où le sortait-on, ce troisième personnage ? Du chapeau claque d'un illusionniste ? Étions-nous dans un roman de M. Paul Féval ?

Raoul Signoret fixait Louis Coulon. Son défenseur avait-il enfreint ses consignes formelles ou bien l'accusé avait-il décidé de changer de tactique ? Impossible de lire une quelconque réponse sur cette figure de déterré, prématurément vieillie, toujours aussi indifférente aux débats. Il n'avait pas quarante ans et en faisait quinze de plus. La prison, son combat pour obtenir réparation n'y étaient pas étrangers. Tout comme la mort de son épouse, à l'asile d'aliénés Saint-Pierre durant sa détention.

L'avocat de Louis Coulon fit produire deux témoins. Le premier était une vieille connaissance de Raoul. Le chef d'escadron honoraire Charles Bonnafoux avait belle allure dans sa redingote noire éclairée par la minuscule tache rouge de sa légion d'Honneur. Ses cheveux blancs mais drus, son visage anguleux lui conféraient une sorte d'autorité naturelle qui impressionna favorablement le tribunal. Il avait une canne à pommeau d'argent à la main, « sa moustache était droite et son âme loyale[1] ». Il expliqua en détail à la cour ce qu'il savait sur un certain Raymond Giabiconi, soldat de l'infanterie de marine et ci-devant petit ami d'Adèle Cayol, jusqu'à la date du 16 décembre 1891. Malheureusement, depuis, il était porté déserteur et s'était évanoui dans la nature. Toutes confidences que le vieux militaire avait déjà faites à Raoul, un jour, à l'ombre d'un figuier, dans son jardin de La Blancarde, prématurément abattu pour cause d'offense à un ancien commandant de cuirassiers à Reichshoffen.

Me Gropierres fit déposer entre les mains du président les listes fournies à la demande du défenseur par le capitaine Giudicelli, chargé des effectifs de l'armée à Toulon, confirmant la désertion du *marsouin* Giabiconi Raymond.

Le second témoin était une dame âgée et voûtée qui s'identifia comme étant Mme Borelli, grand-tante du soldat déserteur. Elle vint dire d'une façon touchante son chagrin de n'avoir plus aucune nouvelle d'un garçon auquel elle s'était attachée et qu'elle avait élevé comme s'il était le sien. Le mot de déserteur lui brisait le cœur, car Raymond était « un brave petit, un cœur d'or ». L'amour provoque souvent de pareilles cécités. Le capitaine Giudicelli avait dit à Raoul que le jeune homme, avant de jouer la fille de l'air, avait été maintes fois puni de prison militaire et qu'il était signalé

1. Cf. Georges Fourest : « Épître falote et testamentaire pour régler l'ordre et la marche de mes funérailles ».

comme une tête brûlée. Mme Borelli n'avait que lui dans la vie et se trouvait sur ses vieux jours bien seule et sans appuis. Ce qui lui faisait souhaiter finir ses jours chez les sœurs, toujours si accueillantes aux détresses humaines. Ce discours n'était pas exactement ce pour quoi on l'avait convoquée, mais le président Foucher-Crécy, compréhensif, la laissa aller au bout. Au passage, la vieille dame confirma la disparition de son petit-neveu à la date du 16 décembre 1891, au matin.

« *Qui a tué ?* » avait titré Raoul Signoret son article du *Petit Provençal* du 13 août 1896. « Nous voici à l'heure du procès en possible réhabilitation de Louis Coulon. Il va bien falloir répondre un jour à cette question capitale, restée sans réponse depuis cinq années : "Qui a étranglé Mme Magnan ?" Son fils ? Sa bonne ? Les deux ? Ou encore un mystérieux troisième personnage ? N'oublions pas, précisait-il : Louis Coulon risque de nouveau sa tête ! »

Ses comptes rendus d'audience ressemblent à une litanie sans cesse recommencée : la conduite indigne d'un fils prétendument accablé de chagrin qui dérobe dans le coffre le testament de la rentière afin de s'assurer qu'elle ne l'a pas déshérité ; les ongles taillés en pointe qui ont labouré le visage de la victime, comme ceux que portait l'accusé à l'époque ; les traces de sang sur les draps ; les propos entendus par des voisins quelques jours à peine avant le drame : « qu'elle crève et le plus vite possible ! » ; les contradictions dans l'emploi du temps tout au long de la nuit ; le retard mis pour prévenir la police.

On se battit sur le moindre détail, on ergota sur les pièces à conviction, on éplucha les horaires de chacun, on exhiba des linges tachés de sang noir retrouvés dans une baignoire de la maison de Mme Magnan après qu'une main anonyme avait fait sauter les scellés ! On reparla des rentes envolées avec le testament, puis retrouvées chez l'accusé.

La plupart des auditeurs présents dans la salle connaissaient tout ça par cœur. Il n'y avait que la cour d'assises de Lyon pour les découvrir !

Louis Coulon n'émergea que très brièvement de cet état latent de quasi-léthargie dans lequel il semblait plongé :

— Pourquoi serais-je le seul à avoir pu pénétrer dans la villa de ma mère ? demanda-t-il tout à coup à ses juges comme s'il sortait d'un long sommeil.

Puis il retomba dans son mutisme. Raoul déduisit de cette réaction bizarre que Me Gropierres avait su persuader son client que cette piste était suffisamment floue pour introduire le doute sans qu'il soit indispensable d'apporter les preuves.

Les témoins reprirent leur défilé. Les mêmes qu'à Aix-en-Provence, qu'à Montpellier, qu'à Riom ! Par chance, les gémissements hystériques d'Adèle Cayol furent épargnés aux jurés, aux avocats et aux juges de Lyon. De toute manière, qui aurait cru cette mythomane, quoi qu'elle dise ?

Lassé, submergé, noyé par les arguties et les affrontements verbaux, le président Foucher-Crécy remit le procès dans la bonne direction quand il décida de revenir sur la seule question qui méritait qu'on s'y arrête pour en finir :

— Quelqu'un d'autre que Coulon ou la bonne pouvait-il s'être glissé dans la villa à l'insu de ces deux-là, le soir du crime ?

Le procureur, M. Mossé, développa ce qu'il considérait comme l'objection majeure à cette hypothèse :

— Les enquêteurs, observa-t-il, n'avaient relevé aucune trace d'effraction. L'assassin était donc soit un habitué, possédant les clefs, soit quelqu'un se trouvant à l'intérieur.

Chacun dut en convenir.

— À moins que, objecta Me Gropierres, l'assassin soit le complice de celui, *ou celle*, qui aurait facilité son entrée discrète dans la maison de Mme Magnan avant le passage vespéral de Louis Coulon.

Chacun pensa à Adèle Cayol.

— Et si dans sa folie, cette malheureuse avait dit une partie de la vérité, s'interrogea le défenseur. Si elle avait été la complice, non pas de Louis Coulon, mais de ce troisième personnage, auteur du forfait dont elle aurait masqué la piste aux enquêteurs en accablant Coulon ?

Chacun pensa au soldat déserteur.

Me Gropierres, en vieil habitué des prétoires, sentait les certitudes vaciller. Il poussa sa botte :

— Et si, allant ensuite au bout de sa folle logique, Adèle Cayol s'était accusée du crime, non pas à cause des remords éprouvés envers le sort infligé à Coulon, mais pour qu'on ne cherche pas une autre piste au bout de laquelle se serait trouvé le véritable assassin qu'elle connaissait ? Qu'elle protégeait, peut-être ?

Chacun évoqua de nouveau l'ombre du soldat évanoui.

On se rendit compte un peu tard que cette piste avait été négligée. Il aurait suffi, comme Raoul Signoret l'avait fait innocemment, de pousser la grille de la maison d'Eugène Bonnafoux ou de quelque autre voisin de l'avenue des Micocouliers à La Blancarde, de provoquer ses confidences pour apprendre l'existence d'un galant de la petite bonne, disparu au matin du crime.

Le procès fut suspendu, le temps d'aller interroger Adèle Cayol dans sa prison. La cour n'avait pas jugé indispensable, en raison des certificats médicaux reçus, de la faire comparaître. Son incarcération n'avait pas arrangé l'état mental de la malheureuse. Elle ne se souvenait pas de l'existence de Raymond Giabiconi. Elle n'avait jamais connu personne portant ce nom.

Il fallut se résigner à laisser l'ombre recouvrir cette partie du dossier.

« Il était un peu tard pour établir solidement l'hypothèse d'un meurtre commis par Adèle Cayol avec la complicité de son amoureux », écrivit Raoul Signoret dans son article du 24 août 1896. « Il n'empêche que voici désormais l'opinion divisée en deux camps irréconciliables, comme c'est le cas pour une autre affaire qui déchire cruellement notre pays depuis plusieurs années [1]. Pour les uns, poursuivait le journaliste du *Petit Provençal*, le militaire avait déserté parce qu'il était l'assassin. Pour les autres, il avait disparu (enfui à l'étranger, peut-être ?) payé par la famille de l'accusé, qui pouvait ainsi faire planer le doute sur un être insaisissable.

---

1. Raoul Signoret fait ici clairement allusion à l'Affaire Dreyfus que le nouveau chef des Renseignements français, le lieutenant-colonel Picquart, vient de relancer en mettant au jour la forfaiture de son prédécesseur et la falsification des documents qui ont permis de faire condamner le capitaine par le conseil de guerre à la déportation sur l'île du Diable, où il se trouve au moment où le journaliste rédige son compte rendu d'audience.

Et l'on sait que le doute profite toujours à l'accusé. »

L'avocat de la défense fit citer des témoins à décharge. La belle-mère de Coulon, la mère de la malheureuse Agathe, née Crousillat, morte chez les aliénés, vint dire « la profonde estime » qu'elle conservait à son gendre. Elle assura que Louis était la victime d'une « petite misérable » ayant semé la désolation et la mort dans une famille honorable et unie.

Puis, vint M. Pallanchard, le directeur de l'usine Picon et Cie, dans laquelle travaillait Coulon. Il ferma le ban avec un témoignage sincère et émouvant sur cet employé modèle – dix-sept ans de maison – « qu'il réembaucherait dès demain matin s'il était acquitté ».

Tout cela suffit à ébranler les convictions les mieux ancrées.

Les jurés de la cour d'assises de Lyon acquittèrent Louis Coulon !

À l'énoncé du verdict, une partie de la salle éclata en applaudissements. L'homme en noir qui ressemblait tant à l'accusé se précipita vers lui et l'étreignit longuement, sans retenir ses pleurs. Coulon ne manifestait aucun sentiment particulier et promenait sur l'assistance un regard de poisson mort.

« Peut-on déduire de ce verdict que la lumière a été faite ? » s'interrogeait Raoul Signoret dans le dernier article qu'il consacra à l'affaire.

« Au-dessus du hameau de La Blancarde à Marseille, concluait-il, plane le fantôme mystérieux d'un jeune militaire à peine entrevu, aussitôt disparu. Tandis qu'Adèle Cayol demeure enfermée avec son "grand péché". Qui pourrait s'en satisfaire ? »

22

Où l'on constate qu'il vaut mieux savoir se servir d'une canne-épée quand on prétend traîner la nuit dans certaines rues mal fréquentées.

— Mon cher neveu, nous avons repéré ton bon ami Momond. Il est de retour au bercail !

Au bout du fil, la voix sonore du commissaire principal Eugène Baruteau, chef adjoint de la Sûreté de Marseille, annonçait à Raoul Signoret une nouvelle qui n'était pas pour le surprendre.

— Vous l'avez appris comment ? demanda machinalement le journaliste.

— Petit Raoul, souviens-toi de l'adage : « On ne fait pas de bonne police sans bons indics. » Contre certaine indulgence envers ses déplorables activités, un des confrères de notre barbillon s'est dépêché de m'apporter la nouvelle toute fraîche dès qu'il en a eu connaissance.

— Ces gens-là me dégoûtent, dit Raoul. Toujours à porter leur prétendu code d'honneur en bandoulière, mais ils sont prêts à vendre père et mère dès que l'occasion se présente. L'honneur du Mitan... Tu parles !

— L'homme est ainsi fait, soupira Baruteau. C'est la même chose en Corse. Les bandits d'honneur sont d'abord des bandits. Il n'y a qu'eux pour parler d'honneur. Enfin, ne nous plaignons pas. Si le Milieu n'était pas pourri, nous autres policiers, nous pourrions nous brosser pour nos enquêtes. Qu'est-ce que nous deviendrions ? Tu voudrais que ton pauvre oncle aille travailler aux dattes [1] ?

— Il y aura toujours un bol de soupe pour lui à la maison, répondit Raoul. Mais je voudrais simplement qu'il me dise où je peux rencontrer Momond. J'ai des travaux de réfection dans mon appartement à lui confier. Ça pourrait l'intéresser. Il doit être un peu juste côté finances, en ce moment.

Baruteau gronda :

— Ah ! tu ne vas pas recommencer, Raoul ! Je n'ai pas envie d'aller reconnaître ton corps à la morgue un de ces quatre matins ! Ça va mal se terminer, cette affaire, si tu t'obstines avec tes couillonnades !

— Mon oncle ! joua Raoul, c'est juste pour lui demander son avis sur la couleur de la tapisserie et le choix des rideaux...

— Arrête, tu n'es pas drôle. Mes adjoints s'en occupent. Je te rappelle qu'il s'est fait la belle et que j'ai quelques explications à lui demander. Pour sa bagarre avec toi, il s'en est tiré par une peine de prison avec sursis. Ensuite, il a été condamné ferme pour proxéné-

1. À l'époque où Marseille importait en masse les produits coloniaux pour les manufacturer, trier les dattes (un travail de femmes), tâche pénible et mal rémunérée, représentait le bas de l'échelle sociale. Les bourgeois marseillais menaçaient volontiers leur progéniture d'un péremptoire « tu finiras aux dattes ! » si elle ne manifestait pas une ardeur suffisante en classe.

tisme aggravé par le fait qu'Adèle était mineure. Maintenant qu'il a ajouté une cavale à son pedigree, il va falloir faire l'addition. Alors, je t'en prie une dernière fois, laisse-nous faire !

Avant de raccrocher, Eugène Baruteau dit « à ce soir » à son neveu.

Depuis le saccage de son appartement de la place de Lenche – le deux-pièces de Mme Signoret mère étant minuscule – Raoul était hébergé par son oncle et sa tante, rue de Bruys, dans le quartier de La Plaine. Les Baruteau y possédaient un appartement en rez-de-chaussée donnant sur un jardin verdoyant grand comme un mouchoir de poche, rempli de chants d'oiseaux, que Thérèse – qui avait les *doigts verts* – soignait avec amour. Il donnait l'impression, à deux pas du cœur de la ville, d'habiter à la campagne. Raoul y retrouvait une chambre où il avait maintes fois dormi lorsqu'il était enfant et que tante Thérèsou l'accueillait, le mercredi soir. Le jeudi, jour sans école, elle accompagnait son neveu faire des tours sur La Plaine dans la voiture à âne. L'enfant assistait ensuite à une représentation du théâtre Guignol ou faisait voguer son petit voilier dans l'eau du bassin rond qui ornait alors le centre de la place.

Le plus fort souvenir de cette jeunesse d'autant plus choyée par les Baruteau que Raoul n'avait plus de père, remontait à quelques années. Dans la soirée du 26 novembre 1886, le futur reporter avait assisté, sur la place de son enfance, à l'envol, dans les rafales d'un mistral furieux, d'une paire de merveilleux fous volants accrochés à la nacelle de leur ballon libre, baptisé le *Gabizos*. Les aéronautes tentaient la première traversée de la Méditerranée. Les noms de Fondère et Capazza, qui atteignirent par miracle et plus morts que vifs le golfe de Sagone, près d'Ajaccio, ne quittèrent plus la mémoire de Raoul Signoret. Il reconnut souvent devoir à l'émotion éprouvée ce soir-là sa vocation de journaliste.

De son côté, Cécile, toujours en délicatesse avec sa famille, logeait provisoirement chez une amie de cœur, Clémence Bourgarel, avec qui elle avait fait sa scolarité chez les sœurs de Sion. Les parents de Clémence possédaient un grand appartement dans les immeubles haussmaniens de la rue de la République, donnant sur la place Centrale rebaptisée depuis peu du nom du président de la République assassiné : Sadi-Carnot. Ces vastes appartements étaient dotés de dépendances et de chambres de bonnes où la jeune femme avait trouvé un refuge commode, puisqu'à deux pas de l'Hôtel-Dieu. Sa formation achevée, Cécile s'était empressée d'oublier la promesse faite à son père d'aller travailler auprès des enfants malades accueillis par la comtesse Gilbert de Voisins. Elle était devenue infirmière publique dans le service de chirurgie osseuse de l'Hôtel-Dieu. La chambre de bonne qu'elle occupait, en attendant de pouvoir réintégrer l'appartement de la place de Lenche avec Raoul, avait un autre avantage fort apprécié par les jeunes amants. Située sous les toits, séparée par quatre étages de l'appartement des Bourgarel, elle servait de refuge commode autant que discret à leurs amours.

Pendant ce temps, Marius Bonnenfant, le pêcheur de Saint-Jean, voisin du journaliste, aidé de deux amis aussi vaillants à l'ouvrage que lui, remettaient en état

– quand les sorties en mer leur en laissaient le temps – l'appartement saccagé par Momond Graziani.

Précisément, en cette fin de soirée, Raoul, sortant du *Petit Provençal*, avait repris le chemin de son quartier de prédilection, afin de se rendre compte de l'avancée des travaux de réfection.

Depuis les représailles dont il avait été victime, le journaliste ne se déplaçait plus sans avoir à la main une canne en bois de sycomore, à pommeau droit décoré d'un cabochon en argent. Cet accessoire anodin pouvait devenir, pour qui savait le manier, une arme redoutable. Raoul en avait appris les ressources auprès de son professeur de boxe française. Jules Bessède enseignait le maniement de la canne comme arme de défense, de pair avec l'art pugilistique.

Eugène Baruteau s'était moqué de son neveu quand il l'avait vu muni de cet accessoire inédit pour lui jusqu'alors :

— Oh, oh ! depuis que monsieur fréquente une riche héritière, on joue les gandins, on dirait ! C'est pour séduire le futur beau-père ? Il ne te manque plus que les gants beurre frais !

Raoul avait laissé l'oncle plaisanter à ses dépens. Il s'était gardé de lui révéler que le cœur du cylindre de sycomore cachait une dague effilée de section carrée, longue de vingt-cinq centimètres, capable d'embrocher le plus coriace des voyous. La « canne de gandin » était une canne-épée. Aussi, laissait-il ricaner l'oncle Eugène, sans réagir.

Bien lui prit de s'en être muni, ce soir-là, quand, à l'angle de la Montée des Accoules et de la rue Baussenque, au cœur de ce quartier du Panier, si chichement éclairé à l'époque, il fut rudement plaqué contre un mur par une poigne vigoureuse. Il sentit aussitôt l'acier froid d'un rasoir « coupe-chou » contre sa gorge. L'agresseur était d'une taille hors du commun. Le journaliste ne le distinguait qu'en ombre chinoise. La lumière d'un rare réverbère arrivait dans le dos du géant, qui tenait sa proie dans son ombre. Raoul devina, plus qu'il ne vit, sa taille pachydermique. Il entendit à l'oreille la voix rauque du voyou penché sur lui qui disait :

— Ne crie pas ou je te coupe en deux.

Placé comme il était, coincé par la bedaine de l'assaillant contre le mur où celui-ci le maintenait de sa poigne gauche, inutile de penser pouvoir placer une savate. Au moindre mouvement le rasoir ferait son office de mort. Raoul réfléchissait à toute vitesse, évitant de céder à la panique et de provoquer par un geste inutile la réaction de la lame d'acier sur son cou.

— Tu vas crever, la putain de ta race, dit l'homme, mais avant on a une surprise à te faire.

Malgré son angoisse, Raoul nota le « on ». Ils étaient au moins deux.

Tandis qu'il proférait sa menace, le colosse se dégagea légèrement afin de laisser apercevoir celui qu'il masquait de sa masse.

Tout se déroula en une poignée de secondes, mais à partir de cet instant le journaliste eut l'impression que le temps se démultipliait. La lame d'acier était toujours à hauteur de sa gorge, mais la pression avait légèrement diminué. L'ombre énorme se dissipa quand l'ogre pivota sur sa gauche, afin de dévoiler à sa victime ce qu'il voulait lui montrer. Quand les yeux de Raoul s'habituèrent au changement d'intensité lumineuse, provoqué par la dissipation de l'ombre géante, ce qu'il vit suspendit un instant les battements de son cœur. Ce spasme ne dura guère. Une voix haut perchée, teintée d'un fort accent corse, ramena Raoul à la conscience du péril encouru. L'homme portait sur l'œil droit un bandeau de cuir noir attaché par deux liens à l'arrière du crâne. Il avait rasé sa fine moustache. Pourtant, les présentations étaient inutiles. Momond Graziani, le visage tordu par la haine, haletait comme un animal. Était-ce un ricanement incoercible ? Une jubilation sadique ? Il jouissait obscènement de la situation. Il fit deux pas en avant de sa démarche claudicante :

— Je savais qu'on se retrouverait, enculé de toi. Tu as fini de faire le mariolle, c'est moi qui te le dis. Toine va se charger de ta belle gueule. Il va te faire un sourire jusqu'aux oreilles.

En écoutant les menaces de son comparse, l'homme au rasoir tourna inconsciemment la tête vers lui pour ricaner. Cet instant d'imperceptible relâchement le perdit.

La dague avait jailli comme l'éclair du bois sombre de la canne-épée. Tandis que Raoul, d'un retrait de la tête, soustrayait sa gorge au baiser mortel du rasoir, il enfonçait vingt-cinq centimètres d'acier aigu entre deux côtes du tueur, lui transperçant le cœur de part en part. La douleur fulgurante cloua sur place le mastodonte, qui n'eut pas le réflexe de porter son coup de rasoir.

Tout cela avait été si subit, que l'homme ne comprenait pas encore ce qui lui advenait. Il tomba à genoux, les deux mains serrées sur la poitrine, la bouche ouverte de stupéfaction, comme Don José chante sur le cadavre encore chaud de Carmen qu'il vient d'occire. Ce chant muet avait quelque chose de grotesque. Les yeux exorbités du voyou disaient l'horreur éprouvée, quand, à chaque nouveau battement de son cœur plus faible, il sentait ses forces l'abandonner. Le rasoir était tombé devant ses genoux. Raoul l'éloigna d'un coup de pied bien ajusté. Momond Graziani demeurait figé. Son visage de rongeur était blême. Il avait en main un couteau, plus court que le *stiletto* dont il avait menacé le journaliste dans le bordel de la rue Bouterie, mais ne paraissait pas décidé à attaquer. Celui qu'il avait prénommé Toine haletait. Momond, de son œil unique, le regardait s'affaisser lentement :

— Je vais crever, *Dgiàbi*, dit le mourant d'une voix affaiblie, en tentant de se retourner vers Momond. Il m'a eu, ce fils de pute. Venge-moi, *Dgiàbi*, venge-moi !

Il s'abattit d'un coup, la face dans les ordures encombrant le ruisseau puant et à sec qui flanquait le côté gauche la rue Baussenque. Celui-là ne saccagerait plus jamais un appartement.

Raoul et Momond demeuraient face à face. La dague de la canne-épée rougie du sang de Toine, le journaliste s'avança vers le barbeau. Celui-ci se plaqua au mur, le visage inondé de sueur.

Il savait qu'avec sa patte abîmée, fuir était inutile. Il reculait en évitant de tourner le dos à Raoul qui s'approchait. Le jeune homme ricana :

— On dirait que maintenant c'est toi qui fais moins le mariolle.

Le barbeau se fit humble. Il prit un air faux-jeton,

jouant une ultime carte pour sauver sa peau. Il lança en reculant le long du mur :

— Tu vas pas te battre avec un type qui a plus qu'un œil.

Raoul le regarda avec mépris :

— Merci pour ce rappel des usages en vigueur dans la chevalerie. Ça te va bien. Non, je ne vais pas te saigner, Momond. Je voudrais que tu regrettes longtemps le mal que tu as fait. Pour ça, il faut que tu vives. Que tu aies la *cagagne*[1] verte devant moi, me suffit. Je ne suis pas un justicier. Tu as des comptes à rendre. D'autres que moi te les demanderont. C'est pour très bientôt. Je leur laisse le plaisir de t'enfermer dans le trou à rat qu'ils te réservent.

Raoul s'approcha encore, la lame en avant. Momond se recroquevilla :

— Jette ton couteau, ordonna le journaliste.

Le barbeau obéit.

— Avant de te laisser filer, dit Raoul, je veux savoir une chose. Tu n'as pas le choix, parce que si tu refuses de me répondre, je peux changer d'avis et te saigner, là, comme j'ai fait pour le gros porc qui t'accompagnait. Comment t'a-t-il appelé avant de crever ?

— *Dgiàbi*, dit le barbeau.

— C'est quoi, ça ?

— Un surnom.

— Sûr ?

— Voueï. C'est comme ça qu'on m'appelait quand j'étais petit à l'école.

— Cette ordure est donc allée un jour à l'école ?

— Voueï.

1. Colique.

— Avec toi ?

— Avec moi, voueï. On est du même village.

— Ça veut dire quelque chose, en corse, *Dgiàbi* ?

L'œil unique de Momond s'affola.

— N... non. Je sais pas.

— C'est un surnom... ou la moitié d'un nom ?

Momond s'énerva.

— Eh, je sais pas, moi, tu me fais caguer !

— Ah ? Tu sais pas...

La lame de la canne-épée s'approcha de l'œil valide du borgne.

— Je vais t'expliquer, moi, ce que ça veut dire, dit Raoul. *Dgiàbi*, c'est la moitié de *Dgiàbiconi*, prononcé à la corse. Et Giabiconi, c'est le nom d'un soldat porté déserteur le lendemain du meurtre de Mme Magnan à La Blancarde. Giabiconi, c'est le nom du petit ami de la bonne de cette vieille femme. Elle s'appelle Adèle Cayol. Il s'était planqué avec elle dans la maison, le soir où on a retrouvé cette femme étranglée. Giabiconi Raymond, c'est le vrai nom de Graziani Raymond, né à Calenzana comme lui et le même jour que lui, le 30 avril 1871. Giabiconi Raymond, c'est toi, excrément de la terre. Qu'est-ce que tu réponds à ça ?

Momond eut un sursaut d'orgueil retrouvé. Il fixa Raoul et, le défiant, il dit simplement :

— Rien. J'ai rien à te dire.

Un instant Raoul fut pris de l'envie de mettre fin, là, à l'existence de ce malfaisant. Il se reprit, rengaina sa canne-épée et cracha aux pieds du barbeau.

— Allez ! File, charogne. D'autres que moi trouveront comment tu t'y es pris pour endosser l'identité d'un autre. Personnellement, je m'en moque. Allez ! Casse !

Momond partit de sa démarche heurtée et disparut dans la nuit.

Resté seul, auprès du cadavre de l'énorme Toine, Raoul Signoret fut pris d'un tremblement nerveux. La décompression était douloureuse.

Il fut tenté un instant d'aller se réfugier dans les bras de Cécile, qui n'était qu'à quelques centaines de mètres de là, dans sa chambrette de Mimi Pinson. Mais Raoul comprit que, dans l'état nerveux où il se trouvait, il inquiéterait inutilement sa bien-aimée.

Il jugea plus sage de prendre le chemin de la rue de Bruys. Cela représentait une bonne trotte, mais un brin de marche à pied ne pourrait que lui faire du bien après ce qu'il venait de vivre. Oncle Eugène et Thérèsou seraient sans doute déjà au lit, ce qui éviterait les explications. Au moins jusqu'à demain. Demain, il faudrait raconter à Baruteau que son Raoul avait occis un voyou et retrouvé une vieille connaissance. Le chef adjoint de la Sûreté marseillaise serait sans doute ravi de remettre la main sur une crapule dont il n'avait pas mesuré encore toute la nuisance. Pas plus qu'il n'avait envisagé son implication dans une affaire dont le dénouement ne l'avait jamais satisfait. En revanche, le policier ne manquerait pas de s'interroger sur les habitudes de son neveu, qui semait les morts et les blessés chaque fois qu'il s'aventurait dans les ruelles du Vieux-Marseille.

En remontant par la rue Cannebière, la rue Noailles et les allées de Meilhan, avant d'attaquer la rude montée de la rue Barbaroux, Raoul Signoret souriait tout seul. Eugène Baruteau s'était vanté devant son neveu de pouvoir trouver en un rien de temps, dans les rues du Panier, cinquante bonshommes portant les mêmes nom et prénom, nés le même jour dans le même village corse.

— C'était quarante-neuf de trop, mon cher oncle ! s'exclama le journaliste parlant tout haut sur le trottoir, tout en marchant. Je n'en ai trouvé qu'un.

Mais il vaut pour deux !

23

Où une confession posthume apporte de surprenantes révélations sur une mystérieuse affaire. Mais jusqu'où peut-on s'y fier ?

Le vendredi 3 novembre 1896 dans la soirée, à l'heure où Raoul Signoret s'apprêtait à quitter la rédaction du *Petit Provençal*, rue Grignan, il reçut de Me Hervé Gropierres un coup de téléphone empressé. Le journaliste n'avait plus revu le défenseur de Louis Coulon, depuis leur soirée de Riom, à la veille du procès d'Adèle Cayol.

— Cher ami, dit l'avocat, qui commençait la plupart de ses phrases de la sorte, y compris avec des gens qu'il connaissait à peine, j'ai à vous soumettre un document qui ne manquera pas de vous intéresser au plus haut point.

— Une lettre anonyme ? ironisa Raoul.

Me Gropierres ricana :

— Non ! Celle-là est signée. Mais elle n'en est que plus intéressante.

L'avocat avait l'art de faire mijoter l'interlocuteur. Déjà passablement horripilant naguère, il était devenu, après avoir arraché Coulon aux griffes de Thémis, proprement odieux. Raoul Signoret ne le fréquentait que dans le cadre strict des relations professionnelles. Il refusait toute invitation à déjeuner. Surtout depuis que, gonflé d'importance par son succès devant la cour d'assises de Lyon, l'avocat s'était répandu dans la bonne société de la ville répétant à toute occasion une formule qu'il jugeait irrésistible :

« Malgré toutes les manœuvres Coulon a échappé au bagne et Dreyfus y est maintenu. Tout est pour le mieux dans le meilleur des mondes judiciaires ! »

— Venez consulter ledit document demain matin à mon cabinet, proposa Me Gropierres. Nous parlerons un peu.

Raoul avait une forte envie de l'envoyer paître. Un réflexe professionnel le retint : on ne refuse pas une information avant d'en avoir pris connaissance.

Le lendemain matin, le journaliste était introduit dans le bureau de Me Gropierres à dix heures tapantes par la secrétaire de l'avocat, une vieille fille maigre et dévouée qui lui avait consacré sa vie et veillait sur lui comme une sœur aînée. L'avocat frétillait, assis derrière sa table encombrée de dossiers. Saluant l'arrivant, il demeura dans son fauteuil, se contentant de tendre à Raoul une liasse de feuillets noircis d'une écriture de scribe méticuleux habitué aux pleins et aux déliés.

— Vous allez être surpris, cher ami.

Il y avait dans le regard de l'avocat une sorte d'excitation, comme s'il avait préparé une farce.

Tandis que le journaliste prenait place dans un fauteuil face à lui, Me Gropierres ajouta avec une mine mystérieuse :

— Ce document m'a été adressé personnellement,

mais il est destiné à la police. J'ai voulu que vous soyez le premier informé de son contenu, juste après moi. Ensuite, nous préviendrons la Sûreté.

C'était une très longue lettre, postée voici quatre jours. Raoul Signoret jeta un coup d'œil à l'identité du scripteur et sursauta. Me Gropierres jubilait en l'observant.

M. Louis Coulon
Chez M. Auguste Coulon, « La Claire-Jeanne »
Chemin de la Colline Saint-Joseph – Le Cabot
Marseille – 9e arrondissement

Cela débutait ainsi :

« Je suis à l'heure où un homme ne ment pas. Quand ces lignes seront lues, j'aurai mis fin à une existence qui n'a été qu'une interminable et douloureuse épreuve. Je n'ai plus aucun goût pour la vie. Je suis seul. Ma pauvre épouse n'a pas supporté le mal que je lui ai fait. Je lui en demande une nouvelle fois pardon.

Bien que Dieu interdise qu'on y mette fin sous peine de damnation éternelle, je vais abréger ma vie.

Auparavant, je voudrais, par ces lignes, écrire une sorte de confession, afin que l'on n'interprète pas ma disparition comme une lâcheté, mais comme l'acte volontaire d'un homme sans espoir.

Que la cour d'assises de Lyon m'ait innocenté, me rendant une partie de mon honneur, ne me console pas du chagrin que l'on m'a causé.

On m'a accusé du pire des crimes en m'imputant la mort de ma mère adoptive. On a trouvé étrange que je ne me défende pas mieux, en déduisant de cette attitude que j'avouais ma culpabilité. On m'a reproché ma froideur, mon manque de sensibilité, mon indifférence. On les a imputés à ma nature criminelle. J'ai subi toutes les offenses. On a traîné ma vie privée sur la place publique, on m'a humilié et condamné à l'avance au pilori. Certes, j'ai commis des indélicatesses. J'ai gaspillé l'argent du ménage dans les cercles de jeux clandestins, sur les champs de courses.

Bien que croyant, j'ai outragé la morale que l'Église m'avait enseignée.

Enfin, c'est ma faute majeure, j'ai succombé au péché de chair. Bafouant le Décalogue, j'ai pratiqué honteusement l'adultère et je suis retombé sans fin dans le péché. Au point que, me dégoûtant de moi-même, je finissais par considérer les malheurs qui s'abattirent sur moi après l'assassinat de ma mère adoptive, comme un juste châtiment des hommes, en attendant celui du Ciel. J'en venais à souhaiter que ma punition fût la plus dure possible, afin de mériter par mes souffrances la pitié de Dieu.

Cependant, je le redis ici une ultime fois : je n'ai pas tué Mme Magnan.

Ce qui ne signifie pas que je sois à mes yeux innocent. »

Raoul Signoret fit une pause pour tenter de deviner ce qui se cachait sous ces propos contradictoires et sibyllins.

Il ne trouva rien de satisfaisant et reprit sa lecture.

« Le soir du 16 décembre 1891, poursuivait Coulon, *quand Adèle Cayol, que je venais retrouver selon la détestable habitude que j'avais prise, m'eut repoussé,*

prétextant une indisposition propre à son sexe, je demeurai un moment dans le jardin de ma mère adoptive plongé dans l'obscurité, ruminant mon humiliation. C'est alors que je perçus, venant de l'intérieur de la maison, un bruit de conversation à voix contenue. Des volets de bois du rez-de-chaussée filtrait une faible lumière provenant de la lampe à pétrole que la bonne avait disposée sur la table. Adèle Cayol parlait à un homme. Je m'approchai et collai mon oreille au bois de la porte d'entrée qu'elle venait de me claquer au visage.

"Tu crois qu'il a entendu quelque chose ?" demandait l'homme.

Adèle Cayol le rassura :

"Penses-tu ! Il venait pour se faire..."

Ce que j'entendis alors me remplit de honte et de colère. La bonne de ma mère se moquait de moi en des termes si orduriers que je ne peux les rapporter ici. Tous deux riaient me prenant pour cible de leur grossièreté.

En haussant la voix, l'homme dit à Adèle : "Tu sais que tu es une drôle de masque[1], *toi ? Mais tu as raison. Tires-en tout ce que tu peux de ce* pébron[2]. *"*

Ça les faisait rire.

En écoutant cette conversation qui me crucifiait, je crus percevoir chez l'homme un accent corse prononcé.

Je restai un long moment à les écouter rire et parler. Je ne comprenais pas tout, mais les gémissements et

1. Du provençal *masco*, sorcière. Se disait d'une femme ensorceleuse.

2. Indolent, incapable, sans caractère.

les gloussements de plaisir d'Adèle me convainquirent qu'elle s'était bien moquée de moi. J'en éprouvai un ressentiment qui ressemblait à de la jalousie. Les rapports que j'entretenais régulièrement depuis près de deux ans avec elle me la faisaient considérer comme une chose m'appartenant. J'ai honte à le reconnaître aujourd'hui, mais à l'époque je ne pensais qu'au plaisir que j'en tirais. Dieu me pardonne !

Je m'étais éloigné de la porte. Je ne voulais plus rien entendre, mais je ne me décidais pas à partir. J'attendis, dissimulé dans l'ombre épaisse d'un laurier-tin. Au bout d'un long moment la porte d'entrée s'ouvrit. Un homme de taille moyenne et de corpulence mince sortit le premier. Je ne le voyais qu'en silhouette, se découpant dans la lumière de la lampe venant de l'intérieur de la pièce.

Au moment de le quitter, la bonne se colla à lui comme une chatte en chaleur. Ils échangèrent encore des caresses et des baisers entrecoupés de grognements de plaisir. Je tremblais de rage et de jalousie.

Pour changer de posture, car celle à laquelle j'étais contraint me brisait le dos, je m'appuyai de la main droite sur un tas de bûches du poirier que j'avais moi-même élagué. J'avais dressé le bois coupé près du buisson de laurier-tin, après l'avoir débité pour ma mère, qui s'en servait comme bois de chauffage.

L'homme se détacha d'Adèle et celle-ci referma la porte d'entrée.

Le temps que ses yeux s'habituent à l'obscurité, il marqua un temps d'arrêt sur le perron. Alors, avant d'avoir réalisé ce que je faisais, je bondis comme un démon de ma cachette, une grosse bûche en main et j'en frappai de toutes mes forces la tête de l'inconnu. Il s'écroula sans un cri, comme une masse, à mes pieds. Je le tractai jusqu'au couvert du buisson, maculant les manches de ma chemise, car il saignait d'abondance.

Le laissant à son sort, sans me soucier de son état, je me ruai vers la maison de ma mère dont j'ouvris la porte avec ma clef. Adèle redescendait l'escalier conduisant au premier étage. Quand elle me reconnut elle poussa un cri de frayeur. Je devais avoir l'air d'un dément. J'avais du sang de l'homme que je venais d'abattre sur les mains. C'est avec ce sang que j'ai laissé une trace sur le mur de la cage d'escalier, qui a longtemps intrigué les enquêteurs. Sur les marches, Adèle, les yeux écarquillés, me faisait face, les bras écartés, paraissant vouloir m'interdire l'usage de l'escalier conduisant à la chambre de ma mère. La saisissant aux poignets, je la bousculai pour passer.

"Petite misérable, lui dis-je. Je sais tout. J'ai tout entendu."

Adèle se méprit sur le sens de mes paroles. Elle se mit à crier à son tour : "C'est pas moi. Il m'a obligée. Il est venu pour ça. Moi, je voulais pas. Il m'a dit qu'il allait me tuer."

À mon tour, je me mépris à propos de ce qu'elle disait et répliquai : "Tu ne voulais pas ? Pourtant, tu avais l'air bien consentante."

"Non ! Non ! criait-elle. Il m'a obligée !"

Nous ne parlions évidemment pas de la même chose. Mais à cet instant, l'un comme l'autre l'ignorions.

C'est quand je suis entré dans la chambre de ma mère que j'ai compris. Le ciel m'est tombé sur la tête.

Devant l'horreur de la scène, il m'a fallu me remettre d'un malaise qui m'avait saisi. J'étais terrorisé. Je ne pouvais pas supporter la vue de cette pauvre femme martyrisée, qui m'avait élevé et servi de mère. Adèle, dans un réflexe ancillaire, était allée chercher un linge. Elle l'avait mouillé pour me le passer sur les tempes et les mains, le maculant du sang de l'homme que j'avais encore sur la peau. »

Raoul Signoret fit une nouvelle pause. Il songeait à la fin affreuse de Mme Magnan. Il déglutit dans une sorte de réflexe, en évoquant les mains de l'étrangleur serrant le cou de la vieille dame. Il était payé pour savoir quelle agonie atroce précède la mort. Il l'avait éprouvée quand le barbeau d'Adèle s'était jeté sur lui, rue Bouterie. Il se reprit et poursuivit la lecture de la lettre :

« *Quand je retrouvai mes esprits*, écrivait Louis Coulon, *je quittai la pièce et descendis au rez-de-chaussée, Adèle sur mes talons. La rage me prit.*

"Il a tué ma mère et tu l'as aidée à le faire ! criai-je. Pourquoi as-tu fait ça, fille perdue !"

"Il m'aurait tuée aussi, répétait-elle. Il voulait l'argent."

"Quel argent ?"

"L'argent que Madame gardait ici."

Ma mère gardait de l'argent dans la maison et je n'en savais rien.

"Oui, confirma Adèle, il a pris l'argent et aussi un lingot d'or."

"Et tu l'avais dit à ce bandit que ma mère cachait des sous ici ?" m'écriai-je.

Adèle Cayol baissa la tête en pleurant : "Je savais pas qu'il ferait ça."

J'étais à la fois accablé et exaspéré. "Pourquoi l'a-t-il tuée ? Tu vas me le dire ou je t'écrase !"

Je finis par obtenir d'Adèle une explication. En entendant du bruit, à l'étage en dessous, ma mère adoptive s'était relevée et, du haut des marches, avait surpris Adèle Cayol avec cet homme. Il était en train de compter les billets avant de les mettre dans sa poche. Mme Magnan le connaissait, puisque sa grand-tante Borelli, qui avait si mal élevé ce voyou, habitait Saint-Jean-du-Désert et fréquentait la même paroisse qu'elle. C'était Raymond Giabiconi, alors sous les drapeaux à Toulon. Voilà quel était le "fiancé" d'Adèle Cayol. Un gibier de potence ! Quand il se vit découvert, il monta les marches, se jeta sur la pauvre femme et vous savez à quel acte abominable il se livra. La bonne jurait qu'elle avait été contrainte de l'aider dans sa sinistre besogne. On sait comment elle se servira de cette excuse pour m'accuser du forfait.

Moi, dans l'obscurité, quand je lui avais fendu le crâne d'un coup de bûche, je n'avais pas reconnu Raymond Giabiconi. La révélation de l'identité de l'assassin de ma mère adoptive me fit entrer dans une fureur extrême. J'ai bien failli tuer cette fille de malheur. J'aurais peut-être mieux fait. Car, perdant la raison, je dis à Adèle Cayol, terrorisée par mes cris et ma physionomie : "Il a tué ma mère, eh ! bien, moi je l'ai tué, lui ! Il est là, étendu mort dans le jardin."

"Nous voilà complices à présent, ajoutai-je. Tu vas m'aider à nous débarrasser de son corps, ensuite nous reviendrons ici, faire en sorte que l'on croie à un crime

de rôdeur. Puis, vers minuit, tu viendras chez moi m'avertir qu'il est arrivé malheur à Madame. N'aie crainte si quelqu'un t'apercevait alors, au contraire, cela ne pourrait qu'accréditer ce que nous allons nous efforcer de faire croire aux autres. C'est maintenant qu'il faut être prudent. Et ne t'avise pas de me trahir, car je te tue aussitôt."

Je n'avais pas la moindre idée de la façon dont je m'y prendrais, mais je disais n'importe quoi pour effrayer Adèle.

Nous sommes sortis dans le jardin. Le corps de Raymond Giabiconi gisait toujours sous le laurier-tin. La pluie avait dilué le sang qui suintait de la plaie que mon coup de bûche avait ouverte sur son crâne. Avec d'infinies précautions, j'ai attelé mon boghei. Par chance, l'averse redoublait et son crépitement couvrait le bruit des roues de l'attelage. J'ai obligé Adèle à maintenir le corps de son amant à l'arrière, sous la capote et j'ai pris la direction du ruisseau du Jarret. Les grosses pluies des semaines précédentes avaient enflé son débit. Ce torrent, qui est presque à sec à la belle saison, roule des flots considérables pour peu que les précipitations s'en mêlent. Je l'ai vu déborder, au point de prendre la direction de la place Castellane par le boulevard Baille, au lieu de rejoindre l'Huveaune. Ce n'était pas encore le cas, mais il était largement sorti de son lit. Il formait comme un lac à l'endroit où nous avions fait halte, non loin du couvent de la Visitation. Je me suis aperçu que si nous jetions le corps de Giabiconi ici, au bord de la nouvelle rive que l'inondation avait tracée, le courant ne serait pas assez puissant pour l'entraîner. D'autre part, nous ne pouvions pas trop nous avancer dans le lit du ruisseau sans nous mettre en danger. Ni l'un ni l'autre ne savions nager. Nous avons dû renoncer à jeter le corps là où il aurait pu être aussitôt emporté. Il fallait l'abandonner où nous l'avions déposé. Mais le laisser sur le bord de la rive, c'était s'exposer à une découverte et une identification précoces. J'ai donc déshabillé entièrement le misérable. Il ne portait aucun signe particulier qui puisse le faire reconnaître. Pas même un de ces tatouages que les militaires arboraient volontiers. J'ai pris ses vêtements et j'ai réussi à les jeter suffisamment loin dans le lit du ruisseau pour qu'ils soient entraînés par la violence du flot. Apparemment, ils n'ont jamais été retrouvés. Ou peut-être ne les a-t-on jamais restitués. Je devais me rendre compte un peu plus tard que, dans l'affolement, avec les vêtements de l'assassin de ma mère, j'avais jeté dans les eaux boueuses du Jarret plusieurs milliers de francs et un lingot d'or.

Par bonheur, ni à l'aller, ni au retour nous ne rencontrâmes âme qui vive. Aucun des enquêteurs ne devait s'inquiéter de mes vêtements mouillés et de mes souliers maculés, pas plus que de ceux d'Adèle Cayol. La pluie n'ayant cessé que vers l'aube, ils ont imputé leur état à nos allées et venues entre la maison de ma mère et la mienne, outre mon déplacement vers le commissariat de Saint-Just. Seule l'empreinte de mes talons au pied du mur mitoyen entre les deux jardins les a intrigués, m'obligeant à dévoiler ma liaison avec Adèle devant la cour d'assises.

Au début, Adèle Cayol se conforma point par point à ce que j'avais imaginé. Mon épouse elle-même, il est vrai assommée par les calmants que nécessitait son état nerveux, y crut la première. Pauvre femme ! Comme je l'ai bernée, misérable que je suis !

On sait comment, par la suite, la bonne me trahit et comment, en m'accablant face à nos juges, elle contribua à ma condamnation.

Cent fois, devant l'obstination qu'elle mettait à m'accuser, j'ai été au bord de tout avouer sur la vérité de cette soirée maudite. J'ai toujours reculé au dernier moment. Je croyais avoir tué Raymond Giabiconi. J'en restais persuadé. Le remords m'obsédait. J'étais un meurtrier. Quand vint l'heure de mon procès à Aix, j'estimais toujours avoir tué l'assassin de ma mère adoptive. Il était normal que je paie. Le Décalogue dit : "Tu ne tueras point." Je me punissais avant que mes juges ne le fassent.

En endossant le meurtre de ma mère adoptive, je me persuadais de payer pour le meurtre de Raymond Giabiconi.

Quand j'ai vu comment Adèle Cayol m'accablait, j'ai cru sincèrement qu'en m'accusant, elle vengeait la mémoire de son amant.

Enfin je dois avouer mon angoisse majeure. J'avais peur en disant la vérité devant les cours d'assises d'Aix et de Montpellier, que, dans leur juste courroux, mes juges m'imputent les deux assassinats : celui de ma mère et celui de Raymond Giabiconi. Si j'avais été considéré comme un double assassin, aurais-je bénéficié du geste de clémence des jurés d'Aix-en-Provence qui m'épargnèrent le couperet de la guillotine ?

Plus le temps passait et moins ce que j'aurais pu enfin révéler devant un nouveau tribunal aurait paru crédible. On m'aurait accusé de mentir, d'inventer une fable nouvelle. Personne ne semblait avoir fait la liaison entre moi et ce cadavre anonyme que l'on avait forcément dû découvrir depuis le temps ! Mes proches, mon demi-frère Auguste et son épouse, avaient effectué des recherches dans les archives des journaux pour retrouver trace d'une information faisant état de la découverte d'un noyé dans le Jarret. Elles furent vaines. Je ne pouvais donc plus dire à mes juges ce qui s'était réellement passé. La pièce à conviction que représentait le cadavre de Giabiconi avait disparu sans laisser de traces.

Par la suite, je devais apprendre par ma famille qui ne m'avait pas abandonné, l'incroyable nouvelle ! Raymond Giabiconi avait échappé à la mort ! Mon avocat, Me Gropierres, me persuada de changer de tactique devant mes juges de Lyon. Entre-temps, en effet, le voyou, revenu de l'enfer où je croyais l'avoir précipité, était réapparu ! Comment a-t-il survécu à la blessure que je lui infligeai ? Qui est venu à temps à son secours pour le tirer in extremis vers la vie ?

Je ne l'ai jamais su.

Quoi qu'il en soit, ce bandit, cet assassin, vint trouver mon demi-frère, Auguste et lui réclama de l'argent pour prix de son silence. Par les journaux relatant mes divers procès, il avait appris ce qu'il était advenu de moi. Il menaçait de se présenter devant le tribunal pour faire des révélations. Il se faisait fort de m'envoyer à la guillotine quand les jurés de la cour d'assises de Lyon auraient à se prononcer sur l'opportunité de mon acquittement, après la condamnation à Riom d'Adèle Cayol.

Mon frère Auguste prit peur. Il paya autant qu'on lui réclama le silence du misérable, qui ne cessait de revenir le menacer. Enfin, Auguste réussit, moyennant une très forte somme, à persuader Giabiconi de renoncer à son chantage, en procurant au bandit les moyens financiers d'acquérir une fausse identité. Averti, Me Gropierres nous convainquit d'utiliser l'hypothèse du mystérieux troisième personnage présent dans la maison de ma mère le soir du crime, pour semer un doute salutaire pour moi dans la cervelle des jurés de Lyon.

On comprendra à la lecture de ce qui précède, que cette accumulation de malheurs a fait de moi un homme fini. Qu'on ne cherche pas d'autre raison à la décision irrémédiable que je viens de prendre.

Je dis adieu sans regrets à cette terre où je n'ai connu que la souffrance. Je n'espère plus qu'en l'infinie miséricorde de Dieu. »

Louis Coulon, Marseille, le 30 octobre 1896.

Raoul Signoret demeura un long moment accablé et muet. Me Gropierres bouillait d'impatience. Il ne put s'empêcher de dire :

— Je vous avais promis une surprise. Il me semble que je vous ai gâté !

Les murs du bureau valsaient lentement sous le regard du journaliste. Le rire aigu de l'avocat agressait ses oreilles. Pour tout commentaire, il ne réussit qu'à articuler :

— Ça...

Et demeura coi. Il secoua la tête, comme pour chasser un mauvais rêve. Les pensées, les images se bousculaient sous son crâne.

— On dirait que ça vous coupe la chique, ironisa l'avocat.

— Il y a de quoi, non ?

— Je le pense aussi, répliqua Me Gropierres.

Le journaliste lui rendit les feuillets couverts de la haute écriture de Coulon. L'avocat les prit :

— Il faudrait avertir maintenant le commissaire Baruteau. C'est à la Sûreté marseillaise que ces propos s'adressent. Voulez-vous que nous l'appelions ?

Raoul fit signe que oui de la tête. En composant le numéro de téléphone de l'Évêché, Me Gropierres proposa au journaliste :

— Pouvez-vous me rendre un service ? Si vous portiez vous-même la confession de Coulon à votre oncle, non ? Ça serait plus sûr et plus rapide.

Raoul donna son accord.

— Allô ! Cher ami ? Me Gropierres à l'appareil. Je vous passe votre neveu ? Comment ? Non, il n'a pas fait de bêtise, rassurez-vous. Il est juste venu me dire un petit bonjour. Je vous le passe.

Avant que Raoul n'ouvre la bouche Baruteau lança :

— Tu sais la dernière ? Louis Coulon s'est pendu. On l'a retrouvé avant-hier dans le grenier de la maison de son frère. Il avait tenu le coup jusqu'ici et il a craqué quand tout était fini. Ça ne m'étonne pas plus que ça. Il n'a pas laissé un mot d'explication. Rien. C'est bien de lui ! Ce type aura été déroutant jusqu'au bout.

Devant le silence qui régnait au bout du fil, Baruteau demanda :

— Eh ! bien, c'est tout ce que ça te fait ? Tu ne vas pas encore me dire que tu le savais avant moi ?

— Presque, répondit Raoul. Je ne connaissais pas la fin de l'histoire, mais je vous apporte *illico* les chapitres qui vous manquent.

24

Où une pendaison de crémaillère est l'occasion d'évoquer un inquiétant revenant et sa double vie.

Marius Bonnenfant et ses deux amis pêcheurs avaient fait des merveilles. L'appartement de Raoul Signoret était devenu une bonbonnière repeinte aux couleurs de Marseille : bleu et blanc. Les murs immaculés étaient enduits selon la technique du *frotassé*. Elle leur donnait un aspect de crépi rustique. Tout ce qui était encadrements, poutres apparentes, cœurs de portes, avait été peint en bleu clair très lumineux. Rideaux en voiles et doubles rideaux en tissu opaque observaient la même harmonie. Comme de nouveaux mariés, Cécile et Raoul avaient choisi chaque meuble chez les brocanteurs et opté pour du provençal Louis XV dont ils appréciaient la sobriété.

Eugène Baruteau, se déplaçant d'une pièce à l'autre, l'air d'un enquêteur sur le terrain, admirait le fini du travail, tâtant un tissu, caressant un dossier de fauteuil, passant la main sur les peintures pour en apprécier la qualité.

Pour combattre une envie de fumer qui ne lui passait

pas, le commissaire mâchait sans conviction des morceaux de bois de réglisse qui constellaient ses lèvres et sa moustache de fins copeaux jaunâtres. À force de le torturer, il avait eu raison de la solidité du tuyau de sa pipe *Peterson* en bruyère flammée d'Irlande, qu'il avait dû jeter, le cœur brisé, après onze ans de vie commune.

Thérèsou et sa belle-sœur papotaient assises devant la cheminée après s'être acquittées des compliments d'usage. Comme d'habitude, la conversation portait sur les recettes de cuisine et le tricot, avec de temps à autre des échappées sur l'avenir de Raoul et Cécile. Contrairement à bien des veuves, qui reportent sur leur enfant unique un amour exclusif et intolérant, Adrienne Signoret n'envisageait pas la jeune femme comme une étrangère. Celle qui allait lui prendre *son chef-d'œuvre*, ce fils bien-aimé auprès de qui aucune épouse, si parfaite fût-elle, ne pourrait jamais la remplacer. Au contraire, la mère de Raoul déplorait l'intransigeance de M. Jacquemet qui pérennisait une situation pénible pour elle, car elle la privait de la joie espérée de devenir grand-mère à son tour. Elle enviait ces femmes à cheveux blancs qui promenaient au soleil de la place de Lenche des landaus garnis de poupons grassouillets à qui elles chantaient inlassablement *« Ainsi, font, font, font... »*, dont elles savaient si bien calmer les pleurs et rétablir la confiance par un simple sourire.

Dans un coin, n'osant s'asseoir, Marius Bonnenfant et ses deux amis pêcheurs qui lui avaient donné un coup de main, intimidés et rougissants dans leurs habits du dimanche, avaient eux aussi été invités à cette pendaison de crémaillère familiale. Ils ne savaient quelle attitude adopter avec ces « gens de la haute » et se dandinaient d'un pied sur l'autre sans rien dire. Raoul s'efforçait de les mettre à l'aise, vantait la qualité de l'ouvrage accompli, mais il ne faisait que renforcer l'embarras de ces gens simples qui ne s'estimaient pas à leur place.

Seule Cécile manquait au tableau.

La jeune femme avait réussi, grâce à l'ambassade de son amie d'enfance Emma, à renouer récemment avec sa mère qui ne demandait pas mieux. Mais le père Jacquemet persistant dans son intransigeance, la mère et la fille devaient se résoudre à se rencontrer au-dehors, pour ne pas risquer d'avoir à subir la colère du *pater familias*. Le négociant continuait à considérer sa fille comme une rebelle ingrate et Raoul comme un *écornifleur*[1].

L'après-midi même, Cécile et Mme Jacquemet s'étaient donné rendez-vous dans le salon de thé de la Pâtisserie Plauchut, tout en haut des allées de Meilhan[2] et la jeune femme n'avait pas encore rejoint la petite fête.

Pour ne pas mobiliser trop tard les trois pêcheurs, qui se levaient avant l'aube le lendemain, il avait été décidé de célébrer la réhabilitation de l'appartement sans attendre le retour de Cécile. Elle prendrait « l'omnibus en marche » comme avait dit Baruteau.

Raoul était allé chercher les trois bouteilles de champagne confiées au bac à glace de Félicité Lenzini, la poissonnière tonitruante du coin de la place de Lenche.

Chacun trinqua, on renouvela les compliments aux

---

1. Parasite, personne intéressée. (Cf. le titre éponyme de la pièce de Jules Renard).

2. Ouverte en 1820, elle est toujours en activité à l'orée du 3e millénaire, à l'extrémité de la Canebière.

trois pêcheurs-peintres-maçons qui avaient fait des merveilles et ceux-ci mirent fin à leur martyre en prenant congé.

Une fois en famille, les Baruteau/Signoret se scindèrent en deux clans. Les belles-sœurs – à qui une goutte de champagne avait mis du rose aux joues – reprirent la recette des *pieds et paquets comme à Sisteron* là où elles l'avaient laissée avant de lever leur coupe ; l'oncle et le neveu s'installèrent face à face auprès de la table de salle à manger pour achever la deuxième bouteille. La troisième attendrait le retour de Cécile dans une cuvette en zinc garnie d'un morceau de glace chipé à Félicité.

Il ne fallut guère plus de quelques minutes et l'assèchement de la troisième coupe depuis le début de soirée pour qu'entre Eugène Baruteau et Raoul Signoret vienne se balancer la silhouette mélancolique d'un pendu au bout de sa corde, du nom de Louis Coulon.

Thérèsou poussa silencieusement le coude de sa belle-sœur avec l'air entendu de lui dire : *li sian mai*[1].

L'affaire Magnan revenait en leitmotiv dans les conversations entre le policier et le journaliste. Le suicide de Coulon et l'arrestation mouvementée de Raymond Giabiconi en plein cœur du quartier réservé n'avaient pas tari l'intérêt des deux hommes pour cette affaire qui avait occupé cinq années de leurs vies professionnelles.

— J'ai usé trois cubes de savon de Marseille dans les cheveux d'Auguste Coulon, le « grand frère » de notre pendu, était en train de dire le commissaire.

1. Mot à mot : « on y est encore ! ». S'emploie en provençal pour souligner le caractère répétitif ou cyclique d'un événement.

— Ah, bon ? répliquait Raoul, feignant l'étonnement pour mieux lancer son oncle sur la voie des explications.

— Eh, oui ! Il nous a caché des choses trop longtemps, celui-là aussi ! Il aurait dû venir nous signaler dès sa première visite le chantage de Giabiconi. Il a laissé courir un type dangereux qu'on aurait pu mettre à l'ombre plus tôt. J'avais presque envie de le faire coffrer pour complicité.

Baruteau tendit à nouveau sa coupe.

— L'audition du frère aîné de Coulon et la confession écrite de celui-ci m'ont enfin permis de comprendre le zèle mis par Auguste pour défendre Louis, dit le policier. Je ne comprenais pas pourquoi il s'était tant démené tout d'un coup, pour faire acquitter un demi-frère à qui il n'avait jusqu'alors jamais témoigné une grande affection. Souviens-toi qu'il refusait de payer ses dettes pour le guérir de ce qu'il appelait « son vice », le démon du jeu. Le chantage de Giabiconi auprès de la famille a dû lui coûter très cher, à cet homme. Sans parler de ce qu'il a pu promettre ou donner à Adèle pour qu'elle s'accuse.

Baruteau avait un peu égaré le fil de sa démonstration.

— Pourquoi je te parle de ça, moi ? Ah ! oui. Je te disais que si Louis Coulon était enfin acquitté, il serait lavé de la peine dite *d'indignité* qui exclut d'une succession un héritier, en raison de son comportement envers le défunt. À plus forte raison s'il l'a tué ! Donc, s'il était acquitté, disais-je, Coulon pouvait redevenir l'héritier de sa mère adoptive. Or, tu sais qu'Auguste n'était que le demi-frère de Louis. Il n'avait droit à rien, lui. Par conséquent, si Louis Coulon récupérait l'héritage, son grand frère Auguste pouvait espérer au moins se rembourser auprès de lui de ses avances et de l'argent qu'il avait dû lâcher à Momond et à Adèle. Peut-être même carrément partager l'héritage. Tu comprends pourquoi il tenait tant à ce que Coulon soit blanchi ? Sans parler de l'abbé Bonsignour et de mère Marie du Petit-Jésus...

— De Jésus-en-Croix, rectifia Raoul.

— Si tu veux. En croix ou en bannière, nos deux rôtisseurs de bonniche hystérico-mystique devaient attendre le paiement des services rendus. C'est qu'il y en avait de l'argent à ramasser ! Et autant de mains tendues. Tout le pactole avait été bloqué par la justice durant toutes les années où elle a pataugé...

Le neveu admira la démonstration de l'oncle. Tout ça se tenait. Mais était-ce pour autant la réalité ? Il y en avait au moins un dans la famille que l'acquittement de Coulon ne devait pas enchanter. C'est Espanet, le « jeune » frère de Mme Magnan. Coulon éliminé, il était devenu le seul héritier de la rentière. À présent, il allait être obligé de restituer sa part à l'ex-condamné...

— Tu sais, Raoul, ajouta le commissaire qui poursuivait son idée, rien ne dit maintenant qu'Auguste Coulon soit sorti d'affaire. Je pense qu'il a été pour beaucoup dans les aveux à retardement de la bonne. Curés et bonnes sœurs sont venus à la rescousse pour terroriser la petite, mais c'est la famille qui a poussé à la roue. J'en suis persuadé... Enfin, on verra bien ! Si un juge vient lui chercher des poux sur la tête, l'Auguste ne l'aura pas volé. Moi, sur le moment, il m'a fait surtout pitié. Cette famille en a suffisamment bavé. Mais il n'est pas sûr que les chats-fourrés se montrent aussi indulgents. Ils sont vexés qu'on les ait si longtemps bernés.

— Il faut se mettre à la place d'Auguste Coulon, objecta Raoul. Il pensait d'abord à sauver son frère. Ça lui a coûté assez cher, d'ailleurs. Au sens propre du terme.

— C'est vrai, admit Baruteau. Mais si tu commences à entrer dans le jeu de chacun, tu ne t'en sors plus. Ils ont tous de bonnes raisons de faire ce qu'ils ont fait. Je suis sûr que ton ami Momond est en train de s'en chercher.

— Aaaah ! s'écria Raoul. Parlez-moi un peu de celui-là. Ce cher Momond...

Avant de confier à son neveu le point de l'enquête, le commissaire cligna de l'œil :

— À ce propos, je ne sais pas si tu es au courant – ça sait tout un journaliste – dernièrement, figure-toi qu'on a trucidé un type dans la rue Baussenque. Un homme de bien : il donnait du travail à trois femmes qui sans lui auraient été à la rue. On l'a retrouvé pratiquement percé de part en part. Pourtant, il était épais. Eh bien, tu le croiras si tu veux, on a eu beau chercher, impossible de mettre la main sur le type qui a fait ça. Personne n'a rien vu ni entendu. Je pense que l'affaire va être classée sans suite. Un mystère de plus. Tu devrais faire l'enquête, tu ne crois pas ? Toi qui retrouves les assassins avant la police.

Baruteau n'avait visiblement pas tout à fait digéré que son neveu soit allé plus vite que lui sur la bonne piste, en démasquant la double identité du prétendu Graziani.

— Que penses-tu de ma proposition ? insista le policier. Si je te prenais à la Sûreté pour enquêter sur la mort de Toine Mozziconacci ?

Raoul esquiva :

— Vous m'avez promis des nouvelles de mon ami Momond. C'est Momond qui m'intéresse. Je ne sais pas qui est ce Mozzi... Mozzi comment déjà ?

— Ah, Momond... dit Baruteau faussement peiné. Il est dans une situation délicate. C'est terrible. Un garçon brillant, si plein d'avenir...

Le policier redevint sérieux. Il licha l'ultime goutte de champagne tiédi au fond de sa coupe et enchaîna :

— Au sujet de ce qu'il a fait subir à notre barbeau-déserteur, Coulon n'a pas l'air d'avoir raconté trop de *craques* dans sa confession. Pour une fois... Momond a bien été laissé pour mort sur les bords du Jarret en crue, après le coup de bûche monumental qu'il avait pris sur le crâne. Mais comme il n'y a de veine que pour la canaille, le jardinier-homme-à-tout-faire du couvent de la Visitation, tout proche, l'a tiré d'affaire. Ce brave homme – je parle du jardinier, bien sûr ! – a un faible pour les estaminets et ce qu'on y trouve pour remplir les verres. Il rentrait après une tournée – et même plusieurs, si j'ose dire. Il a dû manquer d'un rien notre Coulon qui s'en retournait chez lui en compagnie de la bonne, persuadé qu'il avait tué Giabiconi. Tu sais que celui-ci avait été abandonné entièrement nu dans trente centimètres d'eau. Ça l'a intrigué, notre jardinier, cette tache claire au bord du ruisseau. Il est allé voir. Quand il a découvert ce qu'il pensait être un macchabée, au lieu de faire comme tout le monde, le laisser là où il était et n'en parler à personne, il a couru vers ses bonnes sœurs et il a réveillé les pieuses femmes. Ah, on n'est pas jardinier de couvent pour rien ! « J'ai pensé que c'était peut-être un chrétien, nous a dit ce brave vieux. Je pouvais pas le laisser là, toute la nuit sous la pluie, dans l'état où il était. » Et dire qu'il n'avait même pas attrapé un rhume, ce cochon de Momond !

Le policier reprit le fil de son récit :

— Le jardinier-sauveteur a donc attelé la charrette du couvent et a pris une couverture, pas pour réchauffer le mort, mais pour ne pas offusquer la vue de ses saintes femmes et patronnes. Il est allé chercher Momond qui baignait toujours dans son jus et il l'a enroulé dans la couverture. Aidé par les sœurs, il a déposé son corps sur un lit, dans une pièce inoccupée et ces braves personnes ont décidé d'attendre, en priant, le matin pour prévenir qui de droit. Dont un docteur, d'abord.

— Bon réflexe, dit Raoul.

— Eh, oui, confirma Baruteau. Ça a sauvé la vie à Momond. Car l'homme de l'art, en examinant le cadavre, s'est aperçu qu'il lui restait un souffle de vie. Oh, pas grand-chose ! Mais ça suffisait pour qu'il ordonne qu'on place Momond au chaud. Il a nettoyé la plaie – entre parenthèses, il a un crâne en granit, ce type – et il est allé alerter l'hôpital de la Conception, qui est le plus proche.

Et voilà pourquoi on n'a jamais retrouvé le « mort ».

Le policier se cala contre le dossier de son fauteuil pour juger de l'effet de ses révélations :

— Parce que, remarqua Raoul, à l'hôpital on ignorait à qui on avait affaire ?

— Bien sûr ! Son nom n'était pas tatoué sur son nombril ! On n'a jamais retrouvé ni ses vêtements, ni ses papiers. Si quelqu'un les a ramassés, avec un lingot d'or dans une poche, il n'est pas venu alerter les populations. L'interne de garde a pensé avoir affaire à un trimardeur quelconque qui se serait battu après boire. En plus, le Momond était dans le coma.

— Il l'est resté longtemps ?

— Douze jours, nous ont dit les médecins que nous avons interrogés. Quand nous l'avons coincé l'autre semaine dans sa planque de la rue de l'Aragno[1], nous avons demandé à Momond où il était passé entre le moment où Coulon l'a « tué » et celui où tu t'es battu à la savate avec celui qui était devenu le barbeau de la fille Cayol.

— Alors ?

— Alors, il a fait un peu le mariolle au début, mais ça lui a vite passé.

Raoul imaginait sans peine comment on avait persuadé Momond de « collaborer » avec la police.

— Nous avions la date départ de l'affaire : le 16 décembre 1891, jour où il a reçu un coup de bûche qui l'a fait disparaître sans le tuer, poursuivit Baruteau. Nous sommes allés fouiller dans les registres hospitaliers. Nous y avons trouvé trace d'un inconnu, ramassé sur les bords du Jarret, amené à l'hôpital dans la matinée, dépourvu de tout moyen d'identification, plongé dans un état léthargique profond, portant une large plaie au cuir chevelu, qui a séjourné dans le service de

1. L'araignée.

neurologie de la Conception du 16 décembre 1891 au 2 mai 1892, jour où il a fait la belle. Il s'est s'échappé vêtu d'un pyjama réglementaire de l'administration hospitalière et d'un pardessus volé dans le vestiaire du personnel. Il avait aux pieds des charentaises prêtées par une infirmière.

— Il s'est donc bien remis de sa bosse, la carne, constata Raoul. C'est incroyable, la résistance de ce bonhomme. Pourtant, il n'est pas gros !...

— C'est la méchanceté qui doit le rendre increvable, commenta Baruteau.

— Poursuivez, mon oncle, dit Raoul, et pardon pour mon interruption.

— J'ai soif, dit le commissaire.

— On a dit qu'on attendait Cécile, pour ouvrir la dernière bouteille ! intervint Thérèsou. Si tu parlais un peu moins, tu aurais moins soif !

Baruteau ignora la pique.

Avec un gros soupir de résignation le policier continua :

— Bien ! À ce moment, on ne sait toujours pas à qui on a affaire. Au bout de douze jours, Momond sort du coma, mais il est muet comme une carpe. Les médecins se relaient à son chevet pour le tirer de son mutisme. Rien à faire. Ils se disent que le bonhomme est devenu amnésique, ce qui ne les étonne guère, en raison de la violence du coup qu'il a pris sur la tête. Quatorze points de suture ! Coulon n'y est pas allé de main morte ! Tout ça va durer près de cinq mois. Pendant cinq mois, Momond a serré les dents. Il a un sacré caractère, ce saligaud ! Parce que nous savons maintenant qu'il faisait semblant d'avoir perdu la mémoire. Il a fini par me l'avouer quand je l'ai fait rissoler à feu un peu plus vif.

La comparaison culinaire fit sourire Raoul.

— Bref, ajouta Baruteau en changeant de position car son dos commençait à regimber, Momond s'est remis de sa mésaventure en silence. Moins il en disait, moins on pouvait savoir qui il était. Il s'était convaincu que personne ne l'avait identifié et que plus le temps passerait, plus ça serait difficile. Quand il s'est senti assez costaud, « adieu Berthe ! ». Voilà comment tu as pu le retrouver sous les écailles d'un maquereau de la rue Bouterie. Il était venu se planquer dans un endroit où il se savait à l'abri. Il a aidé Adèle Cayol à s'enfuir du Refuge et il l'a mise sur le trottoir pour agrandir son cheptel.

— Savez-vous comment il s'y est pris pour changer d'identité ?

— Ça n'est pas bien sorcier, répondit le commissaire. Les gendarmes de Calenzana nous ont aidés à y voir clair. Il y avait bien un Raymond Graziani, dans le village, né le même jour que Momond. Mais ce jeune homme n'était pas du même bois que notre barbeau. Lui, il a été tenté par l'aventure. À dix-sept ans, émancipé, il est parti pour le Venezuela. Et là, on perd sa trace. On ne l'a jamais revu à Calenzana. Sa mère, qui était veuve, est probablement morte de chagrin. Ce qui fait qu'il n'y avait plus grand monde pour s'inquiéter de lui. Momond a dû apprendre la chose. Le Panier, tu le sais, est un village corse. Il y a des rues peuplées uniquement de Calenzanais. Ils se remplacent nombre pour nombre, quand certains d'entre eux retournent dans l'île. La disparition de Raymond Graziani a dû donner des idées à notre ami Momond. Il a pris l'identité du jeune homme. Même âge, même origine. Se faire fabriquer des faux papiers du côté du quartier réservé, c'est faire appel à une industrie locale. Il avait bien joué, Raymond Giabiconi. Quand il s'est fait un peu regarder sous le nez par les Mœurs, pour ses activités rue Bouterie, on a demandé s'il y avait bien un Graziani Raymond, né à Calenzana le jour indiqué sur la fausse pièce d'identité de Momond. Les gendarmes ont répondu : oui. Et Momond, sans s'affoler, a dit « bien sûr, c'est moi. J'étais parti au Venezuela, je suis de retour à Marseille ». Il n'y avait personne ici pour le contredire. Et ceux qui savaient la vérité, comme le gros Toine Mozziconacci, observaient la loi du silence. Comme Momond était indic à ses heures et qu'il rendait quelques services, on n'est pas allés chercher plus loin de ce côté-là. Il a fallu que tu t'en mêles, mon cochon.

Raoul souriait à son oncle. Celui-ci le brocarda :

— Allez, quitte le journal et viens chez les condés. Je te garderai les bonnes affaires.

À cet instant Cécile fit son entrée dans l'appartement. Thérèsou et Adrienne Signoret se levèrent pour aller l'embrasser et l'oncle Eugène s'apprêtait à extirper sa grosse carcasse du fauteuil.

— Ah ! On va pouvoir finir le champagne, s'exclama-t-il joyeusement.

Cécile était un peu pâlotte. Elle s'efforçait de sourire à chacun. Son regard cherchait celui de Raoul.

Elle fit encore deux pas en avant. La croyant inquiète ou contrariée par son entrevue de l'après-midi avec Mme Jacquemet, Mme Signoret demanda :

— Vous avez pu rencontrer votre maman ?

La jeune femme ne répondit pas. Avant de choir avec grâce mais sans connaissance sur le tapis, au centre de la pièce, elle eut le temps de dire d'une voix affaiblie :

— Raoul, mon chéri, je crois bien que je suis enceinte...

25

Où tout est bien qui finit bien, par un beau mariage, mais avec une grosse surprise au dessert.

En cette belle fin de matinée du 30 janvier 1897, réchauffé par un doux soleil d'hiver, les cloches de Saint-Laurent – l'église des pêcheurs du quartier Saint-Jean à Marseille – sonnaient à toute volée. Un grand mariage y était célébré qui avait réuni plus de cinq cents invités. Le cortège qui s'apprêtait à entrer sous les fraîches voûtes romanes à la suite du couple des jeunes mariés était partagé en deux groupes inégaux et contrastés. D'un côté (les plus nombreux) des bourgeois endimanchés arrivés en fiacres, hauts-de-forme et habits noirs, plastrons amidonnés, décorations pendantes et souliers vernis pour les hommes, et pour les dames : longues robes en tissus de prix, aux manches bouffantes, fourrures précieuses sur les épaules et vastes chapeaux décorés de fleurs de soie, voire d'oiseaux aux ailes déployées ou de grappes de fruits artificiels. Des noms connus circulaient sur les lèvres des badauds et soulevaient selon les cas des cris admiratifs devant la beauté et le luxe des toilettes ou des quolibets narquois devant l'envergure des chapeaux. « *L'as paga, lou capèu*[1] *?* »

Les négociants croisaient les hommes d'affaires, les armateurs, les industriels et les magistrats. Le monde politique avait aussi répondu présent et des conciliabules retenaient des gens importants aux mines graves qui hochaient la tête avec des airs entendus. Les élections approchaient et certains amorçaient dans cette foule festive leur prochaine campagne électorale. On remarquait également les taches colorées des militaires en grand uniforme et des ecclésiastiques de haut rang. Tout ce beau monde se saluait gravement, se déplaçait solennellement, se présentait mutuellement, pratiquait baisemain et courbettes, dans une sorte de ballet-pantomime dont les règles chorégraphiques étaient depuis longtemps établies et respectées.

Dans l'autre partie de l'assistance (les moins nombreux, mais les plus spontanés) on discernait un groupe hétéroclite arrivé à pied ou en omnibus. Un œil avisé aurait pu y distinguer des gens des Vieux-Quartiers, pêcheurs, commerçants, riverains de la place de Lenche et rues adjacentes, quelques ouvriers du port, et une foule de confrères et d'amis du marié qui se racontaient des histoires drôles, faisant éclater ici et là des éclats de rires spontanés, ou s'interpellaient joyeusement.

Le père de la mariée, qui s'avançait en compagnie de sa fille, tout imbu de son importance – n'était-il pas le premier négociant en produits coloniaux du port de Marseille ? – fut familièrement désigné par un groupe de pêcheurs devant lesquels il passait, par l'inattendu :

---

1. Vieille plaisanterie marseillaise pour se moquer d'une coiffure extravagante. Littéralement : « Tu l'as acheté, ton chapeau ? »

— Tè vé ! C'est pas le marchand de cacahuètes, lui ?

Au bras du marié, vêtu d'une redingote gris perle, son gibus à la main, sa fine moustache impeccablement taillée et sa belle chevelure blonde soigneusement peignée, sa mère vêtue d'une robe parme sous un long manteau noir, pleurait d'émotion comme une fontaine répand son eau. De son côté, donnant le bras au chef adjoint de la Sûreté marseillaise qui jouait le rôle du père du marié, la mère de la mariée en faisait autant.

Le grand policier était aussi fier que resplendissant dans son bel habit noir. Pour l'occasion unique, il avait ciré sa grosse moustache et, n'étaient ses souliers vernis qui lui compressaient un cor douloureux au pied gauche, ce jour eût été l'un des plus beaux de sa vie.

Un vieux militaire de haute taille – il ressemblait au déjà célèbre colonel Lyautey – reconnaissable à son maintien et son air d'autorité naturelle, bien qu'il fût en *pékin*, masquait mal son émotion derrière un maintien solennel. Ce qui lui avait fait écraser une larme sincère en embrassant les futurs mariés.

Une chose était sûre et visible : l'événement remplissait de bonheur les deux héros du jour. Leurs visages radieux, leurs regards tendres et amoureux, leur manière d'être seuls au monde au milieu d'un grand concours de foule l'attestaient. La mariée était rayonnante de beauté et de grâce, dans sa robe blanche à manches bouffantes ornée de broderies de perles qui, compte tenu de la brièveté des délais de fabrication, avait dû donner du travail nuit et jour pendant un mois à une escouade de couturières. Son long voile de tulle blanc était tenu par deux ravissantes demoiselles d'honneur : les filles d'une de ses amies de collège.

Aujourd'hui, 30 janvier 1897, Cécile Jacquemet épousait Raoul Signoret en l'église Saint-Laurent, après une halte à l'hôtel de ville, quai du Port, sur le chemin du cortège vers l'église, où le maire, Siméon Flaissières, avec sa houppette et sa barbe blanches, avait tenu à unir lui-même les futurs époux de son accent chantant où roulaient tous les cailloux de son Languedoc natal.

Au moment où les fiacres qui emmenaient une grande partie de la noce passaient à la hauteur du quartier réservé, dont les ruelles bordaient le port, ces dames avaient arboré des mines d'exploratrices se risquant chez les sauvages mangeurs d'hommes, tandis que ces messieurs jetaient l'air de rien un coup d'œil en coin, illuminé par des souvenirs personnels de visites plus discrètes en ces lieux accueillants.

Tout le monde arborait un air ravi en débarquant à l'instant sur l'esplanade de Saint-Jean, mais pour arriver à ce beau jour de réjouissances et de paix retrouvée, il avait fallu batailler ferme.

Derrière les sourires et les pleurs de joie, les paroles de félicitations sincères ou convenues, sur lesquels le soleil de Marseille se répandait généreusement, qui aurait pu se douter que ce beau mariage avait fait en secret l'objet d'âpres et interminables négociations ? À leur terme, on avait « enterré la hache de guerre » comme avaient appris à le dire les Marseillais, depuis que l'imposteur Buffalo Bill était venu, à l'automne

1889, avec le cirque du *Wild West Show* leur donner une idée frelatée de la conquête de l'Ouest.

En apprenant le « déshonneur » qui frappait sa fille, Léon Jacquemet était entré dans une colère jupitérienne qui avait fait craindre un instant que ses artères n'y résistassent pas. La première réaction du père de Cécile avait été de maudire jusqu'à son dernier représentant la lignée à venir, issue des entrailles trop fécondes d'une fille perdue. Un enfant conçu hors mariage avec un suborneur ne pouvait être que le premier d'une postérité de bâtards.

Immédiatement après ce constat, M. Jacquemet avait juré de déshériter celle par qui le scandale arrivait. Enfin, si par hasard elle devait mettre fin à son état honteux de concubinage, le négociant se promettait bien de ne pas assister au « mariage de réparation », pas plus que de faire connaissance avec « l'enfant du péché ».

En prenant connaissance successivement et dans un délai très bref de l'état de sa fille et de celui de son époux, Mme Jacquemet eut la même réaction que Cécile apprenant la nouvelle à la famille de Raoul : elle s'évanouit, ce qui doucha un temps le courroux de son mari.

Cependant, dans les jours qui suivirent, la solidarité féminine commença à cimenter de nouveaux rapports mère-fille, propres à bâtir un rempart solide contre les projets destructeurs du *pater familias*.

Commença alors un subtil travail de sape de Mme Jacquemet qui, peu à peu, avec infiniment d'astuce et de patience, fissura les certitudes colériques du bourgeois trop sûr de ses droits et devoirs. Leur famille était suffisamment connue sur la place de Marseille, disait-elle, pour que – si on ne mettait pas en ordre de bataille une contre-attaque d'envergure – les rumeurs du scandale aillent leur train et fassent leur œuvre destructrice. On ferait des gorges chaudes, dans tous les salons de la rue Paradis et de la Préfecture, de cette histoire du petit journaliste ambitieux qui avait séduit et engrossé la fille unique de l'un des négociants les plus importants de la ville, afin d'hériter un jour du fonds. C'était une histoire classique, qui devait déjà se pratiquer au temps lointain – vingt-cinq siècles ! – où le grec Protis épousa la fille du roi local, la belle Gyptis, pour s'établir à Marseille.

On ne pouvait donc pas cacher l'événement. Ni s'en détourner. D'autant plus que Cécile attendant un enfant, il faudrait bien qu'il naisse et donc, la nouvelle de son avènement ne pourrait pas être dissimulée longtemps à la bonne société. Nouvelles gorges chaudes en perspective, si on ne régularisait pas au plus vite une situation qui, sur le plan social et mondain, pouvait faire du tort à l'entreprise Jacquemet et à la famille Jacquemet.

L'argument – surtout le premier – avait ébranlé les convictions du négociant.

Plutôt que de bouder dans son coin, mieux valait, argumentait l'épouse redevenue complice objective de sa fille, feindre un accord total avec les projets des jeunes gens. Puisque l'irréparable est advenu, recollons au moins des morceaux. Comment ? En nous y associant. En organisant un grand mariage qui clouerait le bec aux colporteurs de ragots. Les apparences seraient sauves. Quant à l'enfant à venir, ce serait un nouveau-né de sept mois, ce qui arrive, même dans les familles les plus honorables. La Nature a de ces caprices...

Après avoir lutté pied à pied, argumenté, réfuté, contre-attaqué, Léon Jacquemet avait fini par se ranger de mauvais gré aux arguments de son épouse. Plus pour des raisons commerciales que sentimentales, mais il baissa pavillon. Un négociant de son envergure, membre influent de la puissante chambre de commerce, président du tribunal de commerce ne pouvait s'offrir le luxe d'être ridiculisé dans tout Marseille.

Il mit pourtant des conditions à sa reddition. Le mariage aurait lieu en l'église Saint-Joseph *intra muros*, rue Paradis, paroisse de la bonne société de Marseille, lors d'une messe solennelle, avec orgue, chorale, encens, enfants de chœur et une homélie de Monseigneur en personne. La cérémonie serait suivie d'un repas de noce mémorable à *La Réserve*, sur la Corniche, afin que tout Marseille fût au fait de l'événement. Enfin, une réception plus intime, à laquelle seraient conviés les proches et relations d'affaires du négociant dans l'hôtel particulier des Jacquemet, rue Paradis, se tiendrait dans la soirée.

En ce qui concerne l'aspect financier du projet, c'est-à-dire l'établissement de la part d'héritage de Cécile, que ce mariage forcé obligerait à déterminer, Léon Jacquemet se promettait d'en discuter sans délais avec son notaire. Il n'était pas question que Cécile reçût l'intégralité de ce qui lui serait revenu si elle avait épousé le fils Julliand, comme on le lui avait demandé.

Le négociant accepta le principe d'une réunion discrète à laquelle assisteraient seulement quatre personnes : son épouse, Cécile, Raoul et lui-même, afin de mettre au point d'un commun accord les détails concrets de la cérémonie.

Raoul Signoret ne manifestait pas un grand enthousiasme à l'idée d'une convocation qui l'obligeait à se rendre à Canossa. Il répondit pourtant favorablement à l'injonction du négociant par amour pour Cécile, par reconnaissance des efforts entrepris par la mère de celle-ci et pour calmer les alarmes de la sienne. En outre, il n'éprouvait aucun plaisir particulier à entrer en conflit ouvert avec un homme pour qui il n'avait pas d'estime particulière, mais qui serait, qu'on le veuille ou non, le grand-père de son enfant.

Pour autant, il se rendit à la rue Paradis bien décidé à ne pas se laisser piétiner par un homme chez qui le respect d'autrui n'était pas la vertu dominante. Prié, dès son arrivée dans l'hôtel particulier, par un majordome, de se rendre « dans le bureau de Monsieur » pour une entrevue en tête à tête, préalable à la réunion plénière, il refusa tout net de discuter de quoi que ce soit en dehors de la présence de sa future épouse et de Mme Jacquemet. Il tenait à ce que tous entendent les mêmes choses.

Si bien que l'entrevue commença dans une ambiance tendue. Refusant l'affrontement direct, Raoul se contenta de poser calmement ses propres conditions. Il acceptait, malgré son peu de goût pour le faste et le gaspillage, l'idée du grand mariage mondain, parce qu'il comprenait que la position sociale du négociant l'exigeait. En revanche, il refusait que la cérémonie religieuse se passât ailleurs que dans l'église où il avait été baptisé et où probablement son ou ses enfants le seraient : Saint-Laurent, la chapelle des pêcheurs, ce phare veillant sur le Vieux-Marseille, quartier où il avait vu le jour et où probablement il mourrait. C'est le vieux curé de Saint-Laurent, l'abbé Bonnadier, qui célébrerait le mariage.

À la mine qui s'était peinte sur le visage de Léon Jacquemet, on pouvait penser que venait de lui être proposé de rendre visite aux logements de ses ouvriers, proches des quais d'Arenc où des cargos ventrus déchargeaient les sacs de denrées coloniales que des norias humaines entassaient dans des hangars géants pour le plus grand profit de l'entreprise *Jacquemet et Cie*.

Le négociant comprit au ton du journaliste que c'était ça ou rien et que la perspective de manquer un mariage à grand tralala ne chagrinait pas le moins du monde ni sa fille, ni son futur.

En contrepartie du sacrifice consenti, Raoul Signoret acceptait les cinq cents invités, le repas à *La Réserve*, le bal qui suivrait, les fiacres fleuris, les poignées de mains hypocrites, les congratulations sournoises, les embrassades cauteleuses qui faisaient partie du rite social. Ce n'était qu'un mauvais moment à passer.

La tension palpable qui avait régné jusque-là remonta d'un cran lorsque Léon Jacquemet, cédant à sa nature profonde, commença à parler argent, laissant entendre à sa fille qu'il fallait revoir ses prétentions à la baisse.

Cécile et Raoul, qui s'attendaient à l'éventualité d'une ultime bassesse, s'étaient entendus à l'avance pour mettre un terme à une scène odieuse et humiliante. Cécile avait été désignée d'un commun accord pour exposer la position des futurs époux. D'une voix ferme, qu'altérait légèrement une colère contenue, elle dit à son père, droit dans les yeux :

— Raoul et moi n'avons besoin d'aucune aide, d'aucun secours. Encore moins d'une aumône. Nous gagnons tous les deux notre vie, ce qui nous suffit largement pour vivre ensemble l'existence simple que nous voulons partager. Nous sommes de ces idéalistes qui pensent que le bonheur est préférable à la richesse. Il n'est pas question que je touche un franc de mon héritage. Cet argent, je ne veux même pas en voir la couleur. Si vous tenez à faire un geste, vous n'aurez qu'à ouvrir un compte au nom de notre enfant à venir. Nous n'y toucherons pas. Il en prendra possession à sa majorité. Ainsi vous voilà débarrassé de ce souci qui vous obsède.

Un lourd silence s'établit. Léon Jacquemet baissa la tête et ne fit aucun commentaire. Mme Jacquemet se racla la gorge et, se levant avec la figure de quelqu'un qui s'apprête à se jeter à l'eau en ignorant les rudiments de la natation, elle dit d'une voix qui se voulait cordiale :

— Bon. Puisque vous vous êtes mis d'accord, je voudrais embrasser mon futur gendre.

Ses yeux brillaient. Il n'est pas sûr que ce fût de joie.

Raoul eut pitié de cette femme à qui il avait toujours gardé son estime et qu'il plaignait plus qu'il ne la blâmait. En l'envoyant un jour en première ligne pour se débarrasser du suborneur qui tournait autour de sa fille, Léon Jacquemet avait donné la mesure de son courage.

Le futur gendre embrassa volontiers sa future belle-mère en appuyant un peu son étreinte, afin qu'elle comprît qu'il partageait son épreuve et entendait y mettre fin.

Léon Jacquemet tendit la main à Raoul, mais ne parvint pas à soutenir son regard.

— Vous avez gagné, lâcha le négociant avant de proposer une coupe de champagne.

— Ce n'est pas en ces termes que j'envisage de lier ma vie à celle de Cécile, répondit simplement Raoul. Personne n'a perdu. J'espère vous en convaincre un jour... Avec l'aide de votre petit-fils.

Le visage de Léon Jacquemet s'était légèrement décrispé. Il dit, sur un ton sarcastique :

— Ah, parce que vous savez déjà que ce sera un garçon ! De mon temps on attendait neuf mois. Mais, il est vrai que nous sommes à la veille du XXe siècle. Le progrès est en marche.

Raoul sourit :

— Cécile est persuadée d'attendre un petit garçon.

— Vous avez choisi le prénom ? demanda Mme Jacquemet.

— Je laisse le choix à Cécile, répondit le jeune homme. Tout m'ira... Excepté Raymond.

Cécile éclata de rire. À la surprise effarée de son père.

*

Les cloches de Saint-Laurent sonnaient de plus belle quand les mariés apparurent sur les marches, salués par les cris traditionnels des badauds : « *Vivo li novis*[1] *!* »

Le cortège reformé se dirigea vers l'esplanade de la

1. « Vivent les jeunes mariés ! »

Tourrette qui domine la passe du Vieux-Port, face à la tour carrée du Roy René et aux pierres roses du fort Saint-Jean. Un homme, coiffé d'un feutre à large bord, une lavallière au cou et une *royale* au menton, tous accessoires qui désignaient l'artiste au premier coup d'œil, attendait la noce auprès d'un gros appareil photographique en bois patiné, posé sur un trépied et muni à l'arrière d'un grand voile noir.

Chacun eut largement le temps de prendre sa place tandis que l'artiste faisait laborieusement le point, déplaçait tel ou tel invité « pour voir tout le monde » et faisait resserrer les rangs sous peine de « couper des gens » sur les bords du cliché.

Aux côtés de son oncle Eugène Baruteau, Raoul eut le temps d'échanger quelques mots avant que le petit oiseau ne veuille bien prendre son envol.

Sur le cliché de la noce on voit la mariée ravissante au bras de son époux tout neuf, mais ce dernier, au lieu d'arborer cet air béat ou attendrissant que l'on trouve sur ce genre de photographies, a les yeux écarquillés et la bouche ouverte de celui qui vient d'apprendre une nouvelle qui lui en bouche un coin. Près de son oreille gauche, on distingue la moustache noire d'un homme corpulent penché vers lui et qui lui parle. C'est Eugène Baruteau.

Pour signifier à son oncle sa satisfaction de vivre ce grand moment de sa vie, au terme d'une série d'épreuves qui l'avaient mûri, Raoul Signoret venait imprudemment de dire au commissaire :

— Eh ! bien, mon oncle, voilà une belle journée. Tous ceux que j'aime sont là, il fait beau, j'épouse la femme la plus adorable de Marseille, donc du monde.

Je viens d'obtenir une promotion et vous avez enfin la clef d'une énigme qui empoisonnait l'air de la ville depuis des années. Elle est pas belle, la vie ?

Le policier soupçonneux prit aussitôt le pas sur l'oncle papa-gâteau :

— Résolue, résolue, cette énigme ! grommela-t-il, c'est vite dit...

— Que cachent ces paroles bougonnes ? demanda Raoul sans se préoccuper des consignes du photographe qui avait plongé sous le voile noir et agitait les bras comme un sémaphore.

« Attention, on ne bouge plus !... »

— Je veux dire, répliqua Baruteau en gardant un sourire crispé vers le gros œil noir de l'objectif, que je ne me contente pas de la confession de Coulon.

« Madame, la dernière à gauche, s'il vous plaît, veuillez pencher la tête à droite, vous cachez le monsieur derrière vous... »

— Qu'est-ce qu'il vous faut alors ?

« Attention, le petit oiseau va sortir ! »

— Une certitude. C'est ça qu'il me faut : une certitude.

— Vous ne l'avez pas ? Vous me faites mourir, mon oncle !

« Les demoiselles d'honneur, on me regarde, s'il vous plaît... »

— Non je ne l'ai pas ! Qui te dit que ça s'est passé comme Coulon l'affirme et que dans sa confession il ne ment pas sur le déroulement de la soirée ?

« Un... deux... Souriez, s'il vous plaît !... En regardant là. »

— Le déroulement de quoi ?

— L'ordre des arrivées dans la maison de la vieille Magnan, si tu veux.

« Attention, le petit oiseau va sortir ! »

— Mon oncle ! Je n'y comprends rien !

« Monsieur, à la moustache noire, au premier rang, ne bougez plus par pitié. »

Baruteau s'était carrément penché à l'oreille de son neveu :

— Il faut tout te dire, alors ! Et si c'était *tout de même* lui, Coulon, l'assassin de Mme Magnan ? Surpris par l'arrivée de Giabiconi, qui venait voir Adèle, il le « tue » *aussi* – du moins le croit-il – pour pouvoir dire ensuite que c'était ce voyou, l'étrangleur. Coulon a peut-être bien cherché à en zigouiller deux, ce soir-là, va savoir ! S'il n'a pas tué la bonne, c'est parce qu'il avait besoin qu'elle témoigne. D'où les trois mille francs-or proposés. Ce qu'il ne pouvait pas deviner, c'est qu'elle était folle et qu'elle allait le trahir.

Le marié, incrédule, bouche bée, regardait son oncle qui lui donna un coup de coude dans les côtes :

— Ça change tout, hein ?

Le commissaire reprit la pose et murmura :

— Enfin... Dans l'état où elle est, c'est pas Adèle Cayol qui nous dira la vérité, à présent. On ne saura jamais le fin mot de cette histoire, je te dis !

« ... Trois ! »

À cet instant l'éclair de magnésium éclata. La noce s'éparpilla regagnant les fiacres pour prendre la direction de *La Réserve*.

Eugène Baruteau, quand il ne fronçait pas ses gros sourcils de commissaire, était dans la vie le plus généreux des hommes. Il aimait son neveu comme un fils.

Il avait des goûts simples. Il attendait le jour de la retraite pour profiter de *Galinette*, son *pointu*, pour la pêche au roucaou.

Mais il adorait avoir le dernier mot !

Jean Contrucci
dans Le Livre de Poche

Les Diaboliques de Maldormé n° 31541

Marseille, été 1906. À Maldormé, le notaire, Théophile des Hôtels, est retrouvé pendu chez lui. Sa bonne, Mariette, a disparu. Raoul Signoret, journaliste au *Petit Provençal*, son oncle Eugène Baruteau, chef de la police, et Placide Boucard, ancien reporter sportif, se lancent dans l'enquête. Tout semble accuser la gouvernante Liselotte Ullman. Un comité « anti-Bochesse » réclame sa tête. Raoul flaire une machination…

Double crime dans la rue Bleue n° 35043

Marseille, janvier 1903. Un cadavre sans tête et sans mains gît rue Bleue, au cœur du quartier de La Belle de Mai. Quelques jours plus tard, un second cadavre est abandonné au pied du même réverbère ! Raoul Signoret se lance à corps perdu dans l'enquête, avec l'aide de son oncle Eugène, chef de la police.

La Faute de l'abbé Richaud n° 35015

Alors que le projet de séparation de l'Église et de l'État agite les esprits, se produit un « miracle » : le tableau de la paroisse de Mazargues, village au sud de Marseille, représentant la descente de la croix se met à saigner ! Voilà qui tombe à pic pour l'abbé Richaud, prêt à tout pour se débarrasser de la tutelle du curé Barral… Raoul Signoret soupçonne tout de suite que l'« affaire » va bien plus loin…

Le Secret du docteur Danglars n° 35028

Marseille, 1899. La France est en proie aux attentats anarchistes, et Raoul Signoret doit rendre compte d'une exécution capitale, alors qu'il milite contre la peine de mort ! Mais un procès autrement plus étrange l'attend : celui du docteur Hyppolite Danglars, un médecin dévoué à ses patients de condition modeste, accusé d'avortement clandestin par une jeune femme mourante…

Le Spectre de la rue Saint-Jacques n° 31139

Marseille, avril 1906. Dans le parc de *La Mitidja*, on découvre un cadavre... vieux de dix ans ! Quelques jours plus tard, un employé meurt brutalement, après avoir reçu des lettres de menaces. Honoré Castellain, le propriétaire, est soupçonné. Raoul Signoret retrouve avec émotion son camarade d'école, Édouard Castellain, le fils d'Honoré. Mis à pied pour avoir refusé de chanter les louanges de la politique coloniale, Raoul peut se consacrer à l'enquête...

Du même auteur :

Romans

Les Diaboliques de la Maldormé, Lattès, 2007.

Le Guet-apens de Piscatoris, Lattès, 2008.

Le Vampire de la rue des Pistoles, Lattès, 2009.

Le Spectre de la rue Saint-Jacques, Lattès, 2006, Le Livre de Poche, 2008.

Double crime dans la rue Bleue, Lattès, 2005, Le Livre de Poche, 2007.

Le Secret du docteur Danglars, Lattès, 2004, Le Livre de Poche, 2006.

La Faute de l'abbé Richaud, Lattès, 2003 (Prix Jean-Toussaint Samat du roman policier décerné par l'Académie de Marseille), Le Livre de Poche, 2005.

L'Énigme de la Blancarde, Lattès, 2002 (Prix Paul Féval 2003 de littérature populaire, de la Société des Gens de Lettres), Le Livre de Poche, 2005.

La Cathédrale engloutie, Grasset, 1992.

Un jour tu verras, Belfond, 1987.

Comme un cheval fourbu, Belfond, 1984.

La Poisse, Nouvelles Éditions Baudinière, 1981, réédité sous le titre *Pris au piège*, Autres Temps, 2002.

Nouvelles

Suite provençale, La Table Ronde, 1996 (Prix Louis Brauquier 1996 de l'Académie de Marseille).

Chroniques

Ça s'est passé à Marseille, 5 volumes, Autres Temps, 1992-1998. (Grand Prix Littéraire de Provence.)

Album

Côtes méditerranéennes vues du ciel, sur des photos de Yann Artus-Bertrand, Le Chêne, 1997.

Histoire

Histoire de Marseille illustrée, Le Pérégrinateur, 2008.

Le Vieux Port : histoires et légendes, Autres Temps, 2007.

Marseille de la Belle Époque, Autres Temps, 2005.

Marseille, 2600 ans d'histoire (avec Roger Duchêne), Fayard, 1999.

Et Marseille fut libéré, Autres temps, 1994.

Composition réalisée par NORD COMPO

Achevé d'imprimer en mai 2010 en Espagne par
LITOGRAFIA ROSÉS
Gava (08850)
Dépôt légal 1re publication : octobre 2005
Édition 05 – mai 2010
LIBRAIRIE GÉNÉRALE FRANÇAISE – 31, rue de Fleurus – 75278 Paris Cedex 06

31/1406/3